TARZAN
O TERRÍVEL

Título original: *Tarzan the Terrible*
Copyright © Editora Lafonte Ltda. 2021

Tradução e Adaptação Monteiro Lobato

Todos os direitos reservados. Nenhuma parte deste livro pode ser reproduzida por quaisquer meios existentes sem autorização por escrito dos editores e detentores dos direitos.

Direção Editorial *Ethel Santaella*

REALIZAÇÃO

GrandeUrsa Comunicação

Direção *Denise Gianoglio*
Revisão *Diego Cardoso*
Capa, Projeto Gráfico e Diagramação *Idée Arte e Comunicação*
Ilustrações do miolo *J. Allen St. John - 1921*
Ilustração Capa *Montagem com desenho de Lou Fine - 1940*

Em respeito ao estilo do tradutor, foram mantidas as preferências ortográficas do texto original, modificando-se apenas os vocábulos que sofreram alterações nas reformas ortográficas.

```
Dados Internacionais de Catalogação na Publicação (CIP)
(Câmara Brasileira do Livro, SP, Brasil)

    Tarzan : o terrível / Edgar Rice Burroughs ;
[tradução e adaptação Monteiro Lobato]. -- São Paulo,
SP : Lafonte, 2021.

    Título original: Tarzan the terrible.
    ISBN 978-65-5870-159-0

    1. Literatura infantojuvenil I. Burroughs, Edgar
Rice, 1875-1950 II. Título.

21-76842                                     CDD-028.5
```

Índices para catálogo sistemático:

1. Literatura infantil   028.5
2. Literatura infantojuvenil   028.5

Eliete Marques da Silva - Bibliotecária - CRB-8/9380

Editora Lafonte
Av. Profª Ida Kolb, 551, Casa Verde, CEP 02518-000, São Paulo-SP, Brasil Tel.: (+55) 11 3855-2100
Atendimento ao leitor (+55) 11 3855- 2216 / 11 – 3855 - 2213 - atendimento@editoralafonte.com.br
Venda de livros avulsos (+55) 11 3855- 2216 - vendas@editoralafonte.com.br
Venda de livros no atacado (+55) 11 3855-2275 - atacado@escala.com.br

EDGAR RICE BURROUGHS

TARZAN
O TERRÍVEL

por MONTEIRO LOBATO

Brasil, 2021

Lafonte

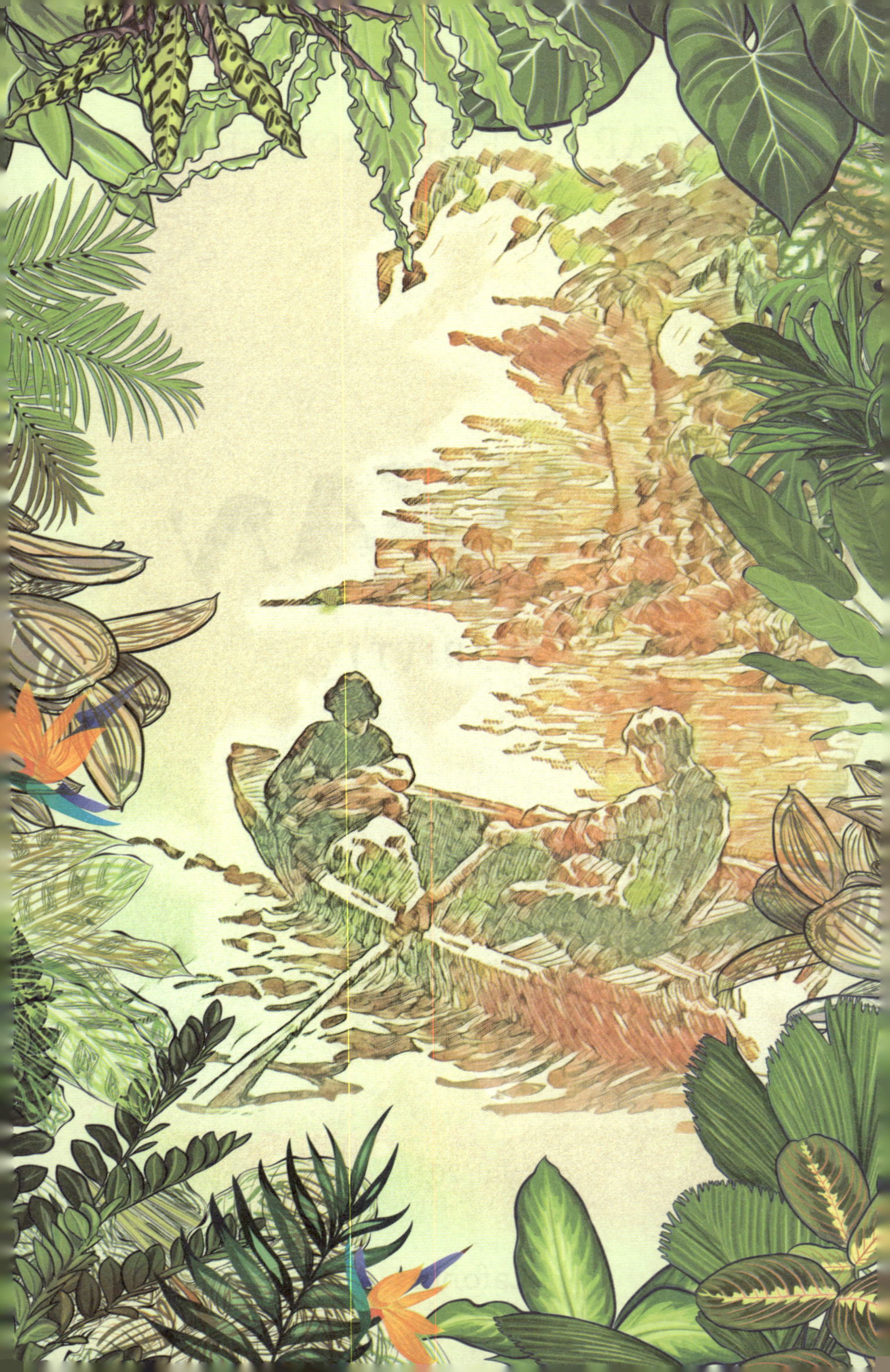

ÍNDICE

CAPÍTULO I	O pitecantropo	7
CAPÍTULO II	Para a vida e para a morte!	19
CAPÍTULO III	Pan-at-lee	35
CAPÍTULO IV	Tarzan-jad-guru	49
CAPÍTULO V	No Kor-ul-grif	61
CAPÍTULO VI	O Tor-o-don	73
CAPÍTULO VII	Astúcias da jângal	87
CAPÍTULO VIII	A-lur	97
CAPÍTULO IX	Altares sangrentos	109
CAPÍTULO X	O Jardim Proibido	121
CAPÍTULO XI	A sentença de morte	137
CAPÍTULO XII	O gigante branco	149
CAPÍTULO XIII	A mascarada	159
CAPÍTULO XIV	O templo do grifo	171
CAPÍTULO XV	Rei morto, rei posto	185
CAPÍTULO XVI	O caminho secreto	197
CAPÍTULO XVII	Em Jad-ben-lul	205
CAPÍTULO XVIII	A jaula do leão	217
CAPÍTULO XIX	A Diana da jângal	229
CAPÍTULO XX	Na noite silente	239
CAPÍTULO XXI	O maníaco	247
CAPÍTULO XXII	Equitação paleontológica	259
CAPÍTULO XXIII	Apanhado vivo	269
CAPÍTULO XXIV	O mensageiro da morte	277
CAPÍTULO XXV	Epílogo	287
	Glossário	293

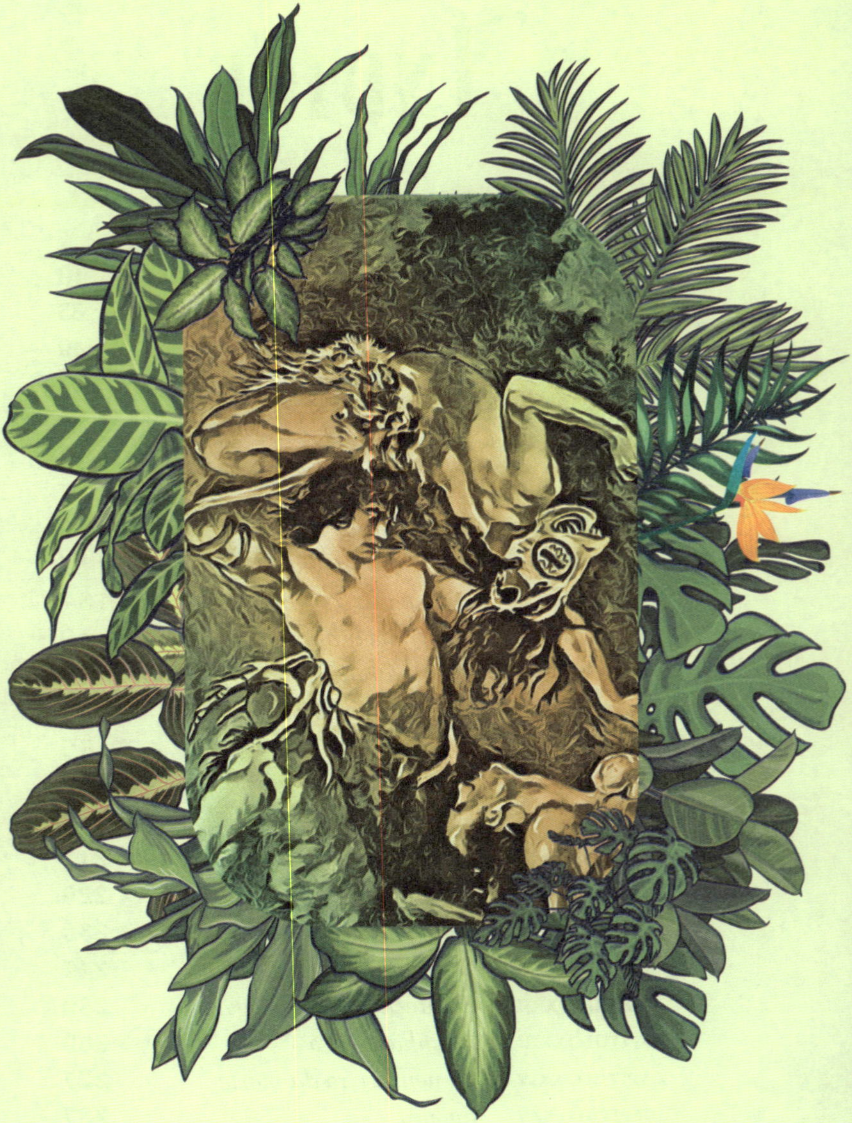

CAPÍTULO I

O PITECANTROPO

Silenciosa como sombra, a grande fera deslizava dentro da noite pela floresta escura, de cabeça baixa, um luar verde nos olhos, a cauda em cautelosa agitação. Era a imagem viva de um bote engatilhado. O clarão da lua insinuava-se pela galhaça, e o animal tinha o cuidado de evitar as claras manchas denunciadoras e, embora se movesse num espesso intrincado de vegetais e tranqueira de árvores mortas, sabia agir de modo a não provocar o menor rumor.

Na aparência, sem tantas cautelas, seguia na sua frente a caça e, embora caminhasse tão em silêncio como o leão, não evitava as manchas de luar. Era um animal de atitude ereta, firme sobre dois pés e de corpo glabro; tinha os braços musculosos e bem-feitos, as mãos com longos dedos e as pernas também de boas proporções; já os pés se afastavam do tipo clássico dos pés humanos — os dedos grandes protuberavam em excesso e afastavam-se uns dos outros.

Fazendo breve pausa numa clareira mais abundantemente iluminada, a criatura voltou o rosto numa direção e apurou os ouvidos, como cismada de algo, e nesse momento quem a observasse poderia claramente discernir suas feições. Eram fortes, firmemente marcadas e regulares — feições que teriam sido aceitas como belas em qualquer agrupamento humano. Mas seria um homem? Em uma das mãos trazia um pau e pendente duma correia a tiracolo uma faca na bainha; trazia também à cintura uma sacola incrustada de ouro puro e gemas.

Cada vez mais, Numa, o leão, se aproximava, de agacho, atento aos mínimos movimentos da presa que via na estranha criatura, a qual dava sinais, pela vivacidade dos olhares, de não estar de todo incauta ao perigo; trazia os ouvidos atentos, uma das mãos no cabo da faca e a outra bem firme no tacape, como em guarda contra o que pudesse sobrevir.

Por fim, alcançou uma clareira de considerável extensão. Hesitou uns instantes, com olhares rápidos em redor e para os galhos das árvores circundantes. Não era medo, sim cautela — e, feita rápida inspeção, prosseguiu na marcha, penetrando na planura e deixando atrás de si a segurança daquele trecho de árvores altas onde o abrigo era fácil. Mas Numa pôs-se de cauda ereta e atacou.

Dois longos meses de fome, de sede, de trabalhos duros e desapontamentos se passaram depois que Tarzan dos Macacos veio a saber, pelo diário do comandante alemão, que sua esposa ainda vivia. Uma rápida investigação, na qual foi ajudado pelo *Intelligence Department* da Expedição Inglesa ao Leste Africano, revelou a trama cujos motivos unicamente o Alto Comando Alemão conhecia, para conservar lady Jane oculta no interior. Conduzida pelo tenente Obergatz, à testa dum destacamento de tropas coloniais, fora ela conduzida para o Estado Livre do Congo.

Tendo partido sozinho em sua procura, Tarzan conseguira descobrir a aldeia em que lady Jane estivera encarcerada — mas chegara tarde; a dama havia escapado de lá meses antes, e também não encontrou sinais do oficial alemão. As informações que depois disso obteve nas redondezas eram contraditórias e vagas; havia incerteza até em relação ao rumo tomado pelos fugitivos.

Sinistras conjeturas perpassaram pelo espírito de Tarzan quanto aos habitantes daquela aldeia, possivelmente de antropófagos, e entre os quais encontrara peças de roupa e mais coisas do equipamento das tropas germânicas. Com grandes riscos e, apesar da resistência do chefe, o homem-macaco fez cuidadosa inspeção em cada uma das cabanas, nada descobrindo, entretanto, que houvesse pertencido à sua mulher.

Deixando a vila, encaminhou-se para sudoeste,

cruzou, depois de terríveis provações, uma vasta estepe desértica, revestida em toda a extensão de espinheiros densos; penetrou a seguir num distrito onde provavelmente jamais pisara o homem branco e que mesmo entre as tribos vizinhas era lendário. Montanhas escarpadas, platôs donde desciam torrentes rumorosas, vastas planícies e não menos vastos pantanais apresentaram-se diante dos seus olhos — mas tudo lhe ficou inacessível até que descobriu o ponto único de passagem por meio do brejal imenso — uma estreita senda infestada de toda sorte de répteis venenosos. Muitas vezes, à noite, divisou sombras de monstros semi-imersos no palude, que tanto poderiam ser gigantescos répteis como hipopótamos, rinocerontes ou elefantes.

Quando por fim conseguiu vencer o pantanal e novamente pôr pé em terra sólida, compreendeu por que razão aquele território desafiava, havia séculos, a audácia dos homens heroicos de outro continente, devassadores da terra inteira de polo a polo.

A abundância e diversidade de caça parecia indicar que todas as espécies de pena e pelo, bem como todas as espécies reptantes, se haviam concentrado ali como em zona livre das terríveis incursões do bípede invasor. E notou que as espécies que lhe eram familiares apresentavam variações diferentes, significativas duma evolução à parte.

A pelagem dos animais também variava, e foi lá que Tarzan encontrou o leão listrado de amarelo e negro, menor que o leão comum, mas formidabilíssimo, não só pelos caninos desenvolvidos em forma de ponta de sabre como pela ferocidade diabólica. Evidentemente, os tigres-dentes-de-sabre, de raça extinta, haviam-se cruzado com os leões, dando como resultado aqueles felinos ainda não vistos de nenhum homem branco.

Dois meses de pesquisas naquele mundo fechado não revelaram nenhum indício de que lady Jane houvesse penetrado nele; mas, das suas investigações pelas tribos circundantes, Tarzan se convencera de que, se ela vivia, só naquela zona poderia achar-se, porque só pelo pantanal a fuga teria sido possível. Mas como pudera ela atravessar o pantanal? Impossível conceber isso — no entanto, algo lhe sussurrava que Jane o atravessara e só naquele distrito podia ser encontrada. A área desconhecida dos homens era imensa e bloqueada de montanhas inacessíveis, com torrentes impetuosas que até a uma criatura como Tarzan assustavam — e havia além desses óbices, a defesa tremenda dos grandes carnívoros rondantes.

Após dias e dias de marcha, conseguiu por fim descobrir veredas que lhe permitiam atravessar a montanha, apenas para verificar que do outro lado a topografia era a mesma, sempre com a cinta paludosa estendida ao longe em linha de defesa. Mas a abundância de caça e a boa água permitiam-lhe conservar-se em boas disposições físicas para a luta.

Era o cair da tarde. Rugidos de feras vinham de várias direções. Tarzan, que acabava de abater um veado, correu os olhos em torno. Não viu segurança na ravina em que se achava. Ergueu a peça de caça aos ombros e tomou rumo da planura próxima; havia lá um trecho de floresta que lhe prometia abrigo seguro. Antes de alcançar a planície, uma árvore vanguardeira e isolada o seduziu. Marinhou por ela acima e, a cômodo na forquilha de um esgalho, pôs-se a comer da carne que levara ao ombro.

Refartou-se, pendurou ao lado a carcaça e dispôs-se a dormir. O sono veio logo, e não mais o incomodaram os rugidos do leão e dos carnívoros menores.

A lua já ia a pino quando um rumor estranho o despertou de súbito. Diante dele, e correndo na direção da sua árvore, *viu* um homem nu — um homem branco, em cujo encalço vinha Numa, o leão. Mas mudos ambos, presa e caçador, esgueirantes, ambos como dois espíritos ou duas sombras silenciosas.

Tarzan tinha a decisão e a ação mais prontas que o relâmpago; seu corpo largou-se da árvore, projetado qual bólide sobre Numa. Em sua mão rebrilhava a lâmina que pertencera a seu pai e tantas vezes se embebera em sangue felino.

Um golpe de pata de Numa apanhou-o de flanco, ferindo fundo, mas a lâmina já se cravara e se recravara de novo no dorso da fera, fulminantemente. O homem nu que fugia deteve de súbito seu ímpeto. Criatura também das selvas, havia, com a mesma rapidez de visão, apreendido o lance e compreendido o milagre que o salvara — e arremessara-se em auxílio de Tarzan, com o tacape erguido. Um golpe violentíssimo desfechado em pleno crânio da fera derribou-a insensível no momento exato em que a lâmina de Tarzan lhe afuroava o coração. Dum salto, o homem-macaco plantou-se sobre a carcaça do felino estrebuchante e de cabeça erguida para Goro, a lua, entoou o canto selvático de vitória com que sempre punha termo a esses lances.

Aquele barbaresco grito de guerra assustou o homem nu e o fez recuar em guarda; mas ao ver Tarzan meter a lâmina na bainha e enfitá-lo com calma a dignidade, percebeu que não havia motivos de apreensão.

Por momentos ficaram ambos frente a frente, de olhos nos olhos; por fim, o homem nu falou — mas em linguagem desconhecida de Tarzan. Falava, entretanto, e, apesar de ter muito do aspecto dos grandes símios, Tarzan viu que se tratava de um homem.

O sangue que escorria do flanco de Tarzan atraiu a atenção do homem nu e fê-lo aproximar-se, ao mesmo tempo que destacava da cintura a sacola. Tirou de dentro um pó, que esparziu na ferida depois de lhe arregaçar os bordos. Embora a dor do ferimento fosse nada diante da dor do curativo, Tarzan, afeito ao sofrimento, resistiu com estoicismo, sem uma só contorção do rosto — e logo depois a hemorragia cessava.

Como em resposta ao que o pitecantropo dissera,

repetiu Tarzan a mesma frase dos diversos dialetos do interior africano que conhecia, e também na língua gutural dos grandes símios — mas sem resultado. Verificado que não poderiam entender-se, o pitecantropo adiantou-se e após sua mão direita sobre o coração de Tarzan, enquanto fazia o mesmo ao seu com a esquerda. Era um sinal de paz, que o homem-macaco retribuiu, e a partir dali entraram a entender-se por meio de gestos. O recém-vindo apontou para o remanescente da carcaça de Bara, a corça, e tocou com o dedo o estômago e a boca, sinal evidente de vontade de comer, e com outro gesto por igual compreensível Tarzan o convidou a compartilhar da pitança. Subiram para a árvore, e nessa ginástica o pitecantropo usou agilmente a cauda, como fazem todos os símios.

O pitecantropo comeu em silêncio, tirando nacos da carne de Bara com o auxílio da faca, enquanto Tarzan em seu galho o observava, notando a preponderância do tipo humano a despeito da cauda e da disposição dos dedos dos pés. Seria acaso representante de alguma raça desconhecida por ali existente ou um simples caso de atavismo? Sim, tratava-se positivamente dum homem — mas um homem de cauda e perfeitamente apto à vida arbórea. Seu cinturão engastado de gemas e as mais coisas que trazia sobre si só poderiam sair das mãos de hábeis artífices. Seria obra de outros seres daquele tipo ou coisa adquirida entre os homens? Impossível determinar.

Terminada a refeição, o hóspede limpou os lábios e os dedos nas folhas da árvore e sorriu para Tarzan, mostrando alvos dentes um tanto longos; também pronunciou umas tantas palavras que Tarzan recebeu como agradecimento pela acolhida. Depois, ajeitaram-se ambos nas forquilhas para o repouso noturno.

Noite alta o homem-macaco novamente despertou ao ruído duma forma colossal que deslizava sob o seu abrigo. Tarzan chegou a espantar-se, porque elefante daquelas proporções jamais vira em toda a sua vida. Mas seria elefante? Não. Os elefantes não tinham no costado aquela serra, como se cada vértebra do monstro emergisse sobre o dorso em ponta de chifre. Só uma parte do corpo era visível a Tarzan; o resto achava-se oculto nas sombras. O rumor de dentes que trituram ossos e o cheiro de carne fizeram-no compreender que o gigantesco réptil — evidentemente era um réptil — estava a devorar o cadáver de Numa.

Um toque em seu braço. O pitecantropo, de dedo nos lábios em sinal de silêncio, lhe fazia apelo para escapar dali sem demora. Estava Tarzan num mundo desconhecido, infestado de monstros que jamais vira, e achou, pois, de boa prudência aceitar a sugestão. Com infinitos de cautela o pitecantropo escorregou pela árvore abaixo do lado oposto ao monstro; Tarzan o seguiu — e em silêncio esgueiraram-se ambos para longe, ocultos nas sombras noturnas.

O homem-macaco lamentava ter perdido a oportunidade de observar uma criatura evidentemente diversa de quantas conhecia, mas a prudência lhe ordenava que primeiro atendesse à segurança e só depois à curiosidade.

Quando a madrugada começou a romper, viu-se Tarzan na fímbria duma grande floresta — e seguiu seu guia, o pitecantropo, que logo marinhou árvores acima com extrema facilidade e pela estrada aérea foi seguindo, a saltar duma para outra ou a caminhar pelos galhos. Só então se lembrou de examinar a ferida que lhe causara Numa, e com espanto verificou que nada lhe doía, nem havia nela nenhum sinal de inflamação, o que atribuiu ao poder curativo do pó aplicado pelo companheiro.

Haviam caminhado assim mais de milha quando o pitecantropo saltou em terra, numa rechã relvosa que um riacho de águas límpidas cortava. Ali beberam.

Era propício o momento para um bom banho, e Tarzan o tomou com imensa delícia. Ao sair da água, o pitecantropo pôs-se a examiná-lo com admiração, sobretudo por vê-lo destituído de qualquer apêndice caudal e não por acidente, como supusera a princípio, mas de nascença. Também examinou com atenção os pés de Tarzan, convencendo-se afinal de que pertencia a uma espécie diferente da sua. Depois despiu-se do cinto e também se lançou à água para o banho.

Terminada a ablução, o pitecantropo sentou-se ao pé da árvore, com gesto ao companheiro para que fizesse o mesmo. Abriu a sacola e tirou um pedaço de carne seca e um punhado de castanhas. Vendo-o descascá-las nos dentes e moê-las com prazer, Tarzan fez o mesmo — e com delícia. Também a carne seca não era de desprezar, a despeito de não ser salgada; sal era com certeza ingrediente de difícil obtenção naquela zona. Enquanto comiam, o pitecantropo apontou para as castanhas e a carne e ainda para vários outros objetos, murmurando nomes — e Tarzan percebeu que estava enunciando os nomes desses objetos na sua língua nativa. Sorriu do interesse que via no companheiro em instruí--lo, talvez com a esperança de que um dia pudessem conversar. Assim fosse. Já havia aprendido vários dialetos africanos e aprenderia mais aquele. E tão absorvido ficou no estranho almoço e na lição, que não deu tento dos olhos brilhantes que de cima da árvore seguiam a cena — e assim foi até o momento em que um corpo peludo se projetou de jato sobre eles.

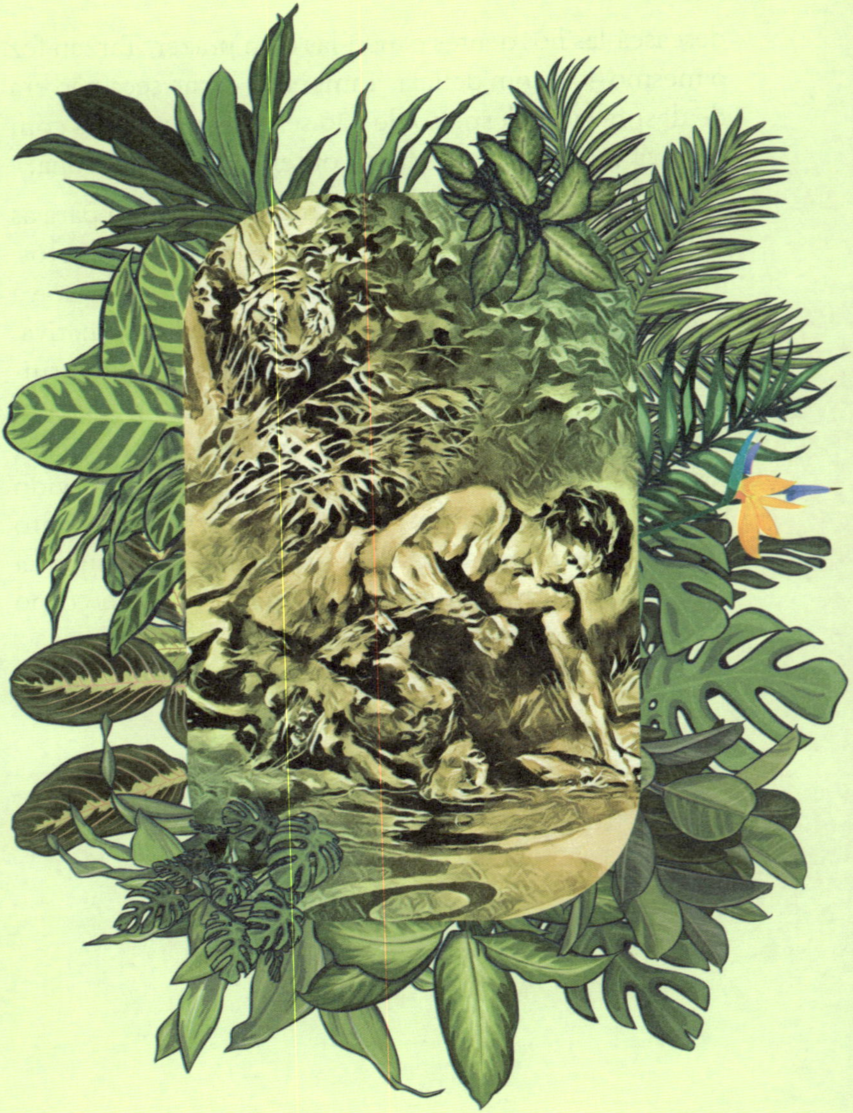

CAPÍTULO II

Para a vida e para a morte!

Ao perceber o corpo que se projetava sobre ele, verificou de golpe tratar-se dum pitecantropo em extremo semelhante ao seu companheiro, com a diferença única de ser peludo — inteiramente recoberto de pelagem negra. E, antes que pudesse fazer um movimento de defesa, viu seu companheiro cair ao impacto de terrível pancada no crânio. Pancada duma espécie de clava cheia de nós. Teve tempo, todavia, de impedir o segundo golpe. Atracara-se já com o vulto peludo.

Era uma criatura de força muscular super-humana — Tarzan viu-o logo. Os dedos potentemente musculosos agarraram-no pela garganta, enquanto a outra mão erguia no ar o tacape. Mas, se a força do atacante era grande, não era menor a do antagonista de pele glabra.

Com um terrível murro no queixo, Tarzan pô-lo momentaneamente tonto; em seguida também o agarrou pela garganta e, com a outra mão, prendeu o punho que sustinha a clava. Sua perna trançou-se à do inimigo, de modo que com um tranco de peito pôde fazê-lo perder o equilíbrio e desabar de costas, com ele, Tarzan, por cima. Ao impacto da queda a clava escapou da mão do bruto ao mesmo tempo que os dedos de Tarzan escorregavam da sua garganta. A tática de ambos os lados passou a ser outra. Atracaram-se num abraço feroz, e os dentes do bruto peludo entraram em ação. Tarzan percebeu logo que dali não viria grande perigo, pois eram dentes menos desenvolvidos que os seus. Receava mais da musculosa cauda, cujos movimentos tendiam todos para lhe colher o pescoço num cíngulo.

Engalfinhados e uivando coléricos, rolaram até ao pé de uma árvore, ora um por cima, ora outro, embora ambos igualmente empenhados em dominar o rival pela compressão da garganta. Perto corria o riacho. O homem-macaco viu nele um recurso precioso; dali encaminhar para lá aquele rebolo em que iam. O plano era cair com o inimigo dentro da água, mas ficando a cavaleiro.

Nesse momento, Tarzan vislumbrou, perto do pitecantropo glabro ainda inerte, o vulto de um leão rajado, híbrido do tigre-dentes-de-sabre; estava em atitude de bote, com infinitos de malignidade nos olhos.

O rival de Tarzan teve quase ao mesmo tempo idêntica visão — e procurou desembaraçar-se dele como se a luta já estivesse finda; o homem-macaco compreendeu e largou-o. Ambos se puseram de pé.

Sacando da faca, Tarzan dirigiu-se cauteloso para o pitecantropo caído, na certeza de que o seu antagonista peludo se aproveitaria da oportunidade para fugir. Enganou-se. O bruto apanhou a clava e também avançou para o leão rajado.

O temível felino, de ventre colado ao solo, permanecia imóvel; somente a cauda oscilava em coleios lentos. Estava agachado a uns cinquenta pés do corpo inerte do pitecantropo. Inerte, mas não morto. Ao aproximar-se, Tarzan notou com alegria leve movimento em suas pálpebras.

Mas era forçoso lutar com o leão tigrino, e Tarzan foi-se-lhe achegando de faca em riste. A fera conservava-se em guarda. Súbito, de vinte pés de distância, desferiu bote, não contra Tarzan, e sim contra o bruto peludo, que também avançara de clava em punho e entreparara para esperar o golpe. Tarzan nada esperou. Ao bote da fera opôs o seu e chocaram-se no ar, seu braço direito enlaçando o pescoço do leão. Um enlace desesperado, de aço, como se da sua manutenção dependessem a vitória e a vida. E os dois rolaram por terra.

Parecia uma luta cegamente brutal, onde a inteligência

ou a manha nada tivessem que ver, no entanto, cada músculo do homem-macaco obedecia a ordens de um cérebro de longa experiência e treino em tal sorte de lutas. Suas poderosas pernas, aparentemente embaraçadas pelas patas traseiras da fera, escapavam-se-lhe das garras aduncas sempre no instante preciso. Parecia aquilo um milagre.

Súbito, a faca de Tarzan desapareceu, mergulhada fundo no coração da fera, cujo corpo moleou, vencido. Tarzan desembaraçou-se do seu abraço e deixou-a cair por terra em convulsões. Destruíra aquele inimigo, mas a pouca distância levantava-se o outro, o bruto peludo, que, imóvel, se limitara a presenciar o combate.

Esse bruto, entretanto, estava também vencido. Ergueu as duas mãos negras, pousou a esquerda em seu próprio coração e estendeu a direita até tocar o peito de Tarzan — o mesmo gesto com que o pitecantropo glabro selara a sua aliança com o homem-macaco. Tarzan exultou.

Depois de fechada a paz, seus olhos se foram para o pitecantropo amigo, que já voltara a si e punha-se de pé, ainda vacilante. O bruto peludo dirigiu-se para o ressurreto com palavras guturais duma língua que devia ser comum aos dois. Obteve resposta. Entendiam-se — e, pois, conversaram, com repetido volver de olhos para Tarzan, evidente objeto de debate.

Em seguida, vieram ambos para o homem-macaco e, juntos, repetiram os gestos de paz e aliança; também tentaram fazê-lo compreender qualquer coisa que parecia de suma importância. Com sinais, deram-lhe a entender que iam prosseguir viagem e urgia que ele os acompanhasse.

Como a direção indicada era uma ainda não explorada por Tarzan, acedeu ele de bom grado ao convite, pois em seu imo assentara só abandonar aquela zona depois de firmemente convencido de que lady Jane lá não seria encontrada.

Puseram-se em marcha pela meia encosta da montanha escarpada, ora ameaçados pelos seus selváticos habitantes, ora vislumbrando, dentro das sombras da noite, estranhas formas de monstros desconhecidos.

No terceiro dia, detiveram-se diante duma covanca natural, escavada na montanha ao lado duma das torrentes que dela desciam para alimentação do palude. Ali se abrigaram os três provisoriamente, e nos dias transcorridos os progressos de Tarzan na língua tribal se fizeram rápidos.

A covanca já havia sido habitada por criaturas daquela espécie, a avaliar pela fuligem que enegrecia as pedras. Nessas pedras viam-se desenhos rudes de aves e répteis, cujas formas estranhas sugeriam a animalidade extinta da era jurássica. Hieróglifos também, que os dois pitecantropos decifraram e em seguida acresceram de outros, provavelmente fixando as peripécias do recente encontro do homem-macaco.

Tarzan pôde com vagar instruir-se sobre as peculiaridades dos companheiros que o destino lhe dera. Tinham cauda ambos, mas só um apresentava o corpo revestido de pelos, e, quanto à linguagem, era certo possuírem-na bastante desenvolvida. E também conheciam a escrita. Esses índices de alto desenvolvimento biológico em seres ainda dotados de apêndice caudal acirravam o empenho de Tarzan em senhorear-se daquele dialeto, único meio de penetrar mais a fundo no mistério. Daí sua aplicação.

Ta-den chamava-se o pitecantropo glabro e de pele branca, e Om-at, o outro. Ta-den, mais desenvolvido, mostrava tanto empenho em ensinar Tarzan como este em aprender. E como os progressos fossem rápidos, breve pôde nosso herói dar pasto à sua curiosidade de saber coisas, e também informá-los do que o levara até lá. Infelizmente, nenhum dos pitecantropos tinha a menor ideia de que por ali houvesse passado uma mulher.

— Eu deixei A-lur faz já sete luas, disse Ta-den. — Muita coisa pode acontecer em sete vezes vinte e oito dias, mas duvido que vossa mulher possa ter entrado nestas terras defendidas pelos terríveis pantanais; e, se houvesse entrado, não poderia ter sobrevivido aos perigos que aqui nos rodeiam de todos os lados. Nem as nossas próprias mulheres se aventuram pela floresta, longe das aldeias.

— A-lur, cidade da luz, murmurou Tarzan consigo, traduzindo aquela palavra composta. — E onde é A-lur? Cidade de Ta-den ou de Om-at?

— É a minha cidade — respondeu o pitecantropo glabro — não a de Om-at. — Os Waz-dons não têm cidades; vivem nas árvores das florestas e nas cavernas das montanhas — não é verdade "homem negro"? — concluiu, voltando-se para o gigante peludo.

— Sim — respondeu Om-at — nós, Waz-dons, somos livres; somente os Ho-dons se aprisionam em cidades. Eu não queria ser um Ho-don...

Tarzan sorriu. Até ali recresciam distinções raciais, embora não houvesse diferença de grau naqueles cérebros rudimentares. Apenas a cor os diferençava — e o branco já sorria do negro com superioridade.

— Onde é A-lur? — perguntou de novo Tarzan. — Vai você para lá?

— Fica para além das montanhas — respondeu Ta--den. — Não vou para lá, não posso ir para lá enquanto Ko-tan existir.

— Ko-tan? — inquiriu Tarzan.

— Ko-tan é o rei, explicou o pitecantropo. —

Ko-tan manda em todas estas terras. Eu fui um dos seus guerreiros. Vivi no palácio de Ko-tan, onde conheci O-lo-a, sua filha. Amamo-nos, mas Ko-tan não me quis. Mandou-me lutar contra os homens da aldeia de Dak-at que se recusavam a lhe pagar tributos, com a esperança de que eu morresse, porque os de Dak-at são terríveis guerreiros. Mas não morri. Voltei vitorioso, e com o tributo, e com o próprio chefe supremo de Dak-at prisioneiro. Ko-tan fez careta, visto como O-lo-a entrara a amar-me ainda com maior paixão.

"Meu pai Ja-don, o homem-leão, chefe da maior cidade nossa depois de A-lur, é poderoso. Ko-tan hesitou em afrontá-lo e louvou-me pelo meu feito, mas constrangido. Eu tinha de ser louvado e recompensado — e que melhor recompensa que a mão de O-lo-a, sua filha? Mas não foi assim. "Ele reservava O-lo-a para Bu-lot, filho de Mo-sar, o chefe cujo avô fora rei e que também ambicionava ser rei. Casando-o com O-lo-a, Ko-tan apaziguaria a cólera de Mo-sar e conquistaria as boas graças dos seguidores de Mo-sar."

"Perdi a recompensa e também perdi as honras. A maior honra era entrar na classe dos sacerdotes, mas, para isso, tinha de tornar-me eunuco e nunca mais pensar em ser esposo de O-lo-a. Recusar a oferta do sacerdócio, entretanto, era ofensa gravíssima, castigada com a morte — e para não ter esse destino, fugi da cidade, aconselhado por O-lo-a, e desde esse tempo vivo errante pela floresta, sempre evitando os Ho-dons, mas sem perder a esperança de ver realizados um dia os meus sonhos de amor. Por isso penso agora numa visita secreta à cidade do meu nascimento para rever minha mãe e meu pai, e também a O-lo-a, se possível."

— O risco deve ser muito grande, observou Tarzan.

— Sim, mas irei, respondeu Ta-den. — Nada me deterá.

— E eu o acompanharei, resolveu Tarzan. — Quero conhecer essa cidade da luz, essa A-lur de Ko-tan, e lá procurar pela minha companheira perdida, embora vocês suponham que ela não entrou aqui. E Om-at? Vai conosco?

— Por que não? — foi a resposta do gigante peludo. — Meus pagos ficam próximos dessa cidade e deles me expulsou o nosso chefe, Es-sat. Também tenho lá uma companheira que desejo rever. Es-sat expulsou-me com receio de que me tomasse chefe, mas o que me chama agora não é a chefia, é Pan-at-lee, a companheira.

— Pois iremos então os três juntos, propôs Tarzan.

— E juntos lutaremos, acrescentou Ta-den.

— Todos por um e um por todos! — gritou Om-at. — Pela vida e pela morte!

— Sim, pela vida e pela morte! — repetiram os outros.

A trilha que Ta-den e Om-at tomaram só com muito boa vontade mereceria o nome de trilha; era antes um rude carreiro de cabritos monteses, macacos e aves pesadas. Aquelas três criaturas, porém, tinham largo treino de toda a sorte de passos difíceis, de modo que não se atemorizaram com a dura trabalheira em perspectiva. Foram ter à floresta onde o solo era literalmente recoberto de troncos caídos e lianas retrançadas; cruzaram ravinas e torrentes. Era apavorante aquele caminho, verdadeira sucessão de obstáculos como escolhidos de propósito para provar uma criatura. Por fim, chegaram ao topo duma pedranceira de mil pés erguida a prumo, sobre um rio catadupejante. Om-at deteve-se e encarou os amigos.

— Vejo que são companheiros dignos de Om-at, o Waz-don. Trouxe-os até cá para experimentar a força e a coragem de ambos. É o trajeto que fazem os jovens guerreiros de Es-sat para prova de coragem. Aqui é o Pastar-ul-ved, o Pai das Montanhas, e quem não for bastante corajoso e forte para chegar até este ponto fica a jazer nos socalcos transfeito em montículo de ossos. Vindo por onde viemos encurtamos o caminho, e Tarzan vai já conhecer o Vale de Jad-ben-Otho. Ei-lo!

De fato, transposta uma chanfradura da pedra, um vale imenso se desdobrava diante dos olhos do observador — todo verde esmeraldina, num engaste circular de rochas a pique. No centro, uma cidade branca de mármore e que mesmo a distância parecia de estranha arquitetura.

— Eis A-lur, onde vive Ko-tan, o rei que reina por toda a Pal-ul-don, disse Ta-den.

— E para lá daqueles rochedos vivem os Waz-dons, a gente que não reconhece Ko-tan como chefe, observou Om-at apontando.

Ta-den sorriu. A separação daqueles dois grupos vinha de tempos imemoriais, e nada os reconciliaria. Mas Ta-den, apesar disso, declarou:

— Deixe-me informá-lo de um segredo, Om-at. Os Ho-dons vivem juntos e em maior paz sob o comando dum rei único, de modo que, quando o perigo aparece, o rei o combate com todos os guerreiros da tribo. Mas lá com os Waz-dons? Têm eles uma dúzia de reis que vivem em eterna luta entre si, bem como contra nós. Quando uma tribo Waz-don parte para a guerra, tem de deixar atrás, de guarda à aldeia, boa parte da sua gente — tantos são os inimigos de que vivem rodeados. Daí a sua inferioridade. Sempre que desejamos eunucos para os nossos templos ou escravos para os nossos campos, avançamos em massa contra uma aldeia Waz-don — e os Waz-dons não podem sequer fugir, porque para onde se voltem só encontram inimigos. Por isso digo que, enquanto os Waz-dons se conservarem divididos, persistirá a inferioridade em que vivem e nós os dominaremos, como dominamos toda a Pal-ul-don.

— Talvez tenha razão, admitiu Om-at. — Justamente porque nossos vizinhos são uns loucos e porque cada tribo se considera mais importante e poderosa que a nossa é que os Ho-dons dominam. A paz não pode sobreviver enquanto essas tribos não admitirem que os nossos guerreiros são superiores e as nossas mulheres mais belas.

Ta-den sorriu.

— Mas as outras tribos apresentam os mesmos argumentos, Om-at, e é justamente isso que mantém a superioridade dos Ho-dons.

— Paz, paz, interveio Tarzan. — Tais discussões acabam sempre trazendo briga, e entre nós três não pode haver briga. Já juramos aliança e amizade eterna. Tenho interesse em conhecer os costumes e as leis de ambos os povos, mas não à força de discussões e disputas dos meus dois amigos. E a divindade lá? Adoram o mesmo deus?

— É nesse ponto que mais diferimos, começou Om-at, já com a voz excitada.

— Diferimos! — repetiu Ta-den. — E como não havíamos de diferir? Quem pode aceitar aquele ridículo deus que...

— Alto! — exclamou Tarzan. — Mexer em religião

é mexer em ninho de vespa. Falemos de assunto menos excitante do que política e religião.

— Isso é o acertado — concordou Om-at — mas devo dizer que o único deus verdadeiro é o que tem cauda longa como a minha.

— Sacrilégio! — gritou Ta-den levando a mão ao cabo da faca. — Jad-ben-Otho não tem cauda!

— Alto! — berrou novamente Tarzan, interpondo-se. — Basta de religião. Temos que ser fiéis às nossas juras.

Os dois pitecantropos resmungaram ainda um bocado e por fim se acalmaram. O peludo sorriu e deu de ombros, mudando de assunto.

— E agora? Desceremos para o vale? A ravina que daqui vai até lá é desabitada, e na que se estende pela esquerda estão as cavernas da minha gente. Eu quero encontrar Pan-at-lee, Ta-den quer rever seus pais e Tarzan procura penetrar em A-lur no encalço de sua companheira. Como faremos?

— Fiquemos juntos o maior tempo que for possível — propôs Ta-den. — Om-at procurará encontrar-se com Pan-at-lee durante a noite, e furtivamente, porque, embora sejamos três, não podemos arrostar de dia todos os guerreiros de Es-sat. Num momento qualquer oportuno iremos juntos para a aldeia em que meu pai é chefe, e Ja-don nunca deixa de receber com agrado os amigos de seu filho. Mas para Tarzan penetrar em A-lur já a coisa não é fácil, embora seja possível. Vou dar o meu parecer, que é o de quem conhece a palmo isto por aqui — e Ta-den começou a expor aos seus amigos, minuciosamente, o audacioso plano que concebera.

Nesse momento, a cem milhas dali, uma criatura branca e totalmente nua se não fora a tanga que trazia à cintura, deslizava silenciosamente por uma estepe recoberta de espinheiros, atenta aos menores sinais impressos no chão.

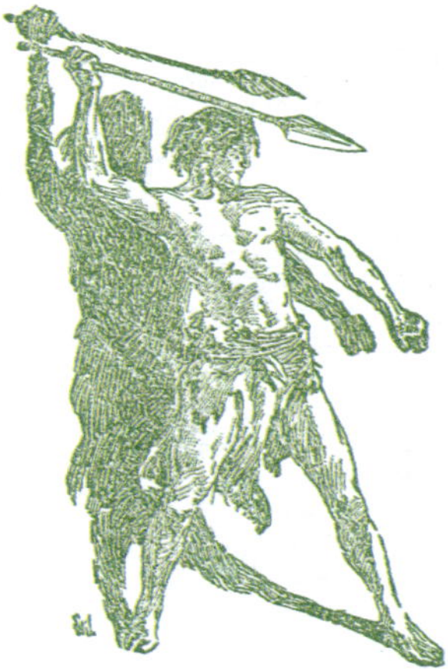

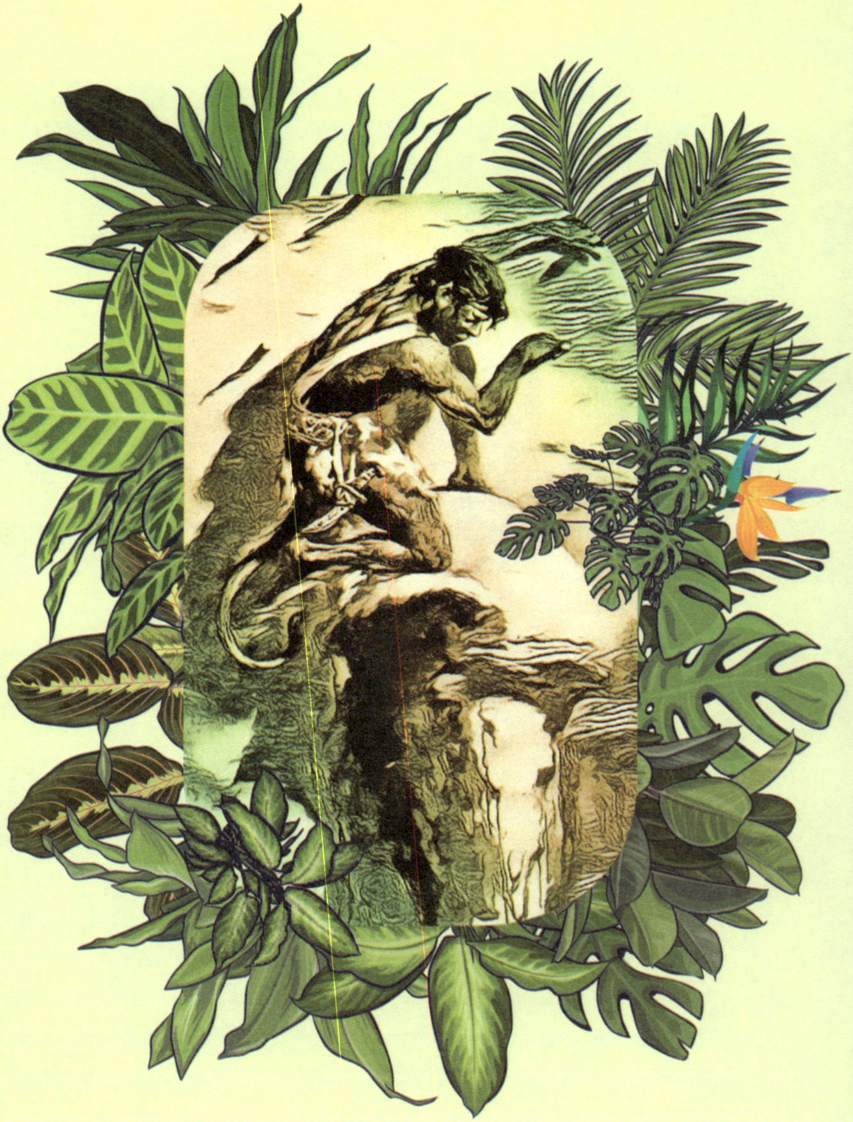

CAPÍTULO III

Pan-at-lee

A noite caíra sobre a misteriosa Pal-ul-don, com a lua no alto a clarear lacteamente aquele elevado renque de recifes já de si alvadios. Era lá Kor-ul-ja, a Garganta dos Leões, onde habitava a tribo do mesmo nome, sob a chefia de Es-sat. Súbito, duma abertura da escarpa rochosa, uma cabeça peluda emergiu.

Era Es-sat, o chefe. Correu os olhos em torno para assegurar-se de que ninguém o observava; depois esgueirou-se para fora e deu de marinhar pela pedranceira acima. Não havia nenhum milagre naquilo; a escarpa era escalonada de curtos espeques encravados na rocha viva, justamente para aquilo: para facilitar a ascensão dos seus moradores. Mas Es-sat ao subir tinha o cuidado de evitar as numerosas bocas, ou fendas, ou janelas que esfuracavam a superfície da pedra.

Ficavam ali as cavernas dos Waz-dons, e cada abertura ia ter a um apartamento. Verdadeira colmeia de grandes alvéolos escavados na rocha.

Rente a uma das tais aberturas Es-sat se deteve e imóvel ficou a ouvir, na atitude do caçador em tocaia. Depois entrou, afastando a pesada cortina de pele que a fechava. Um cômodo espaçoso apresentou-se aos seus olhos; ao fundo, um corredor, de onde vinha débil luz. Atravessado o cômodo, Es-sat se meteu pelo corredor, mas já cauteloso, com a clava que trouxera a tiracolo em punho.

Vinha a luz dum cômodo que abria para esse corredor e no qual, reclinada sobre peles estendidas sobre um estrado de pedra, jazia uma jovem Waz-don. Suas vestes repousavam num rude coxim ao lado, juntamente com um porta-seios de ouro batido. Apesar de ter o corpo recoberto de pelagem negra, era uma criatura inegavelmente formosa. Formosa pelo menos para Es-sat, cujos olhos, ao vê-la, se arregalaram e cujo peito arfou. Chocada pelo imprevisto da aparição, a jovem ergueu-se de jato com o terror pânico impresso na face. Colheu rápida as vestes de pele; escondeu o corpo desnudo e ia colocar o pesado porta-seios de ouro quando Es-sat se adiantou.

— Que queres aqui? — exclamou a jovem cravando no chefe os olhos pávidos.

— Vim buscar-te, Pan-at-lee.

— E foi com essa ideia que enviaste meu pai e meus irmãos para a atalaia sobre Kor-ul-lul? Nada quero de ti. Sai da caverna dos meus antepassados, homem mau!

Es-sat sorriu — sorriu o sorriso dos malvados que conhecem o seu poder. Um sorriso de ferocidade fria.

— Sairei daqui, sim, Pan-at-lee, mas levando-te comigo. Irás morar na caverna de Es-sat, o chefe, e serás invejada e admirada por todas as mulheres de Kor-ul-ja. Vem!

— Jamais! — gritou a jovem indignada. — Odeio-te, e antes me ligaria a um Ho-don do que a ti, batedor de mulheres, matador de crianças!

Um ricto mau arrepanhou os lábios do chefe.

— Pan-at-lee, cuidado! Eu quebrarei teu orgulho, eu te humilharei aos meus pés. Es-sat, o chefe, toma o que lhe apraz e ai de quem ousa resistir aos seus desejos! Tu poderias ser a favorita na caverna dos antepassados de Es-sat, mas serás agora um joguete nas minhas mãos e depois te lançarei como pasto vil aos meus homens. É o que cabe a todas que desprezam o amor de Es-sat.

Disse e avançou para agarrá-la; a jovem, porém, fugiu de suas garras com ímpeto e deu-lhe na cabeça um fortíssimo golpe com o pesado porta-seios de ouro que ainda tinha nas mãos. Es-sat vacilou; Pan-at-lee repetiu o golpe, e ele caiu desacordado. Avançando para o corpo inerte, a jovem tirou-lhe a clava da mão e a faca da cintura, e com um terrível olhar de ódio fugiu do aposento pela abertura externa. Antes, porém, teve o cuidado de colher num desvão cinco espeques de dois palmos de comprido cada um, que reuniu em feixe e levou seguros pela cauda.

Pan-at-lee ia galgar a escarpa de rocha a pique na base da qual a sua tribo cavara as cavernas de habitação. Essa escarpa era toda esfuracada, a espaços iguais, das aberturas até ao cume — meio de escápula adotado para as ocasiões de grande perigo em que a salvação estava na fuga. O meio de galgá-la era ir colocando aqueles espeques nos furos e marinhando por eles acima; e os Waz-dons demonstravam grande habilidade nessa manobra, de modo que com cinco espeques, dois para as mãos, dois para os pés e um quinto de sobressalente, que com o auxílio da cauda restacavam do furo inferior para o colocar num superior, sabiam ganhar com relativa rapidez o tope da, por outro meio, inacessível muralha.

Havia três séries desses buracos escalonados, de uso só permitido nas emergências extremas; fora daí era punido com a morte quem lançasse mão do expediente estratégico. Pan-at-lee sabia disso; sabia também, entretanto, que se não fugisse escarpa acima, o seu fim seria doloroso nas mãos cruéis do vingativo Es-sat. O chefe jamais lhe perdoaria a ofensa e, mal voltasse a si do desmaio, era certo que iniciaria sua perseguição.

Ganhando o topo da escarpa, a jovem encaminhou-se na direção duma encosta de montanha que ficava a mais de milha dali, justamente o ponto onde Es-sat pusera seu pai e seus irmãos da atalaia. Pan-at-lee tinha uma vaga esperança de encontrá-los, e se não, poderia ocultar-se no deserto de Kor-ul-grif, que se estendia por várias léguas, com as covancas desabitadas em vista do terror que um monstruoso taurogrifo, lá errante, espalhava pelos arredores.

Pan-at-lee via-se presa da maior indecisão. Onde seria o posto de atalaia da sua gente? Ignorava-o, e o escuro da noite impedia-a de escolher rumo. Além disso, estava absolutamente só, desamparada até da esperança de qualquer auxílio. Rumores suspeitos lhe chegavam aos ouvidos, entre eles um que a faz estremecer. Era o cavo mugido do monstruoso taurogrifo que dava nome à estância.

Logo depois, outro rumor chegou até ela, de algo que se aproximava vindo de cima. Deteve-se, de ouvido atento. O rumor recrescia. Súbito, a poucos passos de distância, duas luzes verdes brilharam no ervaçal.

Pan-at-lee era de coração heróico, mas a treva noturna agrava todos os perigos e faz tremer os mais valentes. E havia ainda o mistério, esse terror que o desconhecido infunde. Para uma criatura já abalada de tantas emoções sucessivas, aquilo era demais. Perdeu a consciência do que fazia; o instinto a empolgou. Fugiu — disparou a correr como doida — a correr do leão de olhos de fogo que lhe interceptara o caminho.

Estava perdida. A morte era inevitável. Mas morrer estraçalhada pelos dentes de um carnívoro constituía-lhe pensamento insuportável. O desespero sugeriu-lhe uma alternativa: projetar-se no abismo pela fímbria do qual corria. Não fazê-lo era a morte certa nos caninos da fera; fazê-lo era... quem poderia saber o que era? Pan-at-lee precipitou-se no abismo negro. O leão, enganado, rugiu de cólera, mas estacou.

Pelo fundo do vale ia Om-at conduzindo seus amigos rumo às cavernas da sua gente. Diante duma grande árvore cuja rama se apoiava de encontro à íngreme escarpa deteve-se.

— Ouçam, disse. — Primeiro vou à caverna de Pan-at-lee, a vê-la e a rever a moradia dos meus antepassados. Vocês me esperarão aqui. A demora será breve. Em seguida partiremos juntos para a cidade de Ta-den.

Om-at encaminhou-se para a escarpa, orientou-se e pôs-se a subir pelo renque de espeques existentes ali.

Da distância em que ficara, Tarzan não podia divisar esses espeques, de modo que muito se admirou da segurança com que o pitecantropo negro galgava a parede quase a prumo.

— Como consegue ele isso? — quis saber. — Não vejo na escarpa nenhum ressalto que permita a ascensão, no entanto, Om-at sobe com a maior facilidade.

Ta-den explicou o sistema dos espeques e disse também de como o concurso da cauda musculosa facilitava a proeza.

Acompanharam os dois a ascensão do companheiro até que o viram entreparar numa das aberturas, provavelmente a que dava para a caverna de Pan-at-lee.

Mas nesse momento uma cabeça surgiu da abertura que ficava logo abaixo e espiou para cima. Om-at estava descoberto... Imediatamente, Tarzan e Ta-den correram para a escarpa em procura dos espeques escalonados, com a ideia de subir em socorro do companheiro. O pitecantropo glabro deu o exemplo, e com extrema facilidade marinhou escarpa acima, potentemente ajudado pela cauda. Tarzan o seguiu, com certo embaraço no começo, mas breve quase tão ágil como se fosse um nativo dali.

Dado o alarma, a perseguição de Om-at começou. De várias aberturas emergiram vultos que, inteirados

41

do que se passava, se metiam também a galgar espeques no encalço do atrevido assaltante noturno. Gritos de guerra ressoavam, respondidos por outros, de modo que em poucos instantes todos os guerreiros da tribo estavam mobilizados como se se tratasse de assalto por um exército inteiro.

O que dera o alarma inicial já havia alcançado a abertura por onde se sumira Om-at e lá se deteve à espera de Ta-den; tomando a clava de tiracolo, preparava-se para recebê-lo com mocada decisiva. Tarzan vinha de par com Ta-den, embora um tanto afastado para a direita, e percebera as intenções do guerreiro. Pronto como era nas suas decisões instintivas, meteu-se por uma abertura que viu deserta. Havia lá um rolo de corda, de uso na ginástica usual daquele sobe e desce. Tarzan tomou-a, fez um laço na ponta, regirou-a no ar e num ápice colheu o guerreiro pelo pescoço.

Um grito uníssono de pânico atroou a escarpa. Todos entrepararam para seguir o desenlace da tragédia iminente. Laçado o guerreiro pelo pescoço, Tarzan arrancou-o da abertura com um tranco poderoso e desse modo o precipitou pela pedranceira abaixo, estraçalhando-o. O ruído balofo do corpo que se esmoía foi abafado pelo coro dos gritos de horror.

Mas Tarzan não se contentara com isso. Verificando que preciosa arma constituía aquela corda, logo içou escarpa acima o cadáver despedaçado para desfazer a laçada que o retinha pelo pescoço.

O terror havia paralisado a ascensão dos guerreiros. Fez-se um silêncio trágico. Mas, logo que o corpo espedaçado chegou ao alcance da mão de Tarzan, uma voz estrugiu clamando vingança. Outras ecoaram em apoio, e breve reboou pela escarpa um alarido tremendo de uivos de cólera e vingança. O avanço rumo aos intrusos recomeçou com ímpeto.

Tarzan mediu num volver rápido de olhos a extensão do perigo e mudou de tática — não tiraria o laço do pescoço do cadáver, usá-lo-ia como arma de arremesso. Pensou e o fez. Após tê-lo suspendido até ao nível da abertura, entreparou um momento, como em pontaria, e súbito o arrojou, sempre de corda passada ao pescoço, contra o guerreiro que vinha mais próximo.

O impacto foi tremendo, tão forte que vários espeques se quebraram pela base, e os dois corpos, o do assaltante e o cadáver, vieram de trancas pela parede abaixo.

O terror paralisou novamente os guerreiros marinhantes. Ta-den, então, que se colocara ao lado de Tarzan, desferiu um grito estridente:

— Jad-guru-don! Este é Tarzan, o terrível! Este é Tarzan, o invencível!

Nesse momento dois vultos atrasados emergiram

dos fundos da caverna, em direção da entrada que Tarzan ocupava. Um era Om-at e outro, um guerreiro de alentadas proporções. Estavam empenhados em furiosíssima luta corporal, evidentemente de morte. Seguindo um impulso generoso, Tarzan arrojou-se em auxílio do seu aliado; mas Om-at o deteve com um grito:

— Não! Esta luta é minha só.

Tarzan compreendeu e deixou-se ficar de lado, enquanto Ta-den explicava:

— É a luta pela chefia suprema. Om-at bate-se com Es-sat, o chefe, e se o vencer sem ajuda de ninguém, ficará o chefe.

Tarzan sorriu. Era sempre a mesma lei da jângal, a mais primitiva das leis, para a disputa da hegemonia e do mando. O chefe tinha de ser o mais forte, e se conservaria no comando enquanto realmente fosse o mais forte.

O incidente serviu para que os guerreiros de Es-sat, não vendo mais Tarzan com o seu cadáver laçado a lhes barrar o avanço, galgassem rápidos a escarpa e chegassem até a abertura. Com espanto, deram com o chefe supremo empenhado naquela luta singular e vacilaram, incertos sobre o que fazer. O Ho-don esclareceu a situação.

— Para trás, guerreiros! Trata-se da gund-bar, a luta pela chefia suprema, travada entre Om-at e Es-sat.

A lei mandava que ninguém interferisse em tais pelejas, e, pois, os guerreiros se detiveram. Vendo, porém, Tarzan e Ta-den, dois estranhos, interpelaram-nos.

— E quem são vocês?

— Amigos de Om-at, respondeu Ta-den.

— Bem — disse um dos guerreiros. — Depois da luta ajustaremos contas.

A batalha no interior da caverna de Pan-at-lee prosseguiu com extrema ferocidade. Es-sat estava desarmado — a jovem Pan-at-lee tivera o cuidado de tomar essa precaução e, embora Om-at se conservasse de faca à cintura, de nenhum modo se utilizaria dela por ser contra a lei. A lei mandava que a luta se fizesse apenas com as armas naturais, a dente, à unha e ao poder de músculos.

Às vezes, os dois engalfinhados desengalfinhavam-se por um momento, para de novo se atracar com redobrado ardor. Luta de dois leões destemerosos, luta de touros, enciumados e loucos de fúria. A intenção de ambos era arrastar o outro para a borda da abertura e precipitá-lo no abismo — e assim iria acontecer. Em dado momento, porém, com espanto de Tarzan, os dois corpos atracados rolaram para a beira da abertura e desapareceram no ar, despenhados.

Tarzan não reteve um grito de dor pela morte do companheiro de quem já se fizera amigo, mas Ta-den, que se debruçara para fora, lhe fez um sinal. Tarzan também se debruça e vê que a luta prossegue sobre a superfície escalonada de espeques de escarpa.

Com prodigiosa agilidade, os dois pitecantropos, ao mesmo tempo que se equilibravam nos espeques, prosseguiam na batalha, ambos agora empenhados em fazer o rival perder pé e precipitar-se pedranceira abaixo. Os passos desse combate jamais visto foram dos mais emocionantes, mantendo todos os espectadores de respiração em suspenso. Favorecido pela idade, Om-at ia aos poucos dominando seu rival; conseguira já quebrar vários espeques em que ele se apoiava, obrigando-o a saltar aflitos para outros e a manter-se na defensiva.

O desenlace era fatal.

Mas Es-sat vira a faca à cinta de seu contendor. Se conseguisse apossar-se daquela arma, que o excesso de escrúpulos de Om-at deixara sem uso, a vitória seria sua. Vitória criminosa, proibida pelas leis da jângal, mas vitória. E tão rapidamente concebeu essa traça, assim rapidamente tratou de executá-la. Num lance que o favoreceu, estirou velocíssima a cauda e com ela arrancou da bainha a lâmina do rival generoso. E ia já desferir o golpe decisivo quando Tarzan se interpôs. De um salto ganhou o espeque mais próximo do chefe insidioso e, com a mão potente, imobilizou-lhe no ar a faca ameaçadora. Om-at aproveitou o ensejo para desferir o golpe decisivo — um tranco de pé que fez Es-sat deslocar-se dos espeques e, perdido o equilíbrio, rolar pela escarpa como um fardo.

Um grito imenso, uníssono, acompanhou a queda do cacique vencido. Não era mais Es-sat o chefe supremo de Kor-ul-ja. Perdera o cetro para outro — para outro mais forte, portanto, mais digno.

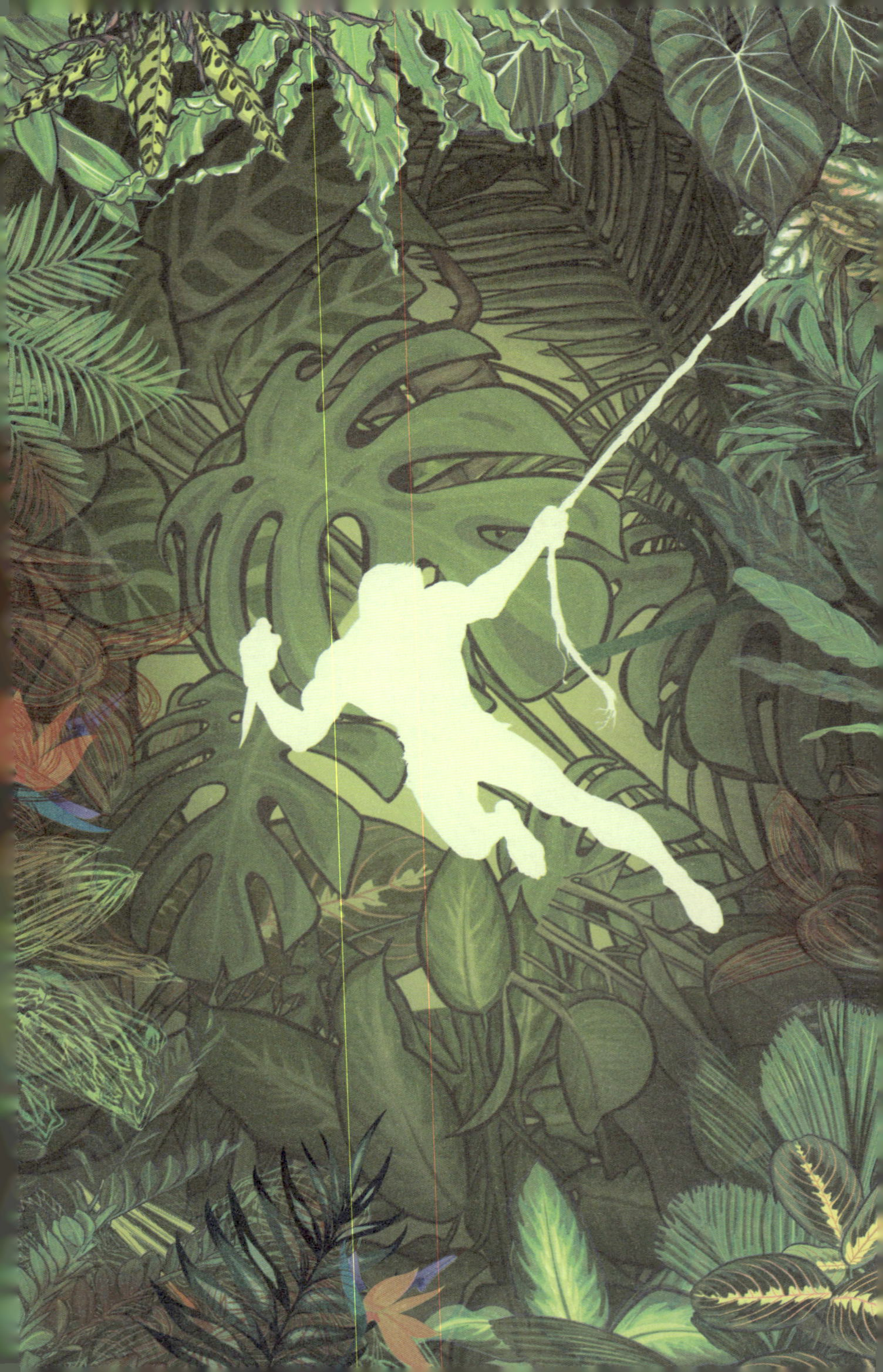

CAPÍTULO IV

TARZAN-JAD-GURU

Por algum tempo o silêncio das grandes tragédias reinou em Kor-ul-ja. Todos tinham os olhos em baixo, onde uma forma negra, despedaçada, se amontoava batida já dos primeiros clarões da aurora. Om-at falou:

— Eu sou Om-at. Haverá quem se atreva a dizer que Om-at não é o chefe de Kor-ul-ja?

Todos os olhares se voltaram para ele, mas ninguém protestou. Estava empossado o novo chefe.

— Bem — disse Om-at — sou agora o *gund*. — Todos me devem obediência. E Pan-at-Iee? Onde está ela? Onde estão seu pai e seus irmãos?

Um velho guerreiro declarou que ninguém melhor que Om-at poderia responder, visto como ele estava na própria caverna de Pan-at-lee. Quanto ao pai e irmãos, tinham sido destacados para atalaia longe dali. Uma coisa, entretanto, prosseguiu o velho, causava espécie aos guerreiros da tribo, e era que Om-at, novo chefe de Kor-ul-ja, tivesse junto de si um Ho-don, da raça eternamente inimiga, e também aquele homem sem cauda. Era necessário que o novo chefe entregasse os intrusos ao povo para que fossem justiçados.

Om-at respondeu:

— Há sempre mudanças nos costumes dos povos, como há sempre mudanças no aspecto daquelas montanhas do Pal-ul-don, ora brilhantes de sol, ora tristemente enevoadas. A mudança, pois, é uma lei da natureza. Assim, eu, Om-at, que sou agora o vosso chefe supremo, imponho também uma mudança: forasteiros que se mostrarem bravos e amigos não mais serão justiçados pela gente de Kor-ul-ja.

Houve murmúrios e resmungos de protestos entre os guardadores da velha tradição. Om-at prosseguiu, repressivo:

— Cessai com murmúrios. Sou o chefe, e o chefe, só ele, manda. Minha palavra é a lei geral. Muitos de vós ajudaram Es-sat a lançar-me fora da tribo, e os demais consentiram no abuso. Nada elevo a nenhum. Unicamente estes dois forasteiros se mostraram meus leais amigos. E se há alguém que ouse contradizer-me, que venha a *mim*.

Tarzan sentia-se deleitado de ver em Om-at um homem como ele queria. Seu amigo tinha todas as qualidades de um grande chefe e a maioria daquela gente logo o admitiu de coração aberto. Om-at continuou:

— Serei bom chefe. Vossas mulheres e filhas serão respeitadas — elas que nunca foram respeitadas sob o governo de Es-sat. Ide para vossas ocupações que eu e meus amigos vamos sair em procura de Pan-at-lee. Ab-on ficará provisório na chefia enquanto eu andar por fora — e que Jad-ben-Otho vos abençoe.

Depois, voltando-se para seus dois companheiros:

— Amigos, sois livres de viverdes aqui; a caverna dos meus antepassados é vossa; usai dela de coração.

— Seguirei com você em procura de Pan-at-lee, disse Tarzan, e Ta-den repetiu a fala.

Om-at sorriu.

— Bem — murmurou — e, achada Pan-at-lee, seguirei com vocês na aventura que cada um tem em mente.

Mas onde estava Pan-at-lee? Nenhum membro da tribo pôde dar a menor indicação. Ninguém sabia sequer que ela tivesse desaparecido. Tarzan pediu para ver qualquer coisa que lhe pertencesse, roupa, um objeto qualquer de uso. Tinha uma ideia na cabeça.

Dois jovens guerreiros chegaram até a abertura ocupada por Om-at e ofereceram-se para também acompanhá-lo na pesquisa. Era já uma demonstração de que de fato o aceitavam como chefe. A atmosfera tensa que ainda persistia foi-se modificando. A conversação retomou o tom habitual. A tempestade passara. Grupos de mulheres e crianças saíam já de rumo aos campos de cultura.

Om-at conduziu Tarzan para o interior da caverna e mostrou-lhe as coisas de Pan-at-lee. O homem-macaco farejou tudo, qual um cão-mestre de caça e disse:

— Pronto. Podemos partir.

Mas enquanto Om-at meditava, incerto, indeciso de por onde começar a pesquisa, Tarzan, cujo faro se apurara a um grau incrível e cuja inteligência tinha as finuras da dos grandes policiais, estudou a situação dos espeques mais próximos da abertura por onde a jovem devia ter escapado e pelo olfato logo apanhou um que ainda conservava o odor vago da fugitiva. E desse primeiro passou ao segundo e depois aos furos sem espeques nos quais Pan-at-lee fora colocando os que levara de reserva. Essa investigação provou que a jovem subira sempre, rumo ao topo da escarpa.

Om-at, encantado com o apuro da inteligência e dos sentidos do novo companheiro, não conteve o seu entusiasmo.

— Que admirável criatura não seria Tarzan, se não fosse deformado pela ausência da cauda!

— Admito que sou defeituoso, respondeu Tarzan sorrindo. — Por isso têm vocês que seguir na frente, colocando os espeques na direção que eu indicar e deixando-os nos buracos para o meu uso. Infelizmente, não possuo essa cauda que permite a vocês deslocar o quinto espeque dum furo enquanto se agarram aos quatro restantes.

— Bem — disse Om-at. — Ta-den, In-sad (um dos jovens guerreiros) e eu tomaremos a frente; depois virá Tarzan, e O-dan (o outro jovem guerreiro) nos seguirá na retaguarda, retirando os espeques. Não podemos deixá-los nos furos por causa dos nossos inimigos.

— E se esses inimigos trouxerem espeques de reserva? — *quis* saber Tarzan.

— Trazem, sim — respondeu Om-at — mas isso lhes retarda a descida pela escarpa e nos facilita a defesa. Além de que, há por aqui muitos buracos falsos, pouco profundos e onde o espeque não se crava sólido. Também essa astúcia os faz perder tempo na procura dos buracos verdadeiros.

No topo da escarpa Tarzan passou à frente, e sempre guiado pelo maravilhoso faro conduziu a turma com rapidez na direção do Kor-ul-lul. Em certo ponto entreparou.

— Aqui — disse ele — a fugitiva mudou bruscamente de rumo e correu à toda perseguida por um leão.

— Lê você na relva como se lesse hieróglifos? — murmurou O-dan, espantado.

Tarzan fez com a cabeça que sim.

— Leio, por isso sei que o leão não a apanhou. Olhem lá! — e apontou em certa direção.

Todos voltaram-se e viram movimentos de folhagem numa moita.

— Ela? — indagou Om-at, ansioso.

— O leão que a perseguiu. O faro me diz que é ele, respondeu o homem-macaco, seguríssimo de si.

Houve sorrisos de incredulidade, breve desfeitos, porque a moita se abriu e a cabeça dum leão listrado se desenhou no ar. Fera magnífica, que os encarou por uns instantes, fixamente, e sem vacilar atacou.

Os homens de Pal-ul-don sacaram as clavas trazidas a tiracolo e esperaram de pé firme o bote, enquanto Tarzan se agachara, de lâmina em punho, no ponto mais provável por onde devia passar a fera. Mas o leão desviou e atacou Om-at, que, com um terrível bote de pata, foi arremessado ao chão; em seguida faz o mesmo a Ta-den e rápido se voltou contra O-dan, o qual também caiu. Nesse momento Tarzan, rápido como o raio, projetou-se contra a bólide rajada e enlaçou-a pelo pescoço, na sua tática do costume. E a luta corporal, tremenda, mais uma vez se repetiu. Homem e fera, engalfinhados, rebolaram sobre o ervaçal sem que os outros, já erguidos, achassem jeito de intervir. Da goela do leão irrompiam urros tremendos de raiva e desespero, e tudo fazia ele para desalojar de si o cíngulo vivo que o asfixiava. Súbito, um rugido de dor atroou os ares. A lâmina de Tarzan se havia cravado em seu coração. A luta estava concluída, com a vitória mais uma vez do lado de Tarzan-jad-guru.

Embora eméritos caçadores, aquela façanha encheu de assombro os homens de Pal-ul-don.

Enquanto o leão rajado estrebuchava nas vascas da agonia, O-dan adiantou-se para o homem-macaco e repetiu o gesto de aliança dos pitecantropos — mão esquerda no coração e mão direita no peito do novo amigo.

— Tarzan, o terrível — disse ele — terei grande honra em que me considere amigo.

— Todos os amigos de Om-at são meus amigos, respondeu o homem-macaco, humilde na sua simplicidade.

Om-at, sempre inquieto, não tirava o pensamento de Pan-at-lee.

— Acha, Tarzan, que esta fera a devorou? — inquiriu.

— De modo nenhum, Om-at. O leão nos atacou movido pela fome. Não se alimenta há dias.

— Como Tarzan conhece leões! — exclamou In-sad.

— Tivesse eu um irmão e não o conheceria melhor do que a estes gatos de juba.

— Mas onde estará Pan-at-lee? — insistiu Om-at, na sua eterna obsessão.

— Havemos de achá-la. Basta que sigamos seu rastro ainda fresco. Acompanhe-me, disse Tarzan, e voltou ao ponto onde a jovem havia feito o brusco desvio de caminho. Isso os levou à borda do precipício a que ela se arrojara. Tarzan entreparou, a refletir. Seu rosto ensombreceu. Om-at, inquieto, interpelou-o.

— Acha que ela caiu no abismo?

— Exatamente, Om-at. Pan-at-lee lançou-se no despenhadeiro para escapar aos caninos da fera. Aqui vejo impressos no chão todos os hieróglifos do drama.

Um silêncio trágico se seguiu.

— Chu! — fez de súbito Tarzan, e atirou-se por terra de ventre colado ao solo. — Lá embaixo! Gente estranha...

Todos fizeram o mesmo e, espiando, viram que de fato as ervas se agitavam ao longe, ao passo que o vento lhes trazia sons belicosos.

— É o grito de guerra de Kor-ul-lul — sussurrou Om-at — o grito de caça do homem que caça homem. Quantos serão?

— Muitos — afirmou Tarzan. — De quarenta a cinquenta; mas não posso distinguir quantos perseguem e quantos são perseguidos, embora perceba que o número dos perseguidores é maior.

Vários minutos correram, de silenciosa ansiedade.

— Ei-los que surgem, observou em certo momento Ta-den.

— Sim, é An-un, pai de Pan-at-lee, e seus dois filhos que aparecem na frente. Vêm perseguidos. Fogem... — advertiu O-dan. — Vão passar por nós sem que nos percebam.

Om-at ergueu-se e gritou para os fugitivos:

— Aqui! — e lançou-se-lhes ao encontro acompanhado dos outros. — Somos cinco! — gritou ainda, logo que An-un os percebeu. — Cinco amigos!

Os fugitivos estavam longe de contar com tão inesperado reforço e, quebrando o rumo levado breve, se reuniram aos providenciais companheiros. O encontro, porém, os desnorteou. Que homem era aquele sem cauda, e que significava um pitecantropo glabro, da raça inimiga, ali de mistura aos seus?

— Os Kor-ur-luls que nos seguem são muitos, gritou An-un ofegante. — Tenho de correr a avisar Es-sat, nosso chefe.

— Es-sat já não existe, murmurou In-sad.

An-un boquiabriu.

— E quem é o novo chefe?

— Om-at, declarou O-dan.

O rosto do velho iluminou-se.

— Certo, murmurou ele. — Pan-at-lee sempre disse que Om-at voltaria e mataria Es-sat.

Nisto os perseguidores apareceram ao longe.

— Façamos uma volta de flanco e carreguemos sobre eles. Como perseguem apenas três, ao verem-se carregados por oito julgarão que a tribo inteira dos Kor--ul-ja lhes corre ao encontro — e debandarão.

— Bom plano, aprovou Om-at. — Mas Id-an, que é o mais rápido de todos nós, irá voando avisar nossos homens. Que venha Ab-on no comando de cem guerreiros.

Id-an, filho de An-un, partiu rápido qual seta, enquanto Tarzan distribuía os homens restantes de acordo com o seu plano. O inimigo foi investido de dois lados, dentro dum vozerio atroador de gritos de guerra e, na surpresa do imprevisto, recuou estonteado. Mas desprezavam a valentia da gente Kor-ul-ja, de modo que logo tomaram posições estratégicas para resistência, embora sempre incertos e ignorantes do número dos novos inimigos que enfrentavam. Alaparam-se num sítio onde o mato era mais denso, e assim se ocultaram completamente. Verdadeira emboscada — e para ela se dirigiu Tarzan, no seu ímpeto imprudente. Tarzan não ia lutar em terreno conhecido e por isso levava séria desvantagem. Esse *handicap* o perdeu.

Um guerreiro Kor-ul-lul que por tática se atrasara dos demais deixou-se perseguir pelo homem-macaco desse modo conduzindo-o para a emboscada. Quando Tarzan o ia alcançando e já alçava a lâmina terrível, irrompeu na moita traiçoeira toda a malta. Só então o gigantesco Tarmangani deu conta do perigo. Tarde, porém. Em seu espírito lucilou, qual relâmpago, a imagem da companheira transviada, em busca da qual viera ter às terras de Pal-ul-don, e constringiu-se-lhe o coração à ideia de que sem ele estaria Jane irremediavelmente perdida, se acaso ainda vivesse.

Louco de desespero e fúria, Tarzan arremessou-se contra a gente que inopinadamente vinha interferir com os seus planos e daquele modo ameaçava a vida da sua companheira. Alcançou dum pulo o homem que o negaceara e arrancando-lhe da mão a clava esmoeu-lhe o crânio num golpe tremendo. Depois lançou-se contra os restantes, a distribuir golpes como jamais os desferira em seu longo viver de lutas. Manteve-se assim, nos primeiros momentos, senhor da situação, mortífero como o raio e inatingível. Mas a desigualdade era muito grande — vinte contra um. Breve silvou no ar uma clava bem arremessada, que o veio alcançar pela base do crânio. Tarzan vacilou como o pinheiro augusto que o machado cerceia pela base. Ia cair.

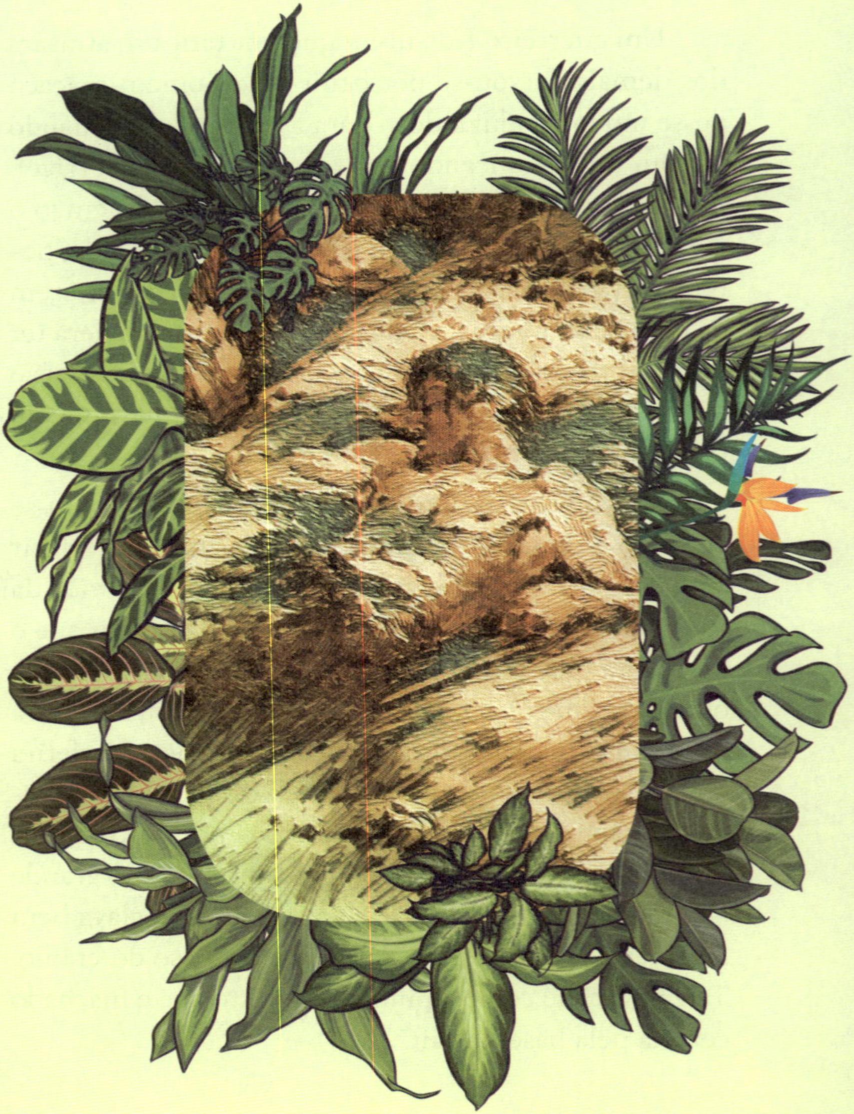

CAPÍTULO V

No Kor-ul-grif

Enquanto Tarzan caía ao golpe da clava inimiga, do outro lado do paul, um homem de estranho aspecto se detinha. Totalmente nu, exibia sobre o corpo três cartucheiras atochadas, duas a tiracolo e uma à cinta. Também a tiracolo, uma carabina Enfield, longa faca mateira, arco e um carcás de setas. Viera de longe, perseguido por animais ferozes e homens mais ferozes ainda, no entanto, economizara toda a munição da carabina. Até ali apenas se defendera com as setas.

Por quê? Que propósitos levava essa criatura para assim poupar justamente a arma de efeito mais lesivo? Com que fim se premunira de tanto cartuchame?

Quando Pan-at-lee entreparou à borda do abismo para nele precipitar-se, preferindo essa morte à que lhe daria o leão rajado, não lhe passou pela ideia que lá abaixo deslizava um rio, remansoso naquele ponto; de modo que, ao arremessar-se, em vez de esmoer-se nas rochas, mergulhou fundo na água gelada. Debateu-se, veio à tona e, valente nadadora que era, conseguiu alcançar a margem oposta. Infelizmente, já não estava em terra amiga. Aquele rio separava as posses de Kor-ul-ja das posses de Kor-ul-lul, a terrível gente em eterna luta com os seus.

Pan-at-lee ocultou-se na relva alta, atenta a uma trilha que passava perto, com sinais de tráfego frequente. Restaurou as forças exaustas num longo repouso, e de alimento não sentiu falta, que era grande por ali a abundância de frutas silvestres e túberas. Ah, se ela soubesse que o seu inimigo Es-sat já não existia! Quantos trabalhos poupados, quantos perigos evitados! Ignorava-o, porém, e de nenhum modo pensava em retornar à sua tribo, temerosa da punição tremenda.

Foi ali que lhe chegaram aos ouvidos os gritos de guerra dos Kor-ul-luls. Pan-at-lee conhecia muito bem os odiosos sons que se vinham aproximando do couto a que se abrigara. Viu depois os vultos dos guerreiros implacáveis, correndo em perseguição de alguém, provavelmente de homens da sua tribo. Seriam quarenta ou cinquenta ao todo. Pan-at-lee, encorujada no fojo, esperou com a respiração suspensa. Os guerreiros inimigos passaram pela trilha sem dar pela sua presença.

Também pôde ver três dos perseguidos — três Waz-dons, gente sua que fugia rumo à escarpa. Súbito, sua atenção se concentrou. Seria possível? Seu pai e seus irmãos... Se o adivinhasse momentos antes, ter-se-ia juntado a eles quando passaram pela trilha. Era tarde agora, e Pan-at-lee ficou de coração aos pulos a acompanhar o desenvolvimento da caçada.

Fugiram céleres os três homens, mas os Kor-ul-luls perseguidores também dispunham de pernas ágeis. Alcançá-los-iam? Oh, como agora pareciam lentos na ascensão da escarpa aqueles três homens que lhe eram tudo na vida! Os inimigos começaram a ganhar terreno. Um deles arremessou de longe uma clava. Mas o Grande Deus protegeu sua gente; o projétil não atingiu o alvo e, ricocheteando, veio chocar-se de encontro ao peito dum dos perseguidores, que caiu.

De mãos postas no sutiã de ouro que lhe cingia os seios, Pan-at-lee acompanhava a cena. O irmão mais velho foi o primeiro a alcançar o topo do arrecife; firmou-se nele e estendeu a cauda como ponto de apoio para seu pai; atingido o topo, fez este o mesmo para o irmão mais novo — e desse modo os três se guindaram a salvo, breve desaparecendo das vistas dos perseguidores.

Pan-at-lee respirou aliviada, mas viu que tinha de retirar-se dali. Era couto inseguro. Se aparecessem caçadores com cães, estaria irremediavelmente perdida.

Refletiu. Dum lado tinha Es-sat; de outro, a turma dos Kor-ul-luls, perseguidores de seu pai e seus irmãos; pela frente ficava o Kor-ul-grif, com o misterioso monstro que enchia de pânico todos os corações; por trás dilatavam-se as terras dos Ho-dons, onde só poderia esperar escravidão ou morte cruel. Inimigos de todos os lados, e ela ainda exposta aos ataques dos ferozes leões comedores de carne humana...

Vacilou, mas por fim decidiu-se pelos pagos do taurogrifo. Lá ao menos tinha a certeza de não encontrar homens. De todos os malfeitores, nenhum pior que o homem, porque o mais tenaz e o dotado de maior inteligência. Antes o taurogrifo que o homem, pensou Pan-at-lee.

Movendo-se cautelosa, alcançou um socalco rochoso, que subiu com facilidade, e de cima divisou em toda a sua extensão a terrível zona do Kor-ul-grif. Parecia-lhe misteriosa aquela vegetação, toda em silêncio em torno das grandes árvores. Nos blocos de rochas viu velhas cavernas que sua gente havia outrora construído laboriosamente; o monstro, porém, sobreveio, devorou parte dos seus moradores e espantou delas os restantes. Mas talvez numa dessas covancas abandonadas pudesse abrigar-se a seguro dos ataques do grifo.

Pan-at-lee encontrou um lugar onde os espeques escalonados iam ter ao mais alto da escarpa, e peques de pedra e por isso ainda subsistentes a despeito do secular abandono das moradias. Não vacilou. Subiu por eles até ao último andar de cavernas, no topo do rochedo. As entradas dos apartamentos eram do mesmo estilo que em Kor-ul-ja; tudo familiar. Tomou por uma delas; penetrou na antecâmara. Estava literalmente entulhada de lixo, palha de ninhos desfeitos e guano de mau cheiro terrível. Pan-at-lee penetrou nos cômodos interiores, que também encontrou imundos da velha poeira acumulada.

Mas tudo como nos apartamentos da sua tribo. As paredes e o teto revestidos de desenhos rudes e hieróglifos traçados por diversas gerações. Depois de tudo examinar, veio para a abertura externa e ali ficou em contemplação da floresta negra que se dilatava embaixo até longe. Floresta silenciosa e aparentemente deserta de vida; de dentro dela, no entanto, dois olhos cruéis a espiavam e uma língua rubra lambia de quando em quando uma beiçarra áspera, como no antegosto do repasto raro...

Água tinha Pan-at-lee em abundância, nos filetes que escorriam pela escarpa, e alimento não faltava na floresta, frutas, túberas e mesmo pequenos animais e aves; os numerosos ninhos nas cavernas lhe propiciavam abundância de ovos. Ali poderia viver indefinidamente e com relativa segurança. Fortaleza inexpugnável e, além disso, evitada pela mais perigosa de todas as feras, o homem, ali seus dias tinham de correr sem tumulto.

Cansada que estava da longa fuga, das emoções e dos duros trabalhos, sentia peso nas pálpebras. Afeiçoou com a palha dos ninhos uma cama ligeira, deitou-se e instantes depois ressonava.

Caiu a noite. A lua ergueu-se e polvilhou o mundo com sua palidez mortuária. Grande silêncio reinava sobre a natureza. Súbito, algo entre as árvores agitou-se, encaminhou-se para o sopé da escarpa. Algo que se movia cautelosamente, de forma vaga como os monstros entrevistos nos pesadelos. Achegou-se ao sopé da escarpa e lentamente começou a subir pelos espeques escalonados.

Tarzan abriu os olhos. Sentia apenas a cabeça dolorida; mais nada. A tonteira do cérebro foi passando e breve pôde recordar-se de tudo. Olhou em redor. Viu-se numa caverna com uma dúzia de guerreiros Waz-dons conversando entre si à luz duma lâmpada de azeite.

— Touxemo-lo vivo, *gund*, dizia um deles, porque nunca vimos Ho-don deste tipo. Não tem cauda; mas não a tem de nascença, porque já o examinei e não vi cicatriz de cauda cortada. Os dedos dos pés também são diferentes dos dedos dos homens de Pal-ul-don. É uma criatura mais forte que vários homens juntos, e tem no ataque a intrepidez do leão. Trouxe-o vivo para que o *gund* o examinasse antes de ser morto.

O chefe ergueu-se e aproximou-se do homem-macaco. Tarzan cerrou os olhos, fingindo inconsciência, e sentiu o contacto das mãos peludas que lhe apalpavam os membros e o voltavam de todos os jeitos. O *gund* examinou-o minuciosamente, fazendo comentários, sobretudo quanto às dimensões e forma dos dedos dos pés.

— Com estes dedos e sem cauda — disse ele — esta criatura não me parece apta para trepar.

— Exatamente, confirmou um dos guerreiros. — Suponho que não consegue trepar nem pelos espeques da escarpa.

— Nunca imaginei criatura assim, continuou o chefe. — Não é nem Waz-don, nem Ho-don. Queria muito saber de onde veio e como se chama.

— Quanto ao nome, ouvi os de Kor-ul-ja gritarem: "Tarzan-jad-guru!", e parecia tratar-se dele. Quer que o mate já?

— Ainda não — disse o chefe. — Esperemos que lhe voltem os sentidos para o interrogarmos. Enquanto isso que fique In-tan lhe montando guarda. Logo que voltar a si, chamem-me.

Retirou-se o chefe seguido dos demais guerreiros, exceto In-tan. Pela conversa ali ouvida, deduziu Tarzan que o reforço Kor-ul-ja, pedido por Om-at, havia chegado a tempo e dispersado o grupo de inimigos, o que não impediu que o levassem, a ele, Tarzan, desmaiado consigo.

O homem-macaco pôs-se a maquinar um plano de fuga. Seu guarda, In-tan, achava-se naquele momento na porta, de costas para ele. Tarzan aproveitou-se do ensejo para examinar o laço de corda que a manietava. Viu que rompê-lo seria uma brincadeira e, pois, cautelosamente ergueu os braços para ir com os dentes afrouxando os nós. Nisto o guarda voltou-se e, vendo o prisioneiro já sentado, aproximou-se para examinar a corda.

Mal se abaixou para isso, o laço desfez-se a um arranque brusco, e Tarzan o agarrou pelo gasnete. Houve luta breve, sem que In-tan pudesse gritar. Em certo momento, como não conseguisse fazer uso da faca que trazia à cinta, tentou enlaçar o pescoço de Tarzan com a cauda. O homem-macaco, porém, arrancou-lhe a faca da cintura e decepou-lhe o apêndice caudal pela raiz.

Esse golpe fez que o guerreiro Waz-don esmorecesse. Suas forças entraram a decair; sua resistência afrouxou. Os dedos crispados de Tarzan constringiam-lhe mais e mais a garganta.

Quando o corpo de In-tan descaiu, o homem--macaco respirou. A atenção de outros guerreiros não fora atraída.

Uma ideia empolgou Tarzan e fê-lo decepar a cabeça do guerreiro morto. Era já noite escura, de modo que Tarzan pôde descer pelos espeques escalonados sem que ninguém o pressentisse. Chegando à base da escarpa, desapareceu dentro da sombra das árvores, sempre conduzindo pelos cabelos a cabeça de In-tan.

Na floresta orientou-se e tomou rumo da aldeia de Om-at. Para isso seguiu uma trilha que beirava o rio. Em certo ponto em que a correnteza chofrava a base da escarpa, teve de passar a nado para a margem oposta, visto que a trilha acabava ali. Ao pisar na margem oposta o seu faro deu-lhe aviso duma pista. A pista de Pan-at-lee! Sim, naquela margem pairava o odor da criatura que tão ardorosamente Om-at vinha procurando. Morta? Viva? Viva, talvez, pensou Tarzan, e o meio de o verificar seria seguir até o fim aquele rastro.

Tarzan nada sabia a respeito de Kor-ul-grif, nem do monstro que apavorava todas as imaginações. Lembrava-se vagamente de ter ouvido de Ta-den e de Om-at histórias de monstros fabulosos, às quais não dera importância visto que o seu coração jamais conhecera o medo. E mesmo que conhecesse quanto perigosa era aquela zona, não seria razão para que a deixasse de explorar. A perigos estava ele afeito desde a primeira infância. O perigo não impressionava Tarzan.

Seguiu pelo faro o rastro de Pan-at-lee, indo assim ter à escarpa das cavernas abandonadas. Viu a linha de espeques escalonados que subia por ela acima e percebeu neles o odor da procurada. Imediatamente deu início à ascensão.

A meio do caminho, porém, olhou para baixo e divisou na base da escarpa um vulto que se movia — que também subia pelos espeques com grande lentidão. Firmou a vista. Teve a ideia dum gigantesco símio de ordem inferior, embora diferente de quantos conhecia.

O vulto tomara por outra série de espeques que não a utilizada por Tarzan, o qual, oculto numa anfractuosidade da escarpa, quedou-se imóvel para melhor acompanhar a subida do monstro. Marinhou ele pela escarpa acima com morosidade de lagarta, até ao extremo da linha de espeques, e lá se sumiu por uma das aberturas escavadas na rocha.

Tarzan, então, prosseguiu na marcha, sempre guiado pelo odor de Pan-at-lee. Ao alcançar o último espeque, um grito de horror desfez o silêncio daqueles misteriosos pagos.

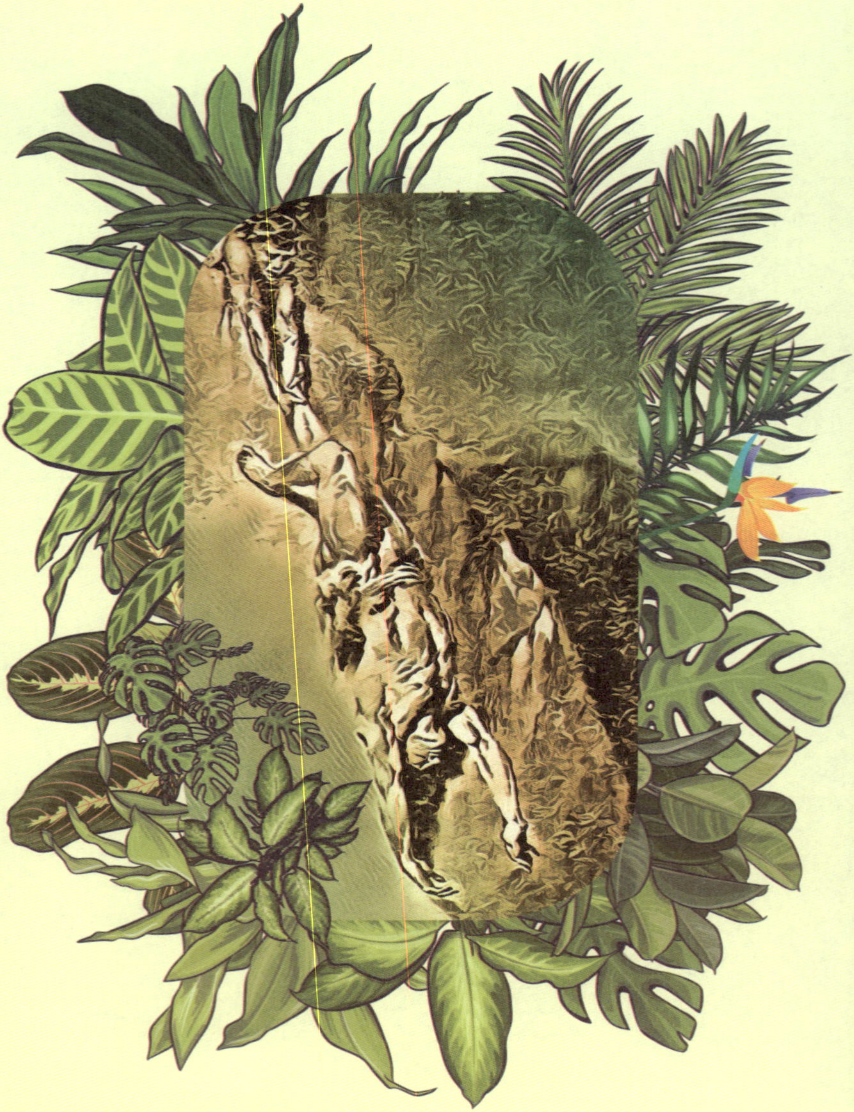

CAPÍTULO VI

O Tor-o-don

Pan-at-lee dormiu e sonhou. Sonhou que estava adormecida sob uma grande árvore, numa grota do Kor-ul-grif, e que um animal feroz avançava para ela sem que lhe fosse possível a fuga. Quis gritar e não pôde. O monstro a agarrava pela garganta, pelo peito, pelos braços e a puxava para si. Num esforço sobre-humano despertou, certa de que com o abrir dos olhos o mau sonho se desvaneceria. Não foi assim, entretanto. Mesmo acordada, continuou a ter diante dos olhos o abantesma entrevisto em sonhos.

Pan-at-lee soltou um grito de horror e, no momento em que o monstro a arrastava para a antecâmara batida da luz da lua, viu o vulto dum Ho-don estampar-se na abertura exterior.

O assaltante também viu esse vulto e rosnou, mas sem largar a presa. Agachou-se em atitude defensiva, num crescendo de rosnidos e urros apavorantes. Pan--at-lee percebeu logo que o vulto estranho não era um Ho-don, mas, mesmo assim, seu pavor subiu ao extremo. Aquelas duas criaturas iriam agora lutar pela posse de seu corpo, portanto, estaria perdida qualquer que fosse o vencedor. A única esperança era que durante a luta se lhe azasse uma oportunidade de fugir.

No monstro que a agarrava Pan-at-lee reconheceu logo o Tor-o-don; mas o outro lhe era impossível identificar. Não tinha cauda! As mãos e os pés diferiam das mãos e pés das raças do Pal-ul-don. Vinha avançando para o monstro de faca em punho; súbito, entreparou e falou:

— Quando ele a largar, Pan-at-lee, corra a colocar-se atrás de mim e fique próxima à abertura, preparada para descer pelos espeques com a maior rapidez, caso eu seja batido na luta. Mas se a vitória for minha, espere-me. Sou amigo de Om-at, portanto, seu também.

— Quem é? — exclamou a moça no auge do espanto. — Donde vem e como apareceu aqui?

— Sou Tarzan, e acabo de vir da aldeia de Om-at, o *gund* de Kor-ul-ja, e justamente à procura de Pan-at-lee.

Om-at, *gund* de Kor-ul-ja? Que delírio era aquele? Pan-at-lee quis fazer mais perguntas, mas o desconhecido já retomara o seu avanço contra o monstro rosnante, cujas garras se desprenderam dela, permitindo-lhe correr a colocar-se conforme a recomendação do seu salvador.

Imediatamente, as duas criaturas se atracaram, cada qual procurando pegar na garganta do outro. A jovem estava livre para fugir pelos espeques; mas não o fez por sentir-se amarrada ao desconhecido pelas palavras que ele dissera: "Sou amigo de Om-at". E quedou-se, também de faca em punho, na esperança de poder tomar parte na luta. Conhecia a fama dos Tor-o-dons, misto de homem e gorila, de extrema bestialidade e que embora existentes em pequeno número nas florestas de Pal-ul-don constituíam o perpétuo terror tanto dos Waz-dons como dos Ho-dons.

Com um golpe de cauda, o monstro apanhou Tarzan pela canela e o fez perder o equilíbrio. Engalfinhados que estavam, caíram ambos. Tarzan, porém, cuja mobilidade era assombrosa, soube girar sobre si antes de chegar ao chão, de modo que caiu por cima do monstro. Essa proeza, entretanto, lhe custou um *handicap:* a faca lhe escapou dos dentes saltando longe. Estava ele agora empenhado em manter manietados os terríveis braços do monstro, mas sem meios de defender-se da cauda que procurava enlear-se em seu pescoço para asfixiá-lo.

Pan-at-lee, de respiração suspensa, queria entrar na luta. Seus dedos se crispavam no cabo da faca. Mas não via jeito, tal a rapidez de movimentos dos dois corpos rebolantes. Havia o perigo de ferir a um ou a outro indistintamente. A cauda do monstro mais e mais insistia em enlear-se no pescoço de Tarzan, que, como defesa, encolhia a cabeça como a enfiá-la pelos ombros adentro. Por quanto tempo lhe valeria esse recurso? O monstro, fortíssimo, mais forte ainda que Bolgani, o gorila, entrava a ganhar terreno. Tarzan percebeu -o e, num sobre-humano esforço, afastou de súbito o mais que pôde os braços do monstro para, com a rapidez de cobra no bote, cravar-lhe os dentes na veia jugular.

Ao fazê-lo, entretanto, teve de desenterrar a cabeça de entre os ombros, e a cauda do inimigo pôde afinal enrolar-se-lhe ao pescoço. Começou a estrangulação.

O desfecho da luta seria inevitável se num dos trancos em que andavam os dois corpos não fossem parar perto da faca. Já na agonia da estrangulação, o rosto negramente congesto e a língua de fora, Tarzan de súbito desembaraçou a mão direita, agarrou a faca e cravou-a na fera uma, duas, três, quatro vezes — e mais não fez porque tudo se lhe escureceu em redor e seu corpo moleou, vencido pela asfixia.

Por felicidade Pan-at-lee não seguira à risca as suas instruções, de fugir pelos espeques caso o visse batido na luta, a jovem compreendeu o perigo que Tarzan corria mesmo depois de esfaqueado o adversário, e cheia de ânimo agarrou uma pata do monstro e a estirou violentamente, deitando-se para isso no chão com as pernas presas a uma anfractuosidade. O monstro também agonizava, de modo que aquela inesperada intervenção o forçou a relaxar os músculos — e sua cauda escapou-se do pescoço do estrangulado.

Pan-at-lee ainda ficou algum tempo a estirar a perna do monstro agonizante, até convencer-se de que realmente estava acabado. Correu então para o seu salvador, que permanecia imóvel, sem sentidos, embora com o coração a pulsar. Momentos depois, Tarzan voltava a si. Olhou em torno, ainda tonto. Depois fixou os olhos no rosto inquieto de Pan-at-lee.

— Vivo! Vivo! — exclamava ela com alegria.

— Sim, respondeu Tarzan com voz fraca. — E o monstro?

A jovem apontou.

— Ali está — morto.

— Bem, murmurou Tarzan. — E você? Ferida?

— O amigo de Om-at chegou a tempo, respondeu a jovem. — Mas quem é e como sabe meu nome e por que disse que Om-at é *gund*?

— Espere, espere. Cada coisa a seu tempo, Pan-at-lee. São todas iguais as mulheres, sejam damas de Londres ou fêmeas do Kerchak ou do Pal-ul-don. Quatro de nós saímos de Kor-ul-ja com Om-at em procura de Pan-at-lee, mas fomos atacados pelos Kor-ul-luls e separamo-nos. Eu fui feito prisioneiro; escapei, e de volta para a aldeia pus-me de novo na pista da criatura que procurávamos. Segui-lhe as pegadas até a escarpa e continuei a segui-la espeques acima até alcançar a abertura desta caverna. Nesse momento ouvi um grito de terror na câmara interna. O resto Pan-at-lee sabe.

— Mas falou de Om-at como *gund* de Kor-ul-ja. O *gund* é Es-sat.

— Es-sat já não existe — explicou o homem-macaco — e agora o *gund* é Om-at. Om-at encontrou-o no apartamento de Pan-at-lee e matou-o.

— Sim, sim, murmurou a jovem. — Es-sat veio ter à minha caverna; eu dei-lhe na cabeça com o porta-seios e fugi...

— E um leão a perseguiu, e Pan-at-lee precipitou-se no abismo. Só não sei como pôde salvar-se.

— Por Jad-ben-Otho! Haverá qualquer coisa que Tarzan desconheça? Como soube do leão e do meu salto no abismo e ignora que embaixo havia um remanso da correnteza?

— Porque tive de interromper minhas investigações antes do encontro do rio, graças ao ataque dos Kor-ul-luls. Responda-me uma coisa: que nome dão aqui ao monstro com o qual lutei?

— Tor-o-don. Eu já havia visto um. São criaturas terribilíssimas, com a astúcia do homem e a ferocidade dos gorilas. Incrível que em luta corporal um guerreiro vença um Tor-o-don, e os olhos de Pan-at-lee arregalavam-se de admiração.

— Bem, disse Tarzan. — É preciso agora dormir, descansar, porque amanhã voltaremos para Kor-ul-já, onde Om-at a espera.

Embalada pelo sentimento da segurança física, a jovem deitou-se e dormiu pesadamente, enquanto seu salvador fazia o mesmo rente à entrada da caverna.

O sol já ia alto, no dia seguinte, quando o homem-macaco despertou; por duas horas ficou na abertura, com os olhos postos num ponto negro que se movia ao longe no trecho de pantanal dali avistado. Era o homem que parecia um deus e que se lançara a atravessar o palude terrível. Ora a enterrar-se no lodo até a cintura, ora ameaçado por asquerosos répteis, ia ele avançando à custa de esforços hercúleos, polegada. No centro do palude formava-se uma lagoa de águas verdes. Penosamente, o homem a alcançou, e por ela se meteu a nado, sem pressa, como quem necessita poupar as mínimas parcelas de forças — pois além da lagoa havia outro tanto de brejal a vencer. E estava já com quase toda a lagoa vencida, quando à sua frente emergiu um hediondo réptil, de goelas escancaradas e a língua bífida vibrante.

Tarzan ergueu-se e aspirou a largos haustos o ar fino da manhã. Seus olhos repastaram-se na maravilhosa paisagem expandida abaixo. Lá estava o Kor-ul--grif, de tons carregados e árvores gigantescas — sempre ameaçador, exceto para Tarzan; para Tarzan era uma floresta como outra qualquer. Era a jângal — a eterna jângal da qual conhecia todos os habitantes e onde nunca topara criatura que lhe resistisse. Mas ao taurogrifo desconhecia.

Tinha ouvido na véspera um urro cavo, que o intrigou. Indagaria de Pan-at-lee que sons eram aqueles. Antes, porém, de encontrar-se com a jovem ainda adormecida, resolveu descer até ao sopé da escarpa, onde entreparou, de olhos e ouvidos atentos ao menor agitar das árvores e aos menores ruídos ambientes. Também seu nariz farejava no ar os mais leves odores carreados pelas brisas. Súbito, percebeu o cheiro característico de Bara, a corça. Tarzan exultou, porque adorava aquela caça, e rapidamente se insinuou pela floresta na direção que o faro lhe indicava. Encontrou Bara num bebedouro, de focinho na água. Uma seta tirada do carcás, um sibilo — e a corça alçou-se num pulo para em seguida abater-se na fímbria do riacho, agonizante. Tarzan correu para lá, mas ao pô-la sobre o ombro, ouviu novamente, perto, o cavo e misterioso urro da véspera. E simultaneamente seus olhos tiveram a visão duma criatura como as que os paleontologistas colocam nos períodos primários da

Terra, criatura gigantesca, vibrante de raiva louca e que aos urros se lançava contra ele.

Quando Pan-at-lee despertou, seu primeiro cuidado foi procurar Tarzan. Não o vendo por ali, supôs que descera em procura de alimento. Correu à entrada da caverna e ainda pôde vislumbrá-lo no momento em que mergulhava na floresta. Sentiu-se retransida. Conhecia os perigos do Kor-ul-grif e tinha certeza de que Tarzan os ignorava. Por que então não gritava por ele? De medo do grifo, cuja audição era agudíssima a ponto de apanhar das maiores distâncias qualquer som de voz humana. Gritar por Tarzan seria denunciar a presença ali de ambos — um desastre.

Pan-at-lee achou de melhor aviso também descer para ir avisá-lo do perigo. Foi-se aos espeques e em momentos se viu no sopé da escarpa. Seguindo o rastro por ele deixado nas ervas, breve o entreviu à beira do bebedouro, lidando com uma peça de caça. Nesse momento lhe chegou aos ouvidos o urro apavorante do monstro. Terrificada acima de qualquer descrição, o impulso de Pan-at-lee foi o de trepar à primeira árvore que se lhe antolhou, refugiando-se no galho mais alto que pôde atingir. E lá ficou de observação.

O monstro que avançava para Tarzan era criatura por ele jamais vista e de que jamais tivera notícia. Entretanto, Tarzan não se amedrontou; apenas se encheu de cólera à hipótese de abandonar uma rica peça de caça no momento em que a fome já o torturava. Só havia um recurso naquela emergência — a fuga rápida, e Tarzan fugiu, levando consigo o veado. O extraordinário tamanho do monstro tornava a sua situação perigosíssima, porque ainda que trepasse a uma árvore poderia ser por ele alcançado ou dela derribado caso não pudesse alcançar uma das mais alentadas.

Foi o que fez, com velocidade incrível e de modo a desnortear o monstro, que possivelmente pela primeira vez se via logrado por um bípede. Do alto da sua árvore Tarzan avistou Pan-at-lee.

— Olá, que faz aí? — indagou ele.

A jovem explicou que descera a escarpa a fim de o avisar do grande perigo que corria.

— Veio avisar-me? — disse Tarzan. — Isso foi ato heroico, Pan-at-lee. O monstro aproximou-se de mim sem que eu o percebesse. É coisa que não compreendo.

— Pois a mim não admira, observou a jovem. — Uma das particularidades do grifo é caminhar tão imperceptivelmente que os homens só o percebem quando já está ele dando o bote.

— Mas meu faro devia ter-me avisado da sua aproximação.

— O faro?

— O faro, sim, o mesmo que me fez de longe perceber a presença deste veado no bebedouro. É verdade que senti no ar um odor jamais sentido, mas que me pareceu vir de muito longe.

O monstro urrava de cólera sob a árvore gigantesca.

— Sim, continuou Tarzan depois de aspirar forte várias vezes. — Compreendo agora. Esta criatura praticamente não tem cheiro. Mal o sinto, apesar de estarmos tão próximos. Pan-at-lee, já ouviu você falar de *triceratops*? Pois é o nome deste monstro a que chamam aqui grifo, monstro de raça extinta há milhares e milhares de anos. Vi num museu de Londres um exemplar empalhado, mas imaginei que tal reconstituição fosse fantasia dos sábios. Agora verifico que os sábios estavam certos, pois a reconstituição londrina está tão perfeita que me permitiu incontinente identificar este *triceratops*. O que os sábios ignoram é que a espécie não está extinta. Persiste aqui no Pal-ul-don.

Pan-at-lee não compreendeu coisa nenhuma daquela explanação e disse-o. Tarzan sorriu, enquanto arremessava ao focinho do monstro um pedaço de galho seco. O furor da fera recresceu e novos urros atroaram a floresta. Media vinte pés de comprimento e tinha a cor da ardósia, exceto na face, que era de tom amarelo com círculos azuis em redor dos olhos, e no cabelo, que o tinha de cor avermelhada. No dorso alongavam três fileiras de protuberâncias ósseas, uma vermelha e as outras amarelas. Os cascos de três dedos dos antigos dinossauros tinham-se tornado garras, mas os três cornos da testa persistiam imutáveis. Por mais horrível que fosse o aspecto do monstro, para Tarzan só causou admiração. Admirou sobretudo a sua força gigantesca, pois só a cauda do *triceratops* devia ter a potência dum elefante.

Os olhos pequenos do grifo raivoso fixaram-se nele; sua beiçarra entreabriu-se.

Herbívoro? murmurou Tarzan com ironia ao ver-lhe os dentes. Teus antepassados talvez o fossem, mas não tu, meu monstro. E voltando-se para Pan-at-lee: E agora temos de voltar à caverna para comermos este veado; depois, Kor-ul-ja!

— Voltar à caverna? — repetiu a jovem, surpresa.

— Esse grifo nunca mais arredará pé daqui.

— Tolice. Na árvore não pode ele subir, nem pode derrubá-la, e nós conseguiremos alcançar a escarpa caminhando de galho em galho e passando de uma árvore a outra.

— Tarzan não conhece o grifo, replicou a jovem, suspirando. — Para onde quer que formos, ele irá também, e mesmo que cheguemos rente à escarpa, como descer?

— Poderemos viver sobre estas árvores o tempo que quisermos, declarou Tarzan. — O grifo há de cansar da tocaia e abandonar-nos. Conto com a sua fome.

Pan-at-lee meneou a cabeça.

— Não creio. Além disso, há os Tor-o-dons. Logo aparecem por aqui e dão cabo de nós, comendo o que puderem e lançando o resto ao grifo. Vivem muito acamaradadas essas duas espécies de monstros. Dividem entre si as presas.

— Poderá ter razão, Pan-at-lee — concordou Tarzan — mas não havemos de ficar aqui à espera de que nos venham devorar. Tentemos a fuga. Acompanhe-me.

Pôs-se a caminhar pelos galhos e a pular duma árvore para outra, seguido de Pan-at-lee. Mas ao alcançarem a última árvore perto da escarpa, a situação era a mesma. Impossível descer. O grifo os seguira e estava ao pé, montando guarda. Tarzan pôs-se a coçar a cabeça.

V

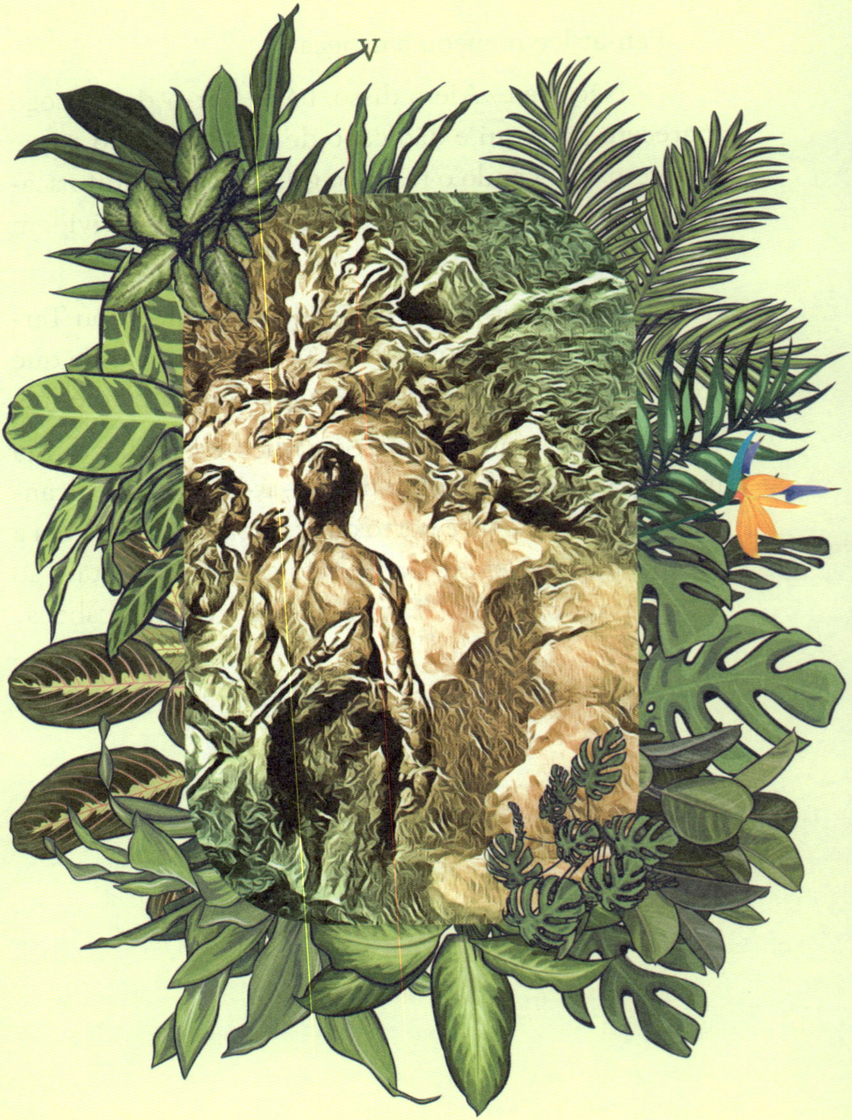

CAPÍTULO VII

ASTÚCIAS DA JÂNGAL

— Escute, disse ele à jovem. — Vamos usar duma esperteza. Pode atravessar esta grota pelo chão com a maior rapidez?

— Sozinha?

— Não, comigo.

— Com Tarzan farei tudo neste mundo.

— E depois de atravessá-la, pode voltar?

— Sim.

— Então me acompanhe.

Tarzan desceu e meteu-se pela grota, insinuando-se por entre os troncos com a agilidade dos símios, galgando paus caídos, balançando-se em cipós, sempre acompanhado nos calcanhares pela jovem. Mas, ao chegar ao termo do grotão, viu que o trabalho fora perdido. O grifo dera volta e havia-se postado lá.

— Para trás agora, Pan-at-lee! — gritou Tarzan, e refizeram com a maior presteza o caminho, vindo de novo ter ao ponto de partida. Inútil. O grifo chegara primeiro.

A escarpa erguia-se tão próxima, com seus numerosos andares de cavernas a lhes fazer um apelo amigo — e não tinham meios de alcançá-la! O corpo do Tor-o-don, que haviam arremessado lá de cima, jazia ali perto, rígido. O grifo cruzara por ele sem o tocar. Também de manhã, Tarzan passara por ele e cuidadosamente o examinara, verificando pertencer a uma ordem muito evoluída de símios ou a um grau muito inferior da humanidade — qualquer coisa como o homem de Java, mais perto do tipo ideal do pitecantropo do que qualquer Waz-don ou Ho-don. Talvez fosse o precursor de tais raças.

Mas nesse momento um som "whee-oo! Whee-oo!" chegou-lhe aos ouvidos.

O grifo embaixo da árvore ergueu a cabeça e olhou na direção, emitindo um som cavo que não era urro nem indicava cólera. Imediatamente, o "whee-oo" soou de novo, fazendo o grifo repetir o som cavo.

Tarzan olhou para Pan-at-lee.

— Que será?

— Não sei, respondeu ela. — Talvez algum avejão

ou mesmo algum dos estranhos animais desconhecidos destas paragens.

— Olhe! — gritou Tarzan, apontando.

Pan-at-lee desferiu um grito de desespero.

— Outro Tor-o-don!

Ereto e trazendo uma vara na mão, o pitecantropo avançava lentamente, gingando o corpanzil peludo. Caminhava em direção do grifo, que recuou como que receoso. O Tor-o-don achegou-se-lhe e arreganhou-lhe a dentuça amarela. Depois lançou-se sobre o monstro e começou a dar-lhe no focinho com o pau. Tarzan encheu-se de assombro ao ver aquele animalão, que poderia aniquilar o pitecantropo num ápice, tremer diante dele como um rafeiro.

— "Whee-oo! Whee-oo!" — exclamou de novo o Tor-o-don, e o grifo ajeitou-se na atitude da montaria que vai receber o montador. E, de fato, o pitecantropo o encavalgou, estimulando-o a gritos e cutucadas do pau. O grifo pôs-se a trotar.

Tão absorvido ficou Tarzan na cena que se esqueceu de si. Sua imaginação fê-lo ver um quadro das idades primitivas — quando a criatura que ia dar *origem* ao homem conquistou a sua primeira besta de carga.

Mas o trote do grifo esmoreceu logo adiante. O monstro parou, voltou-se para trás e, com um movimento de cabeça e um urro, indicou a árvore onde os invasores do Kor-ul-grif estavam abrigados. Imediatamente, o Tor-o--don rumou a montaria para debaixo da árvore, erguendo-se de pé sobre seu dorso. Tarzan pôde ver a contento aquela face bestial, aqueles músculos poderosíssimos e os terríveis caninos arreganhados. O Tor-o-don batia punhadas no peito largo, como num tambor, arrancando um som apavorante.

De pé num galho e pronto para a luta, parecia Tarzan um deus das selvas, dando perfeita *ideia* do maravilhoso animal que seria o homem se não se houvesse afastado das leis naturais, criando as monstruosas leis humanas. Era ele o Presente em conflito com o Passado. O Presente levou a mão à cinta; colheu uma flecha do carcás; ajeitou-a à corda; esticou o arco e atirou. O Passado, que só dispunha da sua força bruta, sentiu a dor do coração varado pela seta — e descaiu da montaria, morto.

— Tarzan-jad-guru! — exclamou Pan-at-lee, repetindo nesse grito de admiração o mesmo apelativo que os guerreiros de Om-at já lhe haviam dado.

— Pan-at-lee — disse ele voltando-se para a jovem — este monstro poderá conservar-se aqui indefinidamente e muito receio que não possamos escapar. Tenho um plano. Fica você onde está e eu me afasto de árvore em árvore. Fatalmente ele há de seguir-me. Quando estiver longe, desça e corra para a escarpa; suba e espere-me nas cavernas. Mas não me espere mais que um dia. Se até amanhã eu não reaparecer, siga para Kor-ul-ja sozinha. Aqui tem um quarto de veado para o seu jantar.

— Não posso abandoná-lo, respondeu Pan-at-lee com simplicidade. — Não é assim que a minha gente procede com um amigo e aliado. Om-at jamais mo perdoaria.

— Diga a Om-at que eu o ordenei, respondeu Tarzan.

— É ordem, então?

— Sim, ordem, Pan-at-lee. E trate de reunir-se logo a Om-at, já que é a companheira que o chefe de Kor-ul-ja merece.

Disse e afastou-se, pulando de galho em galho.

— Adeus, Tarzan-jad-guru! — gritou-lhe a jovem.

— Felizes Om-at e eu, de ter um amigo assim...

Tarzan caminhava com grande barulho para atrair a atenção do grifo, que o acompanhou, afastando-se cada vez mais de Pan-at-lee. A astúcia dera resultado. Pan-at-lee se salvaria, mas ele? Como livrar-se do monstro? Por várias vezes tentou naquela travessia enganar seu perseguidor, mas sem resultado. Numa delas atingiu um ponto onde as folhas das árvores chegavam a esflorar a escarpa. Infelizmente, não havia ali nenhuma linha de espeques escalonados.

Tarzan começou a admitir a gravidade da situação. Já vinha a noite, e passara o dia inteiro naquele jogo. A noite veio dar-lhe um luar de esperança. Ele agia nas trevas quase com tanta segurança como os animais noturnos — e era possível que o monstro dormisse. Foi outra desilusão. O grifo não pregava olho. Cansado de tentativas, lá pela madrugada Tarzan desistiu de enganá-lo — e adormeceu a seguro num esgalho inacessível.

O sol já era nascido quando Tarzan despertou, refeito do cansaço da véspera. Mais uma vez tentou esgueirar-se dali sub-repticiamente sem que o monstro o percebesse — e ainda dessa vez seu plano falhou. Percebendo-lhe os movimentos, o grifo atroou os ares com urros.

Furioso, e sem nenhuma ideia em mente, Tarzan arrancou da árvore em que se achava uma fruta e arremessou-a de encontro à testa do monstro. E um prodígio operou-se. Em vez do urro de cólera que Tarzan esperara, o grifo limitou-se a recuar como o boi que recebe um pique do aguilhão. Imediatamente, a cena do Tor-o-don a fazer com um pau o que queria daquele monstro, veio-lhe ao espírito — e brotou a ideia de tratá-lo como o Tor-o-don o tratara.

Era um jogo, mas o que não é jogo na vida? Há na natureza bruta tanto jogo como nos cassinos das grandes cidades. E Tarzan resolveu jogar talvez a maior cartada de sua vida.

Começou afeiçoando uma vara resistente, que com a faca podou duma árvore e a limpou de toda a ramagem miúda. Depois apontou-a. Pronta a vara como era a do Tor-o-don, emitiu o mesmo grito que lhe ouvira, ao mesmo tempo que atirava ao grifo o resto do veado.

— "Whee-oo! Whee-oo!"

Imediatamente, o monstro lançou-se à carne com sofreguidão, devorando-a de um trago. Em seguida olhou para cima, como à espera de mais; o que viu, porém, foi Tarzan calmamente a descer da árvore e a gritar o "whee-oo!". O monstro entreparou, como que atordoado. Tarzan avançou um pouco mais, sempre de vara erguida e repetindo o grito, tudo ao modo do Tor-o-don.

Iria o monstro comportar-se como se havia comportado com o pitecantropo?

Depois que viu o grifo a boa distância, Pan-at-lee desceu da árvore e correu a seguro para a escarpa, conduzindo ao ombro o pernil da corça. Alcançando uma boa caverna, acendeu fogo para preparar a refeição. Água tinha-a perto, num dos filetes murmurejantes.

Lá dormiu e esperou Tarzan durante todo o dia seguinte, durante o qual por numerosas vezes ouviu ao longe os urros temerosos do monstro. Pan-at-lee fora literalmente conquistada por Tarzan, como aliás acontecia a todas as criaturas racionais ou irracionais com quem ele tratava. Só os covardes malqueriam Tarzan. Ficou ele sendo para Pan-at-lee o símbolo da bravura, da nobreza e do heroísmo sem limites — além de que era o amigo de Om-at.

Assim foi que o aguardou muito mais tempo do que Tarzan lhe recomendara, sempre com a esperança de vê-lo surgir de um momento para outro. Tarzan-jad--guru, entretanto, não apareceu, e, na manhã do terceiro dia, Pan-at-lee, com o coração roído de mágoas, teve de fazer-se rumo para a aldeia de Kor-ul-ja.

Bem conhecia ela os perigos que tinha de defrontar, mas estava no sangue dos Waz-dons um fatalismo de raça. Quando o perigo sobrevinha, agiam como podiam, mas jamais perdiam tempo em prevê-lo. Pan-at-lee encaminhou-se para a sua aldeia com a simplicidade e despreocupação duma lavradora que se dirige para a roça.

Estava escrito, entretanto, que não entraria na aldeia naquele dia, nem no imediato, nem nos subsequentes.

Pan-at-lee chegou sem novidade ao Kor-ul-lul e, depois de caminhar algum tempo sem vislumbrar sequer rastro dos seus tradicionais inimigos, sentiu-se tão confiante que abusou; em vez de seguir pelo ervaçal, tomou a trilha que ligava Kor-ul-lul ao fértil vale do Jad-ben-Otho.

Súbito, de ambos os lados da trilha surgiram duma emboscada vinte guerreiros brancos. Eram Ho-dons.

Qual amedrontada corça, Pan-at-lee lançou um olhar único àqueles homens e precipitou-se em fuga na vegetação marginal. Era tarde. Os guerreiros meteram-na num círculo, dentro do qual a jovem resistiu de faca em punho, de tímida corça transformada em ferocíssima gata. Vários guerreiros ficaram feridos, visto que não queriam matá-la e sim capturá-la. Mesmo depois de segura, foi necessário atravessar-lhe na boca um cipó para impedi-la de morder.

Próximo da aldeia de Kor-ul-lul o grupo encontrou-se com um destacamento de guerreiros que numa das costumeiras incursões para obter escravos haviam aprisionado diversos Waz-dons. Fundidos os grupos, marchavam gloriosamente e entretidos em animada conversa, graças à qual Pan-at-lee soube que estava sendo levada para A-lur, a Cidade da Luz — e isso justamente quando o seu Om-at ascendia ao cacicado supremo da tribo...

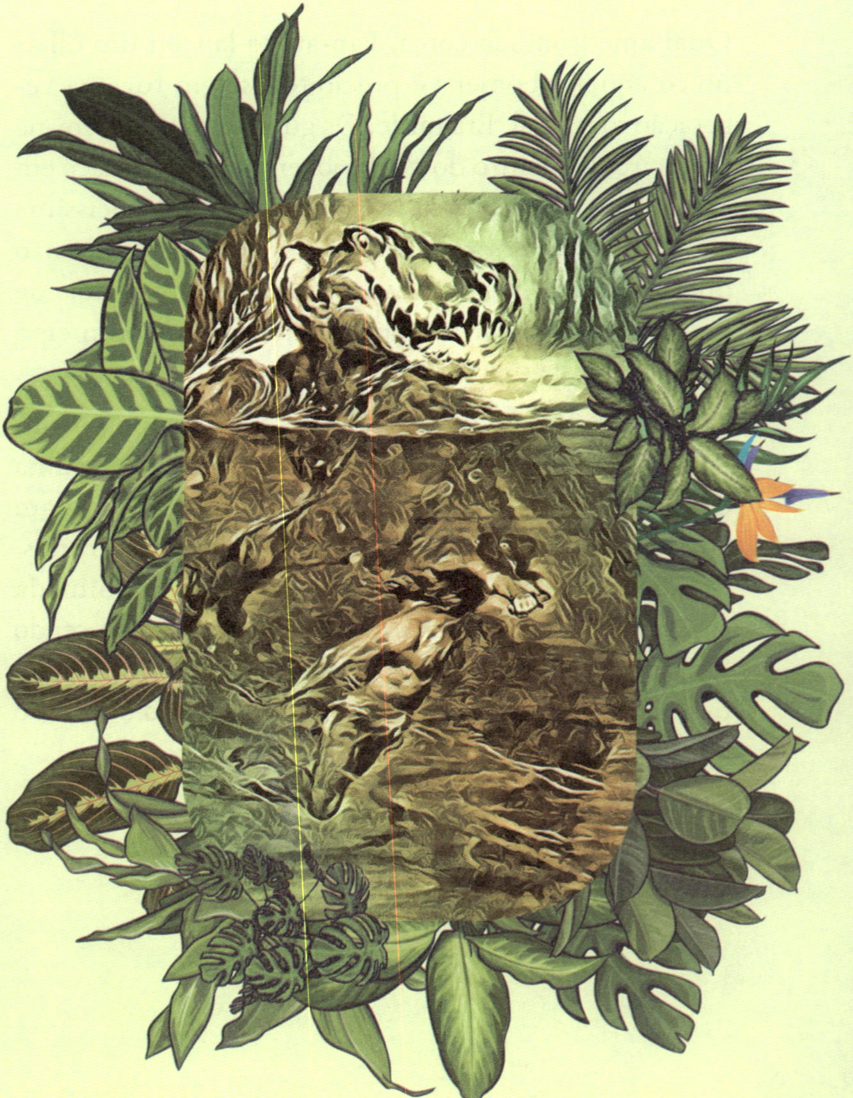

CAPÍTULO VIII

A-Lur

Quando o hediondo réptil emergiu à frente do homem que atravessara a nado a lagoa central do palude, sentiu-se ele no fim. Toda a sua trabalheira havia, pois, sido inútil, como também lhe parecia inútil qualquer tentativa de resistência contra o monstro. Se houvesse sido atacado em terra firme, poderia fazer uso da carabina; mas ali era impossível.

Mesmo assim, o instinto de conservação fê-lo reagir. Sacou da faca e esperou o bote do réptil — um monstro desconhecido, de vaga semelhança com o crocodilo, uma das muitas sobrevivências paleontológicas do palude.

Súbito com a rapidez da foca, o homem deu um mergulho na direção do monstro e dentro da água voltou-se de modo a poder com a faca riscar-lhe a barriga, única parte vulnerável do encarapaçado corpanzil. E nadando imerso o mais que pôde, só veio à tona a uns dez metros além. Olhou para trás. O monstro debatia-se furiosamente na água já tinta de sangue. Agonizava. E o homem, vitorioso, pôde completar a sua travessia a nado e alcançar de novo o pantanal.

No fim das forças, como se achava, consumiu duas horas, para, penosamente, ir-se movendo na lama peganhenta, onde um passo correspondia, em esforço, a cem em terra firme. Mas alcançou a fímbria do palude. Estava salvo. A cem braças dali deslizava um dos rios que vinham da montanha e alimentavam o palude. Após tomado o necessário descanso, foi banhar-se nele, mundificando-se da espessa camada de lodo que o cobria e às suas armas. A carabina foi desmontada, cuidadosamente limpa e lubrificada. Os cuidados daquele homem com a Enfield eram ainda maiores do que consigo próprio.

Ia ele agora em procura da pista que o levara ao palude e o fizera atravessar; essa pista devia revelar-se também ali naquela margem. Encontrá-la-ia? Em caso contrário, toda a sua trabalheira imensa podia considerar-se perdida. E lá começou a examinar o chão, em busca de sinais que para o comum dos homens seriam em absoluto imperceptíveis.

Avançando para o grifo, Tarzan imitou em tudo o que vira fazer ao Tor-o-don, mas sempre sob a sensação de que estava a jogar a cartada máxima da sua vida.

O monstro não dava nenhum sinal de aceitação ou de repulsa do jogo. Tarzan não vacilou. Avançou firme, gritando-lhe o "whee-oo!" e dando-lhe com a vara na testa. O grifo voltou-lhe as costas lentamente como havia feito com o Tor-o-don. Tarzan correu-lhe à cauda, agarrou-a e por ela subiu ao dorso do monstro, indo colocar-se montado no toitiço. E imitando o pitecantropo, fincou-lhe valentes pontaços nos flancos, ora à direita, ora à esquerda, desse modo guiando-o na direção que desejava.

A princípio sua ideia fora verificar se podia por algum tempo dominar o seu perseguidor até o momento em que pudesse fugir. Depois de montado, entretanto, experimentou a tentação de refazer os dias da meninice, em que pela primeira vez se viu sobre o dorso de Tantor, o elefante. Já que dominara o grifo, iria tirar disso o melhor partido.

Pan-at-lee, refletiu ele, ou estava morta ou já estava a seguro na aldeia de Om-at. Inútil por mais tempo preocupar-se com seu destino. Ora, lá abaixo do Kor-ul-grif estendia-se o vale verdejante onde se levantava A-lur, a Cidade da Luz e a meta da sua incursão no Pal-ul-don. O que tinha a fazer era rumar para A-lur.

Sua companheira, se acaso ainda vivesse, era possível que estivesse entre os Ho-dons. Entre os Waz--dons é que não estava, visto como era tribo, que não conservava os prisioneiros. Já entre os Ho-dons reinava a escravidão, de modo que poupavam os prisioneiros para pô-los no trabalho dos campos. Para A-lur, pois, seguiria ele — e como! — cavalgando o monstro que retranzia de terror toda aquela gente...

Uma correnteza de pouco vulto vinha do Kor-ul-grif para, no sopé dessa montanha, juntar-se a outras, dando origem ao rio que banhava A-lur. Ladeando esse rio coleava um velho caminho, muito surrado de homens e animais, que ia ter à cidade luminosa. Por ali meteu Tarzan o grifo.

Ao sair da mata e penetrar no campo, já começou a ter a visão fragmentada de A-lur, naquele engaste resplandecente de todas as belezas da verdura tropical. Espessa macega erguia-se lado a lado da trilha, estendendo-se ao longe, com, aqui e ali, capões de frondosas árvores, emaranhadas de lianas.

Por vezes sua montaria rebelava-se ao comando, sempre acabando, porém, por submeter-se à vara pontuda do cavaleiro. Era a eterna vitória da inteligência sobre a bestialidade. Em dado momento avistou Tarzan ao longe um grupo de Ho-dons do outro lado do rio. Esses homens também o viram encavalgando o monstro e, depois duns instantes de estarrecimento, desapareceram nas matas convizinhas, visivelmente tomados de pânico. Tarzan teve tempo de notar que entre eles havia vários Waz-dons — prisioneiros, com certeza.

Por força do velho instinto, o grifo lançara-se na perseguição dos debandados, e só depois de muitos gritos e pontaços pôde Tarzan metê-lo novamente na trilha.

Logo adiante o estranho cavaleiro começou a admitir que o seu plano de penetrar em A-lur naquela montaria era impraticável, graças à teimosia e resistência que o grifo demonstrava cada vez mais. A fome era a explicação daquilo. O imenso estômago do *triceratops* estava a pedir carne. Tarzan tinha de soltá-lo para que se alimentasse — e como fazer para o apanhar de novo?

Sem poder decidir-se em tal matéria, e não lhe agradando conservar-se toda a vida montado em semelhante animal, Tarzan resolveu descer e correr o risco do que pudesse sobrevir.

Mas, como fazê-lo parar? Outro problema. A solução só poderia vir da experimentação, e Tarzan experimentou. Pontaço aqui, pontaço ali, viu logo que o pontaço no nariz do grifo o fazia deter-se imediatamente. Perto havia uma grande árvore, onde, apenas desmontado, poderia encontrar abrigo; mas Tarzan refletiu que se fizesse isso, o *triceratops* perderia a fé no seu cavaleiro e, colérico, pôr-se-ia novamente de guarda ao pé da árvore para tirar vingança. E lá retornava ele à mesma situação do dia anterior.

Tarzan deixou-se, depois, escorregar do lombo do monstro e deu-lhe uma varada significativa de que estava dispensado do serviço. Nada mais. O monstro emitiu um ronco e, sem sequer olhar para Tarzan, tomou o caminho do rio, onde entrou para matar a sede. Bebeu como se não bebesse de semanas.

Convencido de que o grifo já não constituía para ele nenhuma séria ameaça, Tarzan lembrou-se que também ele tinha estômago. Tomou o arco, ajeitou nele uma seta e saiu em procura do almoço. O rio, como bebedouro que é, constituía excelente ponto de caça. Tarzan meteu-se por ali de tocaia.

Minutos depois tinha um antílope abatido aos seus pés. Carneou-o, reservou para si um dos quartos, que pendurou dum galho de árvore, e tomando o resto às costas, dirigiu-se para o grifo. O animalão estava justamente saindo da água quando Tarzan soltou o grito dos Tor-o-dons: "Whee-oo!". Três vezes teve de repetir antes que o *triceratops* se resolvesse a atendê-lo e vir para o seu lado. Mas veio rosnando — Tarzan o galardoou com aquele almoço ainda quente do calor da vida. A fera devorou com sofreguidão a carcaça do antílope.

"A lembrança deste almoço há de fazê-lo conservar-se às minhas ordens", foi pensando Tarzan enquanto se dirigia para a árvore a que pendurara o seu pernil de caça. Mesmo assim, depois que concluiu a refeição e trepou a uma árvore para repouso, refletiu consigo que havia bem poucas probabilidades de penetrar em A-lur montado naquele animalão pré-histórico.

Na manhã seguinte, logo que o sol rompeu, Tarzan escorregou da árvore e dirigiu-se ao rio para o banho; em seguida tomou a refeição matutina, composta dos restos do antílope e de frutas silvestres abundantes por ali.

E o grifo? Por várias vezes emitiu Tarzan o "whee--oo!" sem que obtivesse resposta. Convenceu-se de ter perdido para sempre a sua espantosa montaria da véspera e, consequentemente, tomou o rumo de A-lur, confiado apenas na sua astúcia e no conhecimento da língua dos Ho-dons.

Refrescado pelo banho como estava, e de ânimo contente graças ao estômago cheio e ao agradável repouso noturno, Tarzan sentia-se feliz. A beleza da paisagem circundante, ainda adereçada do polvilhamento diamantífero do orvalho, punha euforias em sua alma. Tarzan era um eterno enlevado da natureza.

A-lur já estava à sua frente. Que estranha arquitetura! Composta de inúmeras construções escavadas na rocha calcária abundante ali, dava a impressão de icebergs sobre um oceano de verdura. Essa a primeira sensação, de cor. A imediata dizia respeito às massas arquitetônicas e aos detalhes. Ta-den já lhe havia explicado com pormenores como aquela cidade fora entalhada na montanha rochosa num labor ininterrupto de séculos. Eram as casas feitas dum bloco, esculpidas na rocha com arte bárbara, cinzelamentos exteriores, varandas, balcões. O perfil natural da montanha fora aproveitado com muito acerto, e daí uma irregularidade de massas que constituía a beleza suprema de A-lur.

As casas tiravam o máximo proveito do tamanho dos blocos calcários, e se as havia de quinze pés de altura, havia-as também de cem e mais.

Chegando perto, viu Tarzan que o material escavado tinha tido inteligente emprego, ora a pavimentar ruas, ora erigir-se em muralhas e muros, ora a aterrar depressões do terreno. Isso fazia que A-lur fosse uma brancura única, resplandecente ao sol — donde o seu nome de Cidade da Luz.

Havia gente a mover-se nas ruas ou estacionada nos terraços. Tarzan não se surpreendeu de que a sua chegada não atraísse a atenção de ninguém. Na distância em que estava era impossível distinguirem-no de um Ho-don e, pois, tomavam-no como um nativo.

Com a mesma segurança com que andaria pelas ruas de Londres, Tarzan tomou pela via principal de A-lur. A primeira criatura que nele notou algo diferente foi uma criança que brincava a uma porta. "Não tem cauda!", pôs-se a gritar e jogou-lhe uma pedra. Tarzan prosseguiu no seu caminho como se nada houvesse acontecido, embora intimamente certo de estar novamente jogando uma cartada decisiva.

Os gritos da criança atraíram a atenção de mais gente, e um guerreiro saiu ao encontro do estranho personagem, interpelando-o.

— Quem sou? Um estrangeiro, vindo de longes

terras, em visita a Ko-tan, o rei de A-lur, foi a resposta de Tarzan.

O guerreiro recuou um passo, com a mão no cabo da faca.

— Não há estrangeiros que penetrem em A-lur — disse — fora inimigos ou escravos.

— Não sou nem escravo nem inimigo, replicou Tarzan. — Vim diretamente de Jad-ben-Otho — e espalmou as mãos para mostrar que era de fato duma raça estranha; também voltou-se para provar que não tinha cauda. Tarzan lembrara-se da disputa entre Ta-den e Om-at a respeito do deus Jad-ben-Otho, divindade sem cauda.

Os olhos do guerreiro arregalaram-se; pavor religioso e suspeito a um tempo empolgava-lhe a alma.

— Jad-ben-Otho! — murmurou ele. — É bem verdade que não sois um Ho-don, nem um Waz-don, como também é verdade que Jad-ben-Otho não tem cauda. Vinde comigo que vos levarei à presença de Ko-tan, o rei.

E assim foi Tarzan encaminhado para os paços reais.

A cidade de A-lur cobria uma grande área. Em certos pontos, os grupos de casas se espacejavam, com intervalos vazios, sinal de que a primitiva montanha ali sofria solução de continuidade. Enquanto caminhavam, numerosos guerreiros e também mulheres se reuniam para os seguir, num grande murmúrio de comentários, mas nenhuma tentativa foi feita de agressão ao estrangeiro.

Chegaram assim a um grande bloco de construção escavada num maciço de imponente altura e rodeada de muralhas altas. Era o palácio de Ko-tan. Diante do pórtico de entrada, as sentinelas deram alarma. Acudiram guardas, aos quais o condutor de Tarzan explicou do que se tratava. Por fim apareceu um alto oficial do palácio, que examinou o estrangeiro com grande curiosidade e interpelou-o:

— Quem sois? E que desejais de Ko-tan?

— Sou amigo — respondeu Tarzan — e vim de Jad-ben-Otho em visita ao vosso rei.

— Mas como cá chegastes e que desejais de Ko-tan?

Tarzan enfunou o peito e de semblante severo fulminou-o.

— Basta! O mensageiro de Jad-ben-Otho não pode ser tratado como um Waz-don prisioneiro. Conduzi-me à presença do rei; do contrário, a cólera de Jad-ben-Otho recairá sobre vossa cabeça.

Era outra cartada, e Tarzan mais uma vez ganhou. O oficial empalideceu e tentou repetir aquele gesto de amizade e aliança que Tarzan já conhecia — mão no próprio peito, e mão no peito do ádvena. Tarzan, porém, não se deixou tocar, recuando com expressão de horror na face.

— Detende-vos! — exclamou com voz imperiosa. — Como tentais tocar na pessoa sagrada do mensageiro de Jad-ben-Otho? Sabei que é por especial favor de Jad-ben

Otho que o rei vai receber a visita do sagrado mensageiro. Afastai-vos. Já esperei demais. Quero ver Ko-tan.

A princípio Tarzan deliberara assumir o papel do próprio deus Jad-ben-Otho; mas refletiu que seria embaraçante manter-se por muito tempo na atitude hierática da divindade; muito melhor apresentar-se como seu mensageiro, seu filho, por exemplo. Qualquer deslize da dignidade divina seria desculpada no filho do deus, jamais no próprio deus.

O efeito das suas palavras foi fulminante. O oficial e demais cortesãos que o rodeavam afastaram-se retransidos de religioso temor, desculpando-se humildemente de não o terem reconhecido a tempo.

— Misericórdia, ó grande Dor-ul-Otho! — implorou o oficial. — Misericórdia para este pobre Dak-lot! Segui-me, que vos levarei a Ko-tan, o qual vos espera, trêmulo, em seu trono.

E dirigindo-se para os circunstantes apinhados em redor:

— Para trás, vermes! Deixai passar o filho do deus.

Assim foi Tarzan introduzido nos paços reais de Ko-tan, rei de A-lur.

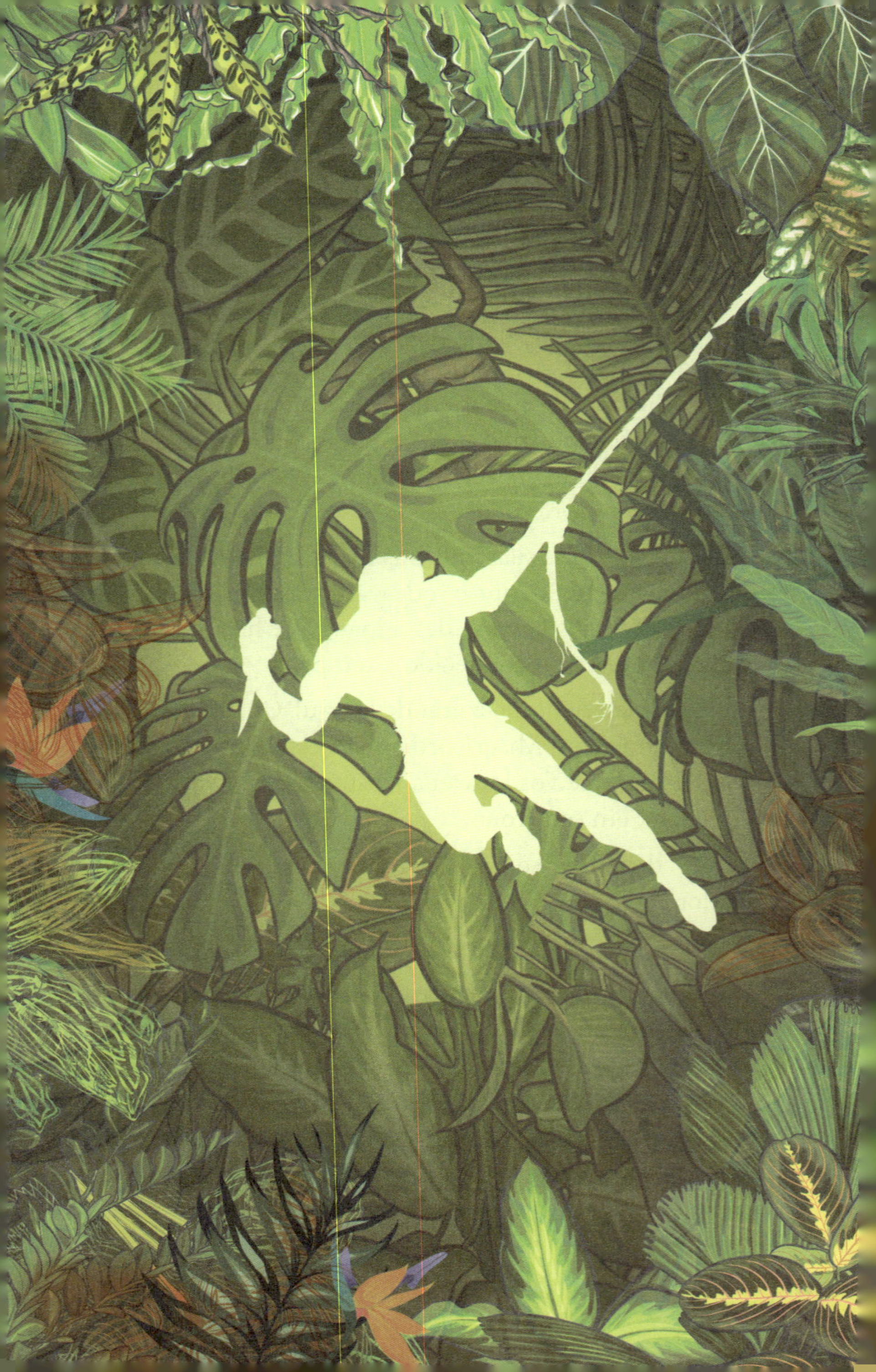

CAPÍTULO IX

Altares sangrentos

Os vestíbulos por onde Tarzan passou eram escavados com beleza em linhas geométricas; mais adiante, começou a ver nas paredes esculturas de animais e, depois, finalmente, figuras humanas. Uma decoração progressiva. Só viu por ali, porém, traços de cerâmica, nenhum da arte dos tecidos — sinal de que a evolução daquele povo ainda estava na arte da argila.

O corredor por onde o levaram servia a numerosos apartamentos, e depois dava para uma escadaria de três andares conducentes a um terraço em arcadas, com vista para um lago azul. Dali Tarzan pôde ver um enorme salão com o teto a grande altura. Esse imenso salão, ou o que seja, era quase todo ocupado por uma pirâmide de largos degraus, nos quais se perfilavam guerreiros empertigadíssimos. No topo da pirâmide, sentado num trono de ouro, Ko-tan, o rei.

— Ko-tan! — exclamou Dak-lot. — E vós, guerreiros do Pal-ul-don! Jad-ben-Otho, o Grande Deus, honra-vos com o envio de um mensageiro que é o seu próprio filho — e, recuando, apontou para Tarzan num gesto dramático.

Ko-tan ergueu-se, e todos os guerreiros voltaram-se para o mensageiro divino, mas a expressão da maioria indicava ceticismo e desconfiança. Os olhares moviam-se alternativamente de Tarzan para o rei e vice-versa, incertos todos sobre qual seria a atitude do rei, mas o rei estava indeciso também e cheio de dúvidas.

De braços cruzados e corpo altivamente ereto, Tarzan dera ao rosto uma expressão de superioridade, consentânea com o papel que vinha representando — mas aquilo soube a Dak-lot como sinal de cólera sopitada. Um silêncio tumular se fizera no recinto. Por fim, Ko-tan falou.

— Quem afirma que ele é Dor-ul-Otho? — e seu olhar terrível caiu sobre Dak-lot.

— Ele o afirma! — quase gritou o aterrorizado oficial.

— E só porque o afirma deveremos crê-lo? — continuou Ko-tan.

Dak-lot volveu os olhos tímidos para Tarzan, como para reafirmar a si próprio a sua convicção na divindade do herói, e Tarzan respondeu a esse olhar com outro de profundo desdém.

— Ó, Ko-tan! — implorou Dak-lot. — Vossos próprios olhos devem convencer-se de que ele é o filho de Otho. Notai a sua figura divina, as suas mãos e pés tão diferentes dos nossos, e notai igualmente que não tem cauda, como o poderoso deus seu pai.

Só então Ko-tan deu tento àquilo, e o argumento lhe abalou as dúvidas. Nesse instante um guerreiro, dos que estavam mais próximos de Tarzan, ergueu a voz:

— Ko-tan — disse ele — acho que deve ser como Dak-lot diz, porque estou certo de já ontem ter visto Dor-ul-Otho, quando eu voltava da incursão que nos rendeu vários prisioneiros Waz-dons. Vinha cavalgando um temeroso grifo. Fugimos todos, a nos esconder num bosque, mas posso afirmar que o montador do monstro é o mesmo que está diante de nós.

O argumento impressionou profundamente a assembleia, fazendo que em todas as faces a expressão de dúvida se transformasse em expressão de terror sagrado.

Os olhos da assistência inteira concentravam-se nas mãos e pés do mensageiro. Tudo levava a crer que não se tratava dum impostor. Ko-tan falou novamente.

— Se realmente sois Dor-ul-Otho — disse ele dirigindo-se a Tarzan — deveis admitir que as nossas dúvidas são justificadas, pois nenhum aviso recebemos de Jad-ben-Otho de que desejava honrar-nos com um mensageiro, nem sequer sabíamos que ele fosse pai. Se sois o filho de Otho, então toda a Pal-ul-don rejubilar-se-á de honrar-vos; se o não sois, tremendo será o castigo da temeridade. Assim falo eu, Ko-tan, rei de Pal-ul-don.

— E bem fala, como falam os grandes reis, respondeu Tarzan, quebrando afinal o seu longo silêncio.

— Nada mais justo que insistais em conhecer a minha identidade antes de concederdes as honras que me são devidas. Jad-ben-Otho incumbiu-me muito especialmente de verificar se sois de fato um rei digno de reinar neste povo, e minha primeira observação leva-me a crer que Jad-ben-Otho escolheu com acerto a criança em cuja alma imprimiu o signo da realeza ainda no seio materno.

Essas palavras provocaram na assembleia um murmúrio de aprovação. Ficaram todos sabendo como eram feitos os reis! Admirável! Miraculoso! Jad-ben-Otho escolhia o seu candidato ao trono quando ele ainda se gestava no ventre materno!

— Nada mais justo e certo — prosseguiu Tarzan — que procureis assegurar-vos de que não se trata de impostor. — Aproximai-vos e vereis que não sou um homem como os outros. E, sendo eu de origem divina, acho muito impróprio que Ko-tan e seus guerreiros permaneçam no alto da pirâmide, em posição superior à minha.

Houve um tumulto desordenado de guerreiros que desciam dos degraus para não ficar em nível superior ao do filho do deus. O próprio Ko-tan desceu, embora com toda a dignidade.

— E agora — continuou Tarzan logo que o rei dele se achegou — podeis verificar que não sou da vossa raça, nem de nenhuma raça da Terra. Sabeis pelo que declaram os vossos sacerdotes, que Jad-ben-Otho não tem cauda. Eis a razão de também eu, seu filho, não ter cauda. Mas basta de tais provas. Conheceis o poder de Jad-ben-Otho; sabeis como seus raios riscam o céu e fulminam criaturas na Terra; sabeis como as chuvas lhe obedecem e como as flores e as frutas e os cereais surgem para a vida sob a sua divina inspiração; sabeis, finalmente, que todos o honram porque é ele quem governa todas as coisas. Como então poderia Jad-ben--Otho permitir que um impostor viesse anunciar-se como seu filho? Se tal se desse, ele que tudo pode e é o senhor dos raios, certo que o fulminaria incontinente.

A argumentação calou fundo. Todas as dúvidas desapareceram. Ou admitiam o mensageiro como filho de Otho ou tinham de admitir que Otho não era um deus onipotente. Ko-tan exultou de achar-se diante dum ser divino, a quem não sabia de que modo tratar. Sua concepção da divindade era um tanto vaga, embora revestisse forma humana, como o requer a cerebração do homem primitivo. Os prazeres de Jad-ben-Otho no céu, ele os concebia como os seus próprios prazeres ali em A-lur, apenas elevados a um grau impossível na terra, portanto, Dor-ul-Otho havia de agradar-se com banquetes e as demais festas de uso na corte. Pensava em abrir-se em magnificências dignas do divino hóspede. Pensava numa honra que ainda não houvesse sido concedida a ninguém. Qual?

Durante séculos jamais pés, que não pés de rei, haviam tocado no degrau último da pirâmide, onde se erguia o trono de ouro. Que honra maior, pois, do que conduzir o mensageiro ao degrau último da pirâmide? Assim pensando, Ko-tan convidou-o a subir. Tarzan aceitou. Diante do trono, porém, quando Ko-tan fez menção de sentar-se, Tarzan o deteve.

— Nenhum ser humano pode sentar-se de par com os deuses, disse ele em tom de advertência e imediatamente após a mão sobre o trono de ouro.

Mas a situação de embaraço em que o rei ficara foi sem demora corrigida por Tarzan.

— Um deus — disse ele — pode honrar a seu fiel servidor convidando-o a sentar-se ao seu lado. Vinde, Ko-tan, em nome de Jad-ben-Otho concedo-vos essa honraria.

A preocupação de Tarzan era provocar o respeito do rei, mas de nenhum modo ferir-lhe o orgulho —

e com aquele truque permitia que Ko-tan se sentasse no trono, não por força do seu direito de rei, e sim por amável concessão sua. O efeito desse gesto foi ótimo no espírito da assistência.

Em seguida, a audiência real interrompida com a entrada do mensageiro retomou seu curso. Estava Ko-tan distribuindo justiça e decidindo disputas entre seus guerreiros. Um havia cujo lugar era no degrau imediatamente abaixo do supremo — e ali só subiam os grandes chefes das tribos aliadas. Esse guerreiro atraiu a atenção de Tarzan pelo maciço do seu físico e pelas feições leoninas. Estava a debater com Ko-tan uma questão de limites no momento em que o mensageiro fora introduzido.

O assunto pouco interessava a Tarzan; mas quando ouviu da boca do rei o nome desse guerreiro, imediatamente ficou alerta. Chamava-se Ja-don, e era o pai de Ta-den. Viu nisso um perigo, pois Ja-don poderia vir a saber pelo filho que ele não era mensageiro de deus nenhum.

Quando os negócios tratados na real audiência chegaram ao fim, Ko-tan sugeriu que o filho de Jad-ben--Otho visitasse o templo dedicado à adoração do seu divino pai. E pelo próprio rei, seguido de toda a corte, foi Tarzan conduzido para o templo de Jad-ben-Otho, o qual fazia corpo com o palácio.

A arquitetura era a mesma, o mesmo estilo de decoração. Vários altares apareciam, escarvados na rocha e formando blocos inteiriços dum tom avermelhado escuro. Achegando-se mais, Tarzan percebeu que o vermelho não vinha da pedra, e sim do sangue das vítimas humanas ali sacrificadas.

Da grande nave saíam corredores escuros como túneis, cavados na pedra e que levavam a numerosos salões e cômodos de uso sacerdotal. Alguém fora mandado anunciar a chegada do mensageiro divino, de modo que em breve penetrou no templo uma procissão de sacerdotes cuja cabeça se sumia dentro de enormes e grotescas máscaras. Uns traziam horrendas caraças de madeira. Outros, carapaças de animais. Só o Sumo Sacerdote vinha ao natural. Era um ancião de lábios finos e olhos terrivelmente astutos e cruéis.

Ao primeiro relance, Tarzan compreendeu que estava ali um perigoso e forte inimigo, pois que ele, Tarzan, viera usurpar o posto de criatura da imediata confiança de Jad-ben-Otho até ali ocupado pelo Sumo Sacerdote.

Qualquer que fosse a suspeita já alerta em seu espírito, o Sumo Sacerdote não questionou de momento quanto aos títulos de Dor-ul-Otho. E talvez que em seu espírito borbulhassem as mesmas dúvidas que no começo embaraçaram Ko-tan e seus homens; pois assim como o mensageiro podia ser um intrujão, podia também ser realmente o filho do deus. E Lu-don, astuto que era, quis jogar o jogo seguro. Mas Tarzan, cuja penetração natural era profunda, imediatamente leu-lhe o pensamento mais íntimo. Lu-don só pensava numa coisa: em desmascarar a sua impostura.

Ko-tan havia entregue Tarzan a Lu-don, para que o conduzisse às outras partes do templo ainda não visitadas, e o Sumo Sacerdote mostrou ao mensageiro divino as salas onde se guardavam as oferendas votivas dos chefes das tribos vizinhas. Eram variadíssimas, desde frutas secas até umas de ouro maciço, acumuladas em quantidade espantosa.

Tarzan notou por ali, em serviço, numerosos escravos Waz-dons, produto das razias periódicas feitas em terras de Om-at. Numa sala-cárcere contígua também viu um grupo de Waz-dons, de todas as idades e de ambos os sexos, em atitude de profunda depressão de espírito — criaturas evidentemente condenadas ao sacrifício.

— Quem são estas criaturas de ar tão infeliz? — perguntou ele ao Sumo Sacerdote, com o qual falava pela primeira vez.

O ar suspeitoso de Lu-don imediatamente acentuou-se.

— Quem melhor poderá sabê-lo que o filho de Jad-ben-Otho? — foi a resposta matreira.

— As perguntas de Dor-ul-Otho — replicou Tarzan — não podem impunemente ser respondidas com outras, e talvez interesse a Lu-don saber que o sangue dum Sumo Sacerdote esparzido num dos altares deste templo não deve ser coisa desagradável aos olhos de Jad-ben-Otho.

Lu-don empalideceu a essa réplica e, amedrontado, deu resposta direta.

— Estas criaturas estão destinadas ao sacrifício votivo que se realizará ao cair da noite. Jad-ben-Otho será deleitado.

— E quem vos disse — tornou Tarzan — que Jad-ben-Otho se deleita com sangue humano esparzido sobre altares? Não suspeitais que há erro nisso?

— Se erro há, então milhares de vidas têm sido sacrificadas inutilmente, observou o Sumo Sacerdote.

Ko-tan, seus guerreiros e os demais sacerdotes apertavam-se em redor, atentos ao curioso diálogo. A expectação geral era imensa.

— Libertai-os! — ordenou Tarzan, apontando com um gesto divino para a miserável manada de vítimas à espera da hora fatal. — Em nome de Jad-ben-Otho vos declaro que ele detesta sacrifícios humanos.

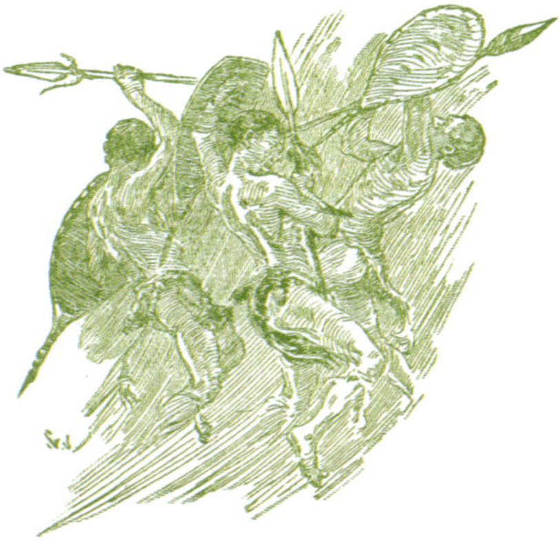

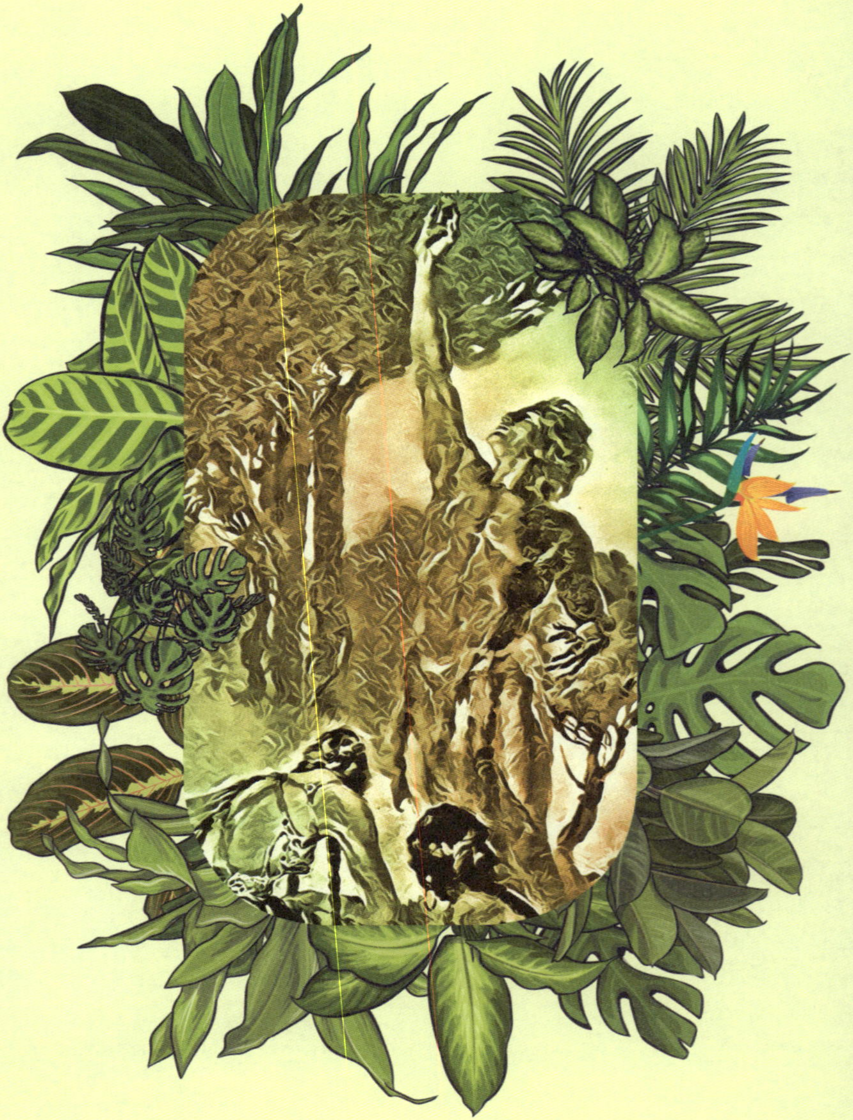

CAPÍTULO X

O Jardim Proibido

Lu-don empalideceu.

— Isso é sacrilégio! — gritou. — Há séculos que os sacerdotes do Grande Deus oferecem-lhe cada noite uma vida em oblata a Jad-ben-Otho sem que ele desse nunca o menor sinal de desagrado.

— Calai-vos — ordenou Tarzan imperiosamente. — Apenas a cegueira dos sacerdotes lhes impede de bem interpretar as mensagens divinas. Vossos guerreiros morrem sob a clava dos Waz-dons; vossos caçadores são estraçalhados pelos caninos dos leões, e nem um só dia se passa sem que haja morte violenta neste povo. É que Jad-ben-Otho, desagradado com os sacrifícios, faz vossa tribo resgatá-los com outras tantas mortes. Que maior signo de desprazer podia dar meu pai?

Lu-don não respondeu; dentro dele lavrava a luta entre o medo de que o mensageiro fosse realmente o filho de Jad-ben-Otho e a esperança de que não o fosse; por fim, o medo levou a melhor, e Lu-don curvou a cabeça.

— O filho de Jad-ben-Otho falou — disse ele dirigindo-se a um acólito. — Dai liberdade a estes prisioneiros.

As barras da sala-cárcere foram corridas, mas os prisioneiros, assombrados diante do milagre, não se retiraram sem primeiramente virem rojar-se aos pés do imprevisto salvador, beijando-os.

Ko-tan estava tão atônito quanto o Sumo Sacerdote com a súbita reversão dum rito que vinha de séculos. E interpelou o divino mensageiro:

— Mas que devemos fazer que seja de agrado a Jad-ben-Otho?

— Se quereis agradar a meu pai, ponde sobre os altares oferendas como as que gostais de receber dos chefes vossos aliados. A essas oferendas meu pai abençoará, quando as distribuirdes entre os necessitados de A-lur. Vi salas enormes cheias de tais oferendas, e muitas mais virão quando os sacerdotes ensinarem ao povo qual o destino que elas vão ter.

Concluindo, Tarzan fez gesto de querer deixar o templo.

Ao se afastar dali, viu uma construção de pequenas

proporções, embora intensamente ornada, que se erguia à parte, sem ligação com o resto do palácio. De passagem notou que tinha as janelas gradeadas.

— A que fim é dedicada esta construção? — perguntou ele a Lu-don. — Qual o prisioneiro que está aí dentro?

— Não há nenhum prisioneiro aí dentro, respondeu o Sumo Sacerdote, nervoso. — É uma construção vazia. Faz anos já que foi ocupada pela última vez — disse, e tratou de afastar-se dali com o mensageiro, receoso de mais perguntas indiscretas. Foram ter a um portão monumental dos fundos do palácio, onde Lu-don e os mais sacerdotes se separaram da comitiva real.

A pergunta que Tarzan desejava propor era perigosa, porque poderia de novo fazer brotar suspeitas quanto à sua verdadeira identidade. Como, sem comprometer se, indagar se uma mulher de raça semelhante à sua havia recentemente penetrado em A-lur?

A refeição da noite foi servida na sala dos banquetes pela chusma de escravos Waz-dons, sobre cujos ombros recaíam todos os trabalhos da corte. Tarzan notou que um desses escravos o examinava com especial atenção, como se já o houvesse visto antes, e no decurso do banquete o manteve de olho. Tarzan não se recordava de ter-se encontrado com essa criatura onde quer que fosse e acabou não dando maior importância ao caso.

O banquete correu com desapontamento para Ko-tan, pois o seu divino hóspede fugia de regalar-se com a variedade imensa de acepipes e bebidas preciosas com que o obsequiavam. A festa aborreceu Tarzan tanto quanto a que lhe fora oferecida em Chester pelo duque de Westminster. Por fim, os convivas, cujos excessos não tinham limites, foram-se embebedando de cair, a ponto que, em estado normal, dentro em pouco só restavam na sala Tarzan e os escravos de serviço. Tarzan então se ergueu e disse ao agigantado Waz-don que o atendia:

— Quero dormir. Conduza-me aos aposentos que me foram destinados.

Depois que Tarzan se retirou da sala, o escravo que o estivera examinando confidenciou longamente com um outro.

— Se estás certo do que pensas — respondeu-lhe o confidente — serás recompensado com a liberdade; mas se estás iludido, então a cólera de Jad-ben-Otho recairá sobre tua cabeça.

— Nada temo; tenho certeza absoluta do que digo, reafirmou o escravo convictamente.

— Nesse caso só há uma pessoa a quem possas fazer a revelação — Lu-don, o Sumo Sacerdote. Notei que ele é hostil ao mensageiro e que está constrangido com a sua presença aqui na corte. Tu o conheces?

— Sim. Já trabalhei no templo.

— Então, vai-te a ele; mas nada de dizer o que sabes antes de obter a promessa de libertação.

O escravo Waz-don seguiu o conselho. Foi ao templo em procura de Lu-don, que o recebeu com solicitude, ansioso por apanhar um testemunho contra o mensageiro. E devia ter sido ótimo este testemunho, pois que o Sumo Sacerdote lhe prometeu não apenas a liberdade, como ainda muitos presentes, caso fosse verdadeiro o que ele afirmava.

Enquanto o escravo delator confidenciava com Lu-don no templo de A-lur, um vulto estranho, de carabina Enfield às costas e cartucheiras atochadas à cinta penetrava na zona do Pastar-ul-ved...

O guia de Tarzan conduziu-o a um aposento que dava para o lago azul e onde havia um leito ao tipo dos que conhecera na terra dos Waz-dons: amplo estrado de pedra, com colgadura de peles macias. E ali dormiu Tarzan sua primeira noite na Cidade da Luz, ainda incerto dos resultados que teria a sua missão.

Ao sobrevir da madrugada, pulou do leito e espiou. O palácio ainda não dava sinais de vida. Um recinto avistado da janela chamou-lhe a atenção. Era uma área murada, sem portas ou janelas visíveis; evidentemente um jardim. Tarzan, que nada perdia de vista, resolveu investigar.

Saiu cautelosamente do palácio e com uma corda laçou a copa de uma árvore que emergia por sobre o muro, por ela subindo com a sua prodigiosa agilidade de macaco.

Era de fato um jardim de maravilhoso encanto. Sem preliminarmente assegurar-se de que ali não existiam guardas ou animais ferozes, Tarzan saltou para dentro. Verificou logo ser um jardim de uso privado, construído por jardineiro de gênio. Tudo miniaturas. Rios, montanhas, florestas, tudo a copiar fielmente a natureza, mas em escala reduzida. A face interior da muralha reproduzia em alto relevo as rochas brancas do Pal-ul-don, aqui e ali com soluções de continuidade representando os vales viridentes que ele vira ao natural e em ponto grande.

Cheio de admiração com as surpresas encantadoras que o recinto lhe oferecia, Tarzan percorreu-o inteiro, embora sempre cauteloso contra qualquer imprevisto. Passando por uma floresta anã, foi dar a um relvado onde viu o vulto duma Ho-don, a primeira mulher com quem se encontrava no palácio. Era uma criatura bastante jovem e de singular beleza. Junto, e de costas para ele, viu outro vulto — o duma mulher Waz-don, escrava, pois.

Com receio de ser descoberto, Tarzan tratou de esgueirar-se furtivamente, mas falhou. A Ho-don, como que advertida por algum pressentimento, voltou o rosto de súbito e viu-o. Não denunciou, entretanto, nenhum terror; apenas surpresa.

— Quem sois vós? — inquiriu. — E como vos atreveis a entrar no Jardim Proibido?

Ao ouvir tais palavras de sua ama, a escrava voltou-se e pôs-se de pé com um grito: "Tarzan-jad-guru!".

— Conhece-o? — perguntou a jovem baixando os olhos para a escrava e assim permitindo que Tarzan fizesse a Pan-at-lee o sinal de caluda. A escrava não era outra senão a noiva de Om-at.

Simultaneamente inquirida pela sua ama e advertida por Tarzan, Pan-at-lee ficou uns instantes incerta entre as presas dum dilema e, por fim, desembaraçou-se, dizendo:

— Enganei-me. Julguei que fosse um homem que vi no Kor-ul-grif.

A jovem Ho-don, com expressão no olhar de que não acreditava muito naquilo, insistiu na pergunta feita ao intruso:

— Mas quem sois vós? Respondei-me.

— Não ouvistes falar dum mensageiro chegado ontem à corte? — foi a calma resposta de Tarzan.

— Quereis então dizer que sois Dor-ul-Otho? — murmurou a moça já com o terror sagrado a reflitir-se nos olhos.

— Exatamente — disse Tarzan. — E vós quem sois?

— O-lo-a, filha de Ko-tan, o rei.

— O-lo-a! Era então a amada de Ta-den, pela qual recusara ele o sacerdócio, tendo de fugir de A-lur! Tarzan, interessado, aproximou-se um pouco mais da princesa.

— Filha de Ko-tan — disse ele — Jad-ben-Otho mostra-se contente convosco, e como prova de seu favor preserva de todos os perigos aquele que amais.

— Não percebo — replicou a jovem, corando vivamente. — Bu-lot está hospedado no palácio de meu pai e não sei de nenhum perigo que o ameace. É de Bu-lot que sou noiva.

— Mas não é a Bu-lot que amais.

De novo o sangue afluiu às faces da princesa.

— Tenho desagradado ao deus? — inquiriu, tímida.

— De nenhum modo, respondeu Tarzan. — Já disse que está ele contente convosco, por isso tem preservado a Ta-den.

— Jad-ben-Otho é onisciente — sussurrou a jovem — e vejo que seu filho compartilha desse dom divino.

— Não! — protestou Tarzan, a quem aquela reputação de onisciência podia embaraçar. — O filho de Otho só sabe o que seu pai deseja que ele saiba.

— Mas dizei-me — insistiu a jovem — se serei

unida a Ta-den. — O filho dum tão grande deus bem pode ler isso em meu futuro.

Tarzan alegrou-se de haver momentos antes preparado uma saída.

— Nada conheço do futuro, princesa, além do que Jad-ben-Otho se digna informar-me. Mas vos direi, entretanto, que nada tendes a temer do futuro — se vos conservardes fiel a Ta-den e aos amigos de Ta-den.

— Viste-os vós? Onde anda ele?

— Ta-den se encontra na casa de Om-at, o *gund* de Kor-ul-ja.

— Prisioneiro dos Waz-dons, então?

— Não prisioneiro, e sim hóspede querido e honrado, declarou Tarzan; e depois de erguer o rosto para o céu, em atitude atenta: "Silêncio agora. Vou receber mensagem de meu pai", e ficou uns instantes em êxtase.

Em seguida, voltando-se para a jovem, que se pusera de joelhos:

— Erguei-vos, princesa. Jad-ben-Otho acaba de comunicar-se comigo e de declarar que esta escrava pertence à tribo do Kor-ul-ja, onde Ta-den se acha. É noiva de Om-at, o chefe supremo, e tem por nome Pan-at-lee.

O-lo-a inquiriu com os olhos a escrava, que respondeu ser realmente aquele o seu nome. A princesa então rojou-se aos pés de Tarzan, murmurando:

— Grande é a honra que Jad-ben-Otho concede à sua pobre serva. Fazei chegar até ele os profundos agradecimentos da sua humilde O-lo-a.

— Também será agradável a meu pai — continuou Tarzan — que esta escrava seja posta em liberdade e retorne a suas terras.

— Que importará a Jad-ben-Otho uma simples escrava? — tomou O-lo-a com o tom de voz levemente mudado, agora com um acento de orgulho.

— Só há um deus — disse Tarzan — e meu pai é o deus único, tanto dos Ho-dons como dos Waz-dons, e também das flores, das aves e dos animais e de tudo quanto existe sobre a Terra. Se Pan-at-lee é boa serva de Jad-ben-Otho, ela aos seus olhos é mais do que a mais alta rainha que o não seja.

Era evidente que O-lo-a não entendia aquele alto filosofar, que implicava uma interpretação do favor divino inteiramente contrário aos ensinamentos dos sacerdotes. Num ponto apenas o que dissera Tarzan coincidira com os dogmas de O-lo-a: que só existia um deus. Mas esse deus (assim lho ensinaram) só protegia aos Ho-dons; todas as outras tribos ele as predestinara à submissão aos Ho-dons. Ora, para um espírito conformado por essas ideias, declarar Tarzan que para o deus, seu pai, uma escrava de bom coração valia mais que uma princesa perversa, constituía noção das mais chocantes. Como, porém, duvidar da palavra do próprio filho de Jad-ben-Otho, justamente quando ele acabava de ter uma revelação divina?

— A vontade de Jad-ben-Otho seja feita — sussurrou O-lo-a com humildade. — Mas acho melhor, ó grande Dor-ul-Otho, que comuniqueis diretamente a meu pai esse desejo do Grande Deus.

— Bem, disse Tarzan. — Conservai a seguro e carinhosamente a escrava até que o seu destino seja decidido.

O-lo-a olhou para a serva pensativamente, murmurando:

— Foi-me trazida ontem e nunca tive escrava que me agradasse tanto. Ser-me-á doloroso separar-me dela...

— Mas há outras, advertiu Tarzan.

— Sim, há outras, mas só há uma Pan-at-lee...

— Muitas escravas são trazidas para A-lur? — inquiriu Tarzan.

— Muitas.

— Algumas estrangeiras, vindas de longes terras?

A princesa vacilou na resposta.

— Só aparecem aqui Ho-dons das outras tribos, aliados de meu pai, e estes não são estrangeiros.

— Sou eu então o primeiro que transpõe as portas de A-lur?

— Custa-me a crer que o filho de Jad-ben-Otho proponha semelhante questão à ignorante O-lo-a!...

— Já vos disse, princesa, que o filho de Jad-ben--Otho só sabe o que Jad-ben-Otho quer que ele saiba.

— Então, se não sabeis, é que vosso pai não quer que o saibais, retorquiu astutamente a princesa.

Tarzan sorriu da malícia com que O-lo-a procurava fugir ao ponto, e insistiu em ser informado se algum estrangeiro havia aparecido ali ultimamente.

— Não posso responder sobre matéria que ignoro — respondeu O-lo-a. — O palácio de meu pai vive cheio de rumores.

— Corre algum sobre a entrada de estrangeiros? Já ouvistes rosnar sobre o aparecimento aqui duma mulher de fora?

A princesa hesitava na resposta e por fim declarou que não, ou melhor, que não podia tocar naquele assunto para não incorrer na ira de seu pai.

Tarzan sentiu-se na pista.

— Em nome de Jad-ben-Otho — disse ele — do qual depende a vida de Ta-den, ordeno-vos que faleis.

A jovem empalideceu e pôs as mãos súplices.

— Tende piedade de mim, gritou, aflita. — Por amor a Ta-den direi tudo quanto sei.

— Que é que dirá? — exclamou uma voz severa ao lado, e a figura majestosa de Ko-tan emergiu dum bosquete cerrado. Suas feições, que denotavam cólera, passaram a denunciar temor logo que viu tratar-se do filho do deus.

— Dor-ul-Otho — murmurou ele — eu ignorava que fosseis vós; mas há lugares na Terra onde nem o filho dum deus pode livremente penetrar — e este Jardim Proibido é um.

Era um desafio; mas o rei o enunciara num tom indicador de que em seu espírito supersticioso imperava o eterno medo do homem diante dos emissários divinos. Depois, voltando-se para a filha, ordenou-lhe que se retirasse para os seus aposentos. E para Tarzan:

— E nós iremos por aqui, disse, encaminhando-se em certa direção. Uma porta secreta abriu-se no muro, que dava para um sombrio corredor. Por ele tomou Ko-tan, seguido de seu hóspede, indo ter a uma sala do palácio repleta de chefes guerreiros e cortesãos, que respeitosamente abriram alas.

Ao fundo da sala, semioculta pelos guerreiros, Tarzan divisou o vulto do Sumo Sacerdote, cuja expressão de rancorosa malevolência não lhe passou despercebida. Dali o levou Ko-tan para o cômodo contíguo onde não havia ninguém.

Mal os dois se retiraram do salão, um acólito aproximou-se de Lu-don cochichando-lhe ao ouvido.

— Voltai imediatamente ao jardim da princesa e fazei que a sua nova escrava seja trazida para o templo, ordenou Lu-don.

O acólito esgueirou-se a cumprir a missão.

Meia hora mais tarde, um guerreiro apresentava-se diante de Ko-tan, dizendo:

— Lu-don, o Sumo Sacerdote, deseja a presença de Ko-tan, o rei, na sala secreta do templo, e pede-lhe que vá sozinho.

Ko-tan fez com a cabeça que sim, pois a um convite daqueles não lhe era dado recusar.

— Voltarei sem demora, disse a Tarzan — e afastou-se.

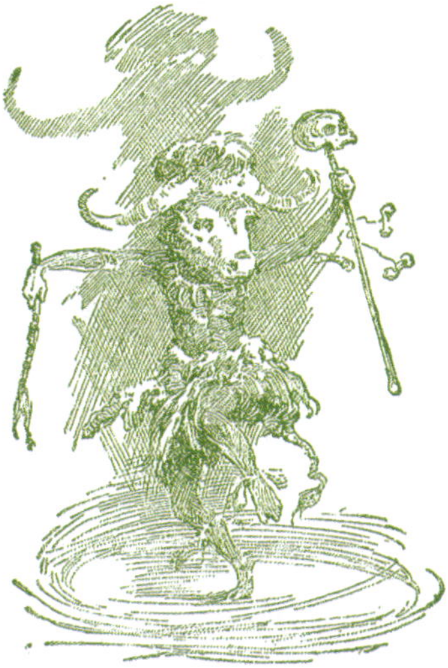

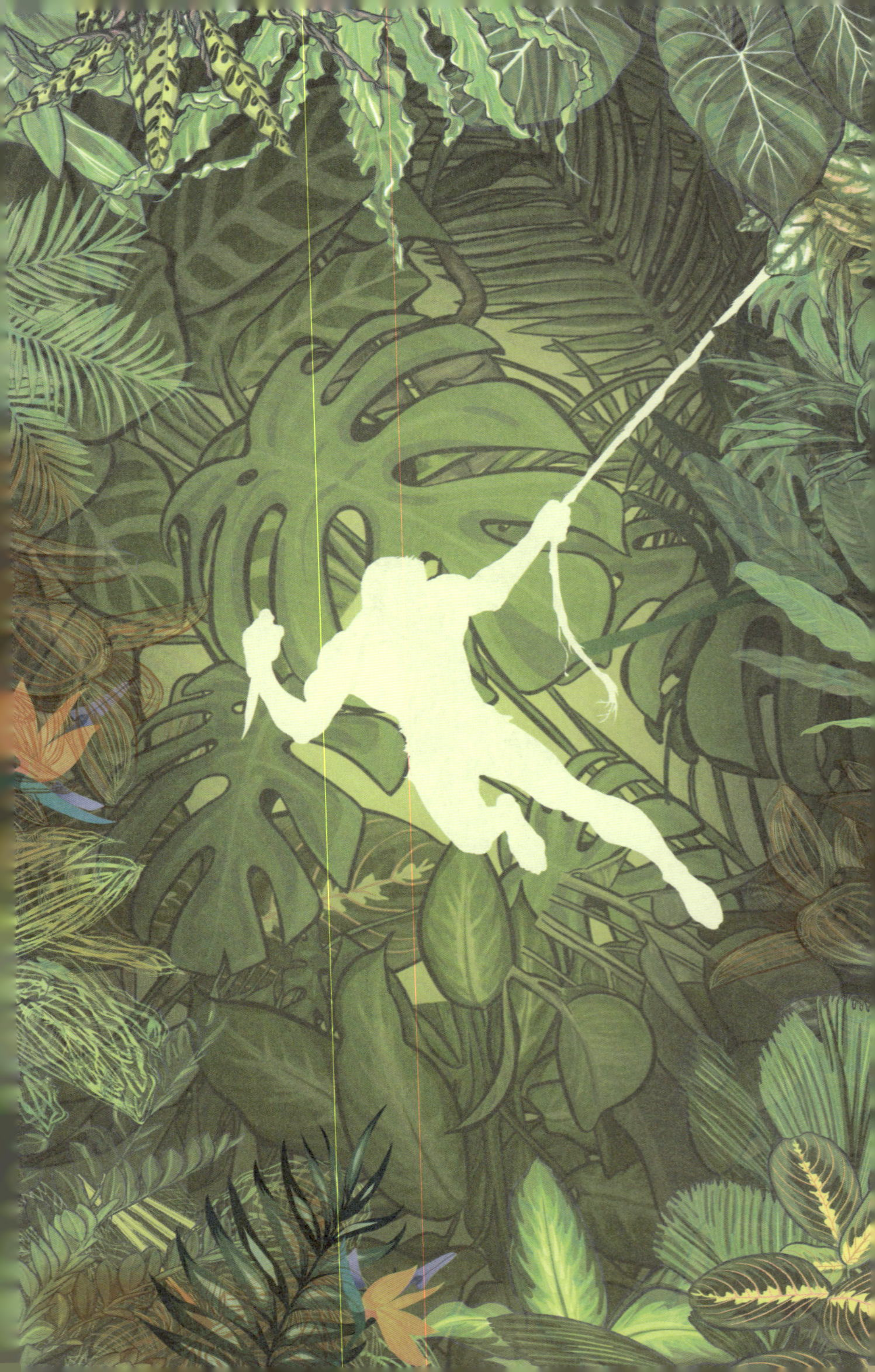

CAPÍTULO XI

A SENTENÇA DE MORTE

Só uma hora depois voltou o rei ao salão onde Tarzan havia ficado a examinar os esculpidos das paredes e numerosas outras obras de arte dos artistas pal-ul-donianos.

O calcário daquelas montanhas, de extrema brancura e grã-finíssima, deixava-se trabalhar com facilidade pelos instrumentos bárbaros da tribo, constituindo assim o material predileto para tudo quanto pode sair das mãos do homem. Associado ao calcário aparecia sempre o ouro, metal muito abundante no Pal-ul-don.

Estava Tarzan entretido no estudo das ricas decorações quando Ko-tan voltou. Vinha de feições alteradas, face lívida e mãos trêmulas; nos olhos, uma expressão mista de cólera e medo. Tarzan encarou-o interrogativamente.

— Más notícias, Ko-tan?

O rei não respondeu; circulou os olhos pela sala cheia de guerreiros, como que indeciso, e depois, erguendo-os para o céu, murmurou: "Jad-ben-Otho seja testemunha de que não faço isto por impulso próprio!".
E dirigindo-se aos presentes:

— Prendam-no! Lu-don, o Sumo Sacerdote, declara que este mensageiro é um impostor.

Oferecer resistência a tantos guerreiros ali reunidos seria loucura, e como já tantas vezes Tarzan se desembaraçara de situações como aquela graças à inteligência e à astúcia, mais uma vez fiou-se nesses recursos.

— Detende-vos! — exclamou, erguendo a mão espalmada. — Que significa isto?

— Lu-don diz ter provas de que não sois o filho de Jad-ben-Otho, replicou Ko-tan. — E pede que sejais levado à sala do trono para acareamento com os acusadores. Se sois quem dizeis, nenhum receio deveis ter, mas lembrai-vos que em tal matéria o Sumo Sacerdote manda mais que o rei e é dele unicamente que procede este passo.

Tarzan viu que o rei não estava completamente convencido da sua duplicidade, portanto, agia de modo a não assumir responsabilidades.

— Não deixeis que os vossos guerreiros ponham a mão na minha pessoa divina, pois do contrário poderão ser cruelmente castigados por meu pai, gritou Tarzan — e o efeito destas palavras foi decisivo sobre os guerreiros. Todos recuaram.

Tarzan sorriu.

— Nada temais — disse ele. — Voluntariamente irei por mim mesmo defrontar os acusadores.

Na sala do trono, nova complicação surgiu. Ko-tan não reconhecia a Lu-don o direito de ocupar o degrau supremo da pirâmide, como ele pretendia, e Tarzan igualmente protestou contra ser colocado em nível inferior a quem quer que fosse. Para dirimir a contenda, Ja-don sugeriu que os três ocupassem o trono simultaneamente. A isso opôs-se Ko-tan, alegando que nunca lá se sentara outra criatura que não o rei, além de que no trono só cabia uma pessoa.

— Mas quem é afinal de contas o meu acusador e juiz? — disse Tarzan, pondo de lado a pendenga.

— Lu-don é o vosso acusador, disse Ko-tan.

— E também o vosso juiz, acrescentou o Sumo Sacerdote.

— Quer dizer que serei julgado pelo mesmo que me acusa. Nesse caso torna-se inútil qualquer formalidade, e Lu-don pode inverter a ordem começando por dar a sentença, observou Tarzan em tom profundamente irônico e com grande superioridade.

Tanto Ko-tan como os guerreiros alcançaram logo o absurdo de tal sistema de justiça. Ja-don interveio para propor:

— Julgue-o Ko-tan. Só Ko-tan pode ser juiz nesta sala do trono. Ouçamos a acusação e as testemunhas apresentadas por Lu-don, e que Ko-tan julgue.

O *rei*, entretanto, não sentia nenhuma vontade de representar o papel de juiz, com receio de futuras más consequências, e contemporizava, à espera duma saída qualquer. Por fim, declarou:

— Acho que em se tratando de matéria religiosa, o rei, como é da tradição, não tem o direito de intervir.

— Nesse caso, que o julgamento seja conduzido não aqui, e sim no templo, propôs um guerreiro, ansioso de libertar o rei do embaraço em que o via. A proposta agradou a todos e foi também apoiada por Lu-don, que disse:

— De pleno acordo. Este homem pecou contra o templo. Que nele seja julgado. Arrastem-no para o templo!

— O filho de Jad-ben-Otho não se deixa arrastar para parte alguma — contraveio Tarzan — mas, depois de concluído o julgamento, é muito possível que o cadáver de Lu-don seja arrastado para fora do templo que ele com a sua presença conspurca. Pensai no que pretendeis fazer, Lu-don.

Tais palavras, ditas com o fim de impressionar o Sumo Sacerdote, não conseguiram nenhum efeito. Lu-don já perdera o medo da véspera. "Aqui está um freguês", pensou consigo Tarzan, "que conhece mais de religião que os seus companheiros e por isso sabe que a minha alegada divindade vale tanto como a fé que ele prega." A única solução seria mostrar indiferença pelas acusações que lhe fossem feitas. Ko-tan e seus guerreiros ainda estavam do seu lado, convictos da sua divindade, de modo que o desfecho do incidente podia sair um pouco diverso do imaginado pelo sacerdote.

Ko-tan desceu do trono imensamente aliviado com o novo rumo que o caso tomava e seguiu para o templo acompanhado dos seus guerreiros, todos esperançosos de que o filho do deus saísse vitorioso naquele duelo. No templo, Lu-don colocou-se atrás de um dos altares, ficando Ko-tan à sua direita e Tarzan à esquerda.

Quando Tarzan subiu os degraus da plataforma sobre a qual se erguia o altar, seus olhos chamejaram cólera. Numa pia escavada no topo do altar flutuava em água o cadáver duma criança recém-nascida.

— Que quer dizer isto? — interpelou ele.

Lu-don sorriu com maldade.

— O fato de não saberdes o que quer dizer isto é mais uma prova contra a vossa divindade. Sois o filho do deus, entanto ignorais que quando os últimos raios do sol poente batem neste altar, o sangue dum adulto avermelha a ara dos sacrifícios; e que quando o sol pela manhã de novo se ergue, Jad-ben-Otho olha para este altar e rejubila-se com o sacrifício dum recém-nascido, cuja alma o vai acompanhar no céu durante o dia, como a alma do adulto o acompanha durante a noite. Até as

crianças de A-lur sabem disto; só o ignora o filho de
Jad-ben-Otho. Se esta ignorância não é prova suficiente
da sua impostura, não sei o que seja.

E voltando-se para o escravo delator introduzido
no recinto:

— Aproxima-te, Waz-don! E dize o que sabes
desta criatura.

— Eu já o vi antes, declarou timidamente o escravo. — Sou da tribo de Kor-ul-lul e, dias atrás, fazendo parte dum grupo, encontrei uns tantos guerreiros de Kor-ul-ja nas fronteiras das nossas terras. Entre esses inimigos vi uma estranha criatura a quem eles chamavam Tarzan-jad-guru, criatura realmente terrível, que sozinha lutou contra muitos homens, sendo, afinal, subjugada. Mas não lutava como um deus deve lutar, e em certo momento uma clava o apanhou pela nuca, derrubando-o sem sentidos, como a qualquer mortal. Trouxe-mo-lo aprisionado para a nossa aldeia, de onde escapou depois de haver cortado a cabeça do guerreiro que lhe ficara de guarda. Esse homem é este. Eis o que sei.

— A palavra dum escravo oposta à palavra dum deus! — exclamou Ja-don, cujas simpatias por Tarzan eram acentuadas.

— Mas constitui um passo para a prova, contraveio Lu-don. — É possível que o depoimento da única princesa da família Ko-tan valha muito mais para o grande chefe Ja-don, embora o pai dum filho que recusou a sagrada oferta do sacerdócio mostre relutância em ouvir depoimentos contra este outro blasfemador.

Ja-don levou a mão ao cabo da faca, mas foi detido pelos guerreiros em redor. "Estais no templo de Jad-ben-Otho, Ja-don!" — exclamaram eles — e o grande chefe foi obrigado a engolir a afronta do Sumo Sacerdote.

Ko-tan interveio.

— Que tem a minha filha a ver com este assunto, Lu-don? Pretendes então trazer uma princesa para depor em público?

— Não em pessoa — respondeu ele — mas há alguém que pode testemunhar em seu nome. E voltando-se para um dos acólitos ordenou: — Trazei-me a escrava de O-lo-a.

Logo depois reapareceu esse acólito, arrastando pelos pulsos a relutante Pan-at-lee.

— A princesa O-lo-a estava no Jardim Proibido apenas com esta serva, declarou o Sumo Sacerdote, quando subitamente irrompe no recinto esta criatura que se diz filho de Jad-ben-Otho. Assim que a escrava o viu, demonstrou conhecê-lo, gritando o nome de Tarzan-jad-guru — o mesmo mencionado pelo Waz-don que acaba de depor. Esta jovem não é de Kor-ul-lul, e sim de Kor-ul-ja, a tribo a que, no depoimento do Waz-don, andava ele associado. Pan-at-lee declarou à princesa que fora salva das garras dum Tor-o-don, no Kor-ul-grif, por uma criatura igual a esta, à qual chamou de Tarzan-jad-guru. Também narrou de como foram ambos perseguidos num grotão por um grifo, e o mais que em seguida sucedeu. Não se torna claro, portanto, que este mensageiro é uma simples criatura humana que nada tem de divino?

E voltou-se para Pan-at-lee:

— Declarou ele em Kor-ul-grif que era um deus? Pan-at-lee vacilou, terrificada.

— Responda! — gritou o Sumo Sacerdote com império.

— Não o declarou, mas pareceu-me muito acima dos mortais, disse a jovem.

— Declarou ser filho de um deus? Responda a esta pergunta.

— Não! — admitiu em voz baixa Pan-at-lee, lançando um olhar implorativo a Tarzan, que respondeu com outro de encorajamento e amizade.

— Não vejo nisso prova de que ele não seja filho de um deus, advertiu Ja-don. — Será que Jad-ben-Otho anda gritando: "Eu sou deus! Eu sou deus"? Lu-don acaso já ouviu Jad-ben-Otho declarar isso? Por que então havia seu filho de andar proclamando-se filho de deus?

— Basta, exclamou Lu-don. — A evidência faz-se clara. Esta criatura é um impostor e eu, como Sumo Sacerdote de Jad-ben-Otho em A-lur, o condeno à morte. E em seguida a uma pausa impressionante: "E se estou em erro, que Jad-ben-Otho neste momento me fulmine com os seus raios!".

Lu-don dramaticamente juntou o gesto à imprecação, abrindo os braços e oferecendo o peito à fulminação divina. Todos puseram-se à espera da vingança do céu.

Tarzan rompeu o silêncio.

— Jad-ben-Otho vos ignora, Lu-don — disse ele com acerba ironia — e posso provar-vos isso.

— Vejamos! Vejamos essa prova, blasfemo!

— Vós me chamais blasfemo — replicou Tarzan — e pretendeis havê-lo demonstrado. Se blasfemo sou, e se com minha blasfêmia ofendo a Jad-ben-Otho, então, a mim, e não a vós deve ele fulminar com os seus raios. Por que não lhe pedis que me fulmine, a mim, o impostor?

Nova pausa de silêncio, com os espectadores à espera de que o Sumo Sacerdote pedisse ao deus a fulminação de Tarzan.

— Não o ousais — continuou este — porque sabeis que Jad-ben-Otho não o faria, e antes fulminaria a ti do que a mim!

— Mentis! — berrou Lu-don. — Eu pediria essa fulminação se não houvesse recebido de Jad-ben-Otho uma mensagem ordenando-me outra coisa.

Um coro de reverentes "Ah! Ah!" ergueu-se entre os sacerdotes. Ko-tan e seus guerreiros viram-se colhidos de terrível confusão mental. Secretamente detestavam o Sumo Sacerdote, mas o vinco da superstição era tão velho que não ousavam erguer contra ele a voz. Exceto Ja-don, o destemeroso homem-leão do norte.

— A proposta do acusado parece-me excelente, disse Ja-don. — Invocai contra o acusado os raios de Jad-ben-Otho, e só assim nos convencereis da vossa ideia.

— Basta! exclamou Lu-don. — Desconheço a autoridade de Ja-don neste tribunal. E voltando-se para os sacerdotes e guerreiros: "Agarrem o acusado e prendam-no para que seja executado amanhã, como eu o determino e ele faz jus".

Os guerreiros esquivaram-se de obedecer à ordem de Lu-don, mas os sacerdotes, dominados da coragem do fanatismo, investiram contra Tarzan como um bando de harpias.

Nada mais a fazer. Tarzan tinha de abandonar as armas da dialética e da diplomacia para lançar mão das suas armas habituais e rápido como o raio agarrou o sacerdote que vinha na frente, ergueu-o no ar e arremessou-o com incrível violência de encontro a Lu-don; e quase simultaneamente galgou o topo do altar e de lá o alto da parede, naquele ponto desligada do teto.

— Quem admitiu que Jad-ben-Otho abandonaria seu filho? — gritou lá de cima — e sumiu-se da vista dos presentes.

Os miolos do sacerdote que servira de projétil emplastaram o altar e também a Lu-don, que se ergueu ensanguentado, tomado de pânico e a gritar: "Agarrem-no! Agarrem o blasfemo!", e olhava em redor em procura do mensageiro, numa expressão grotesca que fez todos os presentes rirem-se à socapa.

Os acólitos andavam de lá para cá como baratas tontas exortando os guerreiros a perseguir o fugitivo; estes, porém, conservavam-se imóveis, à espera do comando do rei. Ko-tan, satisfeito no íntimo com a derrota do Sumo Sacerdote, esperou que ele se manifestasse. Lu-don foi afinal informado pelos seus acólitos do modo de fuga de Tarzan e então pediu ao rei que o fizesse perseguir.

Ko-tan deu as necessárias ordens, e todos os guerreiros saíram em procura do filho do deus. As últimas palavras de Tarzan no alto da parede não haviam convencido a ninguém, mas o seu gesto e a mestria da defesa entusiasmaram a todos.

Uma cuidadosa investigação pelos compartimentos do templo não revelou traço da misteriosa criatura. Salas secretas, subterrâneos conhecidos apenas dos sacerdotes foram examinados cuidadosamente. Emissários ligeiros viram-se mandados para a cidade a fim de prevenir o povo e ordenar que se pusessem todos em procura do fugitivo. E como a história de Tarzan desse volta rápida à cidade, com o caso do grifo que montou e tantas proezas mais, só se via em A-lur gente apavorada, esperando ver surgir de cada canto a terrível criatura que despedaçava leões e encavalgava monstros.

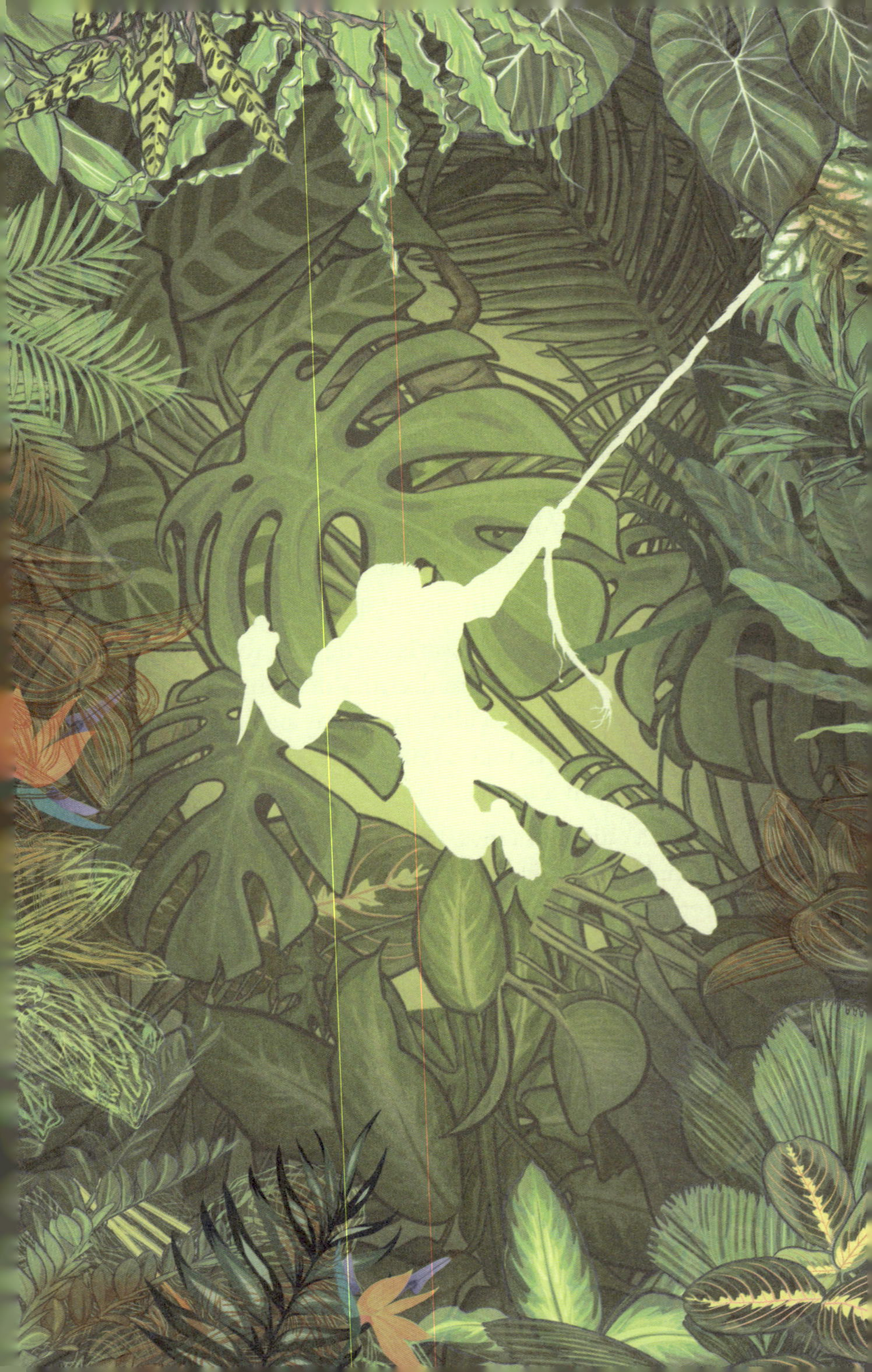

CAPÍTULO XII

O GIGANTE BRANCO

Enquanto os guerreiros e sacerdotes de A-lur varejavam o templo, o palácio e a cidade em procura do desaparecido emissário de Jad-ben-Otho, o estrangeiro desnudo, que trazia a tiracolo a Enfield, encaminhava-se para Kor-ul-ja pelos desfiladeiros da montanha. Ia silencioso e alerta a todos os perigos, descendo a trilha irregular, mais de cabritos monteses do que de gente. Súbito, numa curva, um vulto apareceu duzentos passos além, caminhando em sentido contrário.

Ambos se detiveram, e Ta-den, o homem que subia, contemplou o estrangeiro nu de carabina ao ombro sem mostra nenhuma de espanto, apenas com surpresa, pois adivinhara nele uma criatura da raça de Tarzan.

O estrangeiro ergueu a mão no gesto clássico de

paz e, em seguida, encaminhou-se na direção de Ta-den, o qual, vendo nele um irmão em raça do seu amigo Tarzan, também se dirigiu ao seu encontro. Perto, perguntou-lhe quem era, e como resposta teve um gesto indicativo de que o estrangeiro não lhe entendia a língua. Mas a linguagem dos gestos lhes valeu. Por meio dela o estrangeiro deu a entender ao Ho-don que vinha de longes terras em procura de alguém — e Ta-den pensou logo em Tarzan-jad-guru.

A longa cauda, as mãos e os dedos preensíveis dos pés de Ta-den impressionaram vivamente o ádvena, mas a sua surpresa maior foi a cordialidade com que o primeiro homem ali encontrado o recebia.

Ta-den, que saíra à caça, esqueceu-se logo disso, interessado agora em levar o estrangeiro à presença de Om-at; talvez que os dois juntos pudessem descobrir-lhe as verdadeiras intenções. E assim pensando, propôs-se, sempre por meio de gestos, a levá-lo ao chefe da tribo. Aceita a proposta, tomaram ambos o rumo de Kor-ul-ja.

A meio caminho passaram por um grupo de mulheres e crianças entretidas na colheita das frutas e ervas de que em parte a tribo se alimentava. Passaram também por terrenos de cultura, lavrados com instrumentos agrícolas rudimentares, feitos de pau.

Ao dar com as primeiras daquelas criaturas recobertas de pelo negro, o estrangeiro instintivamente levou a mão ao arco e ao carcás, mas Ta-den o sossegou com um gesto. Os agricultores Waz-dons abandonaram o serviço e vieram rodeá-los, falando excitados numa língua totalmente desconhecida do estrangeiro. Não revelavam, entretanto, nenhum propósito hostil.

Chegados à escarpa de moradia, Ta-den, logo que começou a marinhar pelos espeques acima, viu que o companheiro o imitava com a mesma facilidade como o fizera Tarzan, e assim chegaram quase juntos à abertura que dava entrada à caverna de Om-at.

O chefe não estava, e só pelo meio-dia apareceu; nesse intervalo a caverna foi visitada por numerosos nativos, que vinham repastar os olhos curiosos no homem branco. E este muito se admirou de que uma tribo guerreira e de tão feroz aspecto se mostrasse assim acolhedora.

Quando Om-at apareceu, o estrangeiro teve logo a impressão de defrontar um personagem importante, um chefe tribal, um rei, não só pela atitude respeitosa de todos para com ele, como pelas explicações minuciosas que viu Ta-den lhe dar. "Suponho, Om-at, dissera Ta-den em conclusão, que este homem anda à procura de Tarzan-jad-guru."

Ao ouvir o nome "Tarzan", a primeira palavra inteligível de quantas até então ouvira pronunciar, o rosto do estrangeiro iluminou-se. "Tarzan", repetiu. "Tarzan dos Macacos"! e por meio de gestos procurou acentuar que era justamente a ele que procurava.

Ta-den e Om-at compreenderam-no, e também perceberam que Tarzan era procurado por motivos de afeição e não de ódio — mas neste ponto o *gund* Waz-don quis obter maior segurança. Simulou cravar no peito a faca e olhou para o estrangeiro com ar interrogativo, como a indagar se era isso que pretendia fazer a Tarzan. A resposta foi um sacudimento enérgico de cabeça — não! Não!

— Ele é amigo de Tarzan-jad-guru, reafirmou Ta-den.

— Ou é amigo ou um grande impostor, disse Om-at.

— Tarzan! — continuou o estrangeiro. — Vive ele? Vós o conheceis? Ó, Deus, se eu pudesse falar a língua deste povo! Impossibilitado de fazer-se entender com palavras, voltou à expressão gesticular, tentando informar-se do sítio em que seu amigo se encontraria. Para isso pronunciava o nome de Tarzan e apontava para diferentes direções — para cavernas, para o vale avistado dali, para as montanhas distantes. Om-at compreendeu muito bem a pergunta e esforçou-se por dizer que ignorava o seu paradeiro.

O estrangeiro foi apelidado Jar-don, que na língua da tribo significava ádvena. Depois Ta-den apontou para o sol, repetindo a palavra *"as"*, e contou nos dedos um, dois, três, quatro, cinco para significar cinco sóis, ou cinco dias. E imitou com dois dedos a caminhar pelo chão a saída de Tarzan daquela caverna, cinco dias atrás.

Indicou os espeques pelos quais ele desceu e a direção em baixo que tomou. Mais não sabia.

O estrangeiro compreendeu tudo perfeitamente, e também por meio de gestos declarou que ia tomar o mesmo caminho em procura do amigo.

— Iremos com ele — disse Om-at a Ta-den — e assim tomaremos vingança dos Kor-ul-luls.

— Persuade-o a ficar até amanhã a fim de seguir conosco.

A ideia era organizar uma expedição de cem homens, para tomar quantos prisioneiros da tribo inimiga fosse possível, extraindo deles informações sobre o paradeiro de Tarzan.

No dia seguinte, partiu a expedição e, ao entrar em zona fronteiriça, foram tomadas as precauções estratégicas. Dois batedores tiveram ordem de seguir na frente para reconhecimento.

Logo adiante caíram sobre um Kor-ul-lul desarmado que cautelosamente seguia pela estrada para uma aldeia da sua tribo. A pobre criatura quase morreu de medo, e muito admirada ficou de a mandarem prisioneira para Kor-ul--ja em vez de a acabarem ali mesmo, como era o costume.

Depois desse feito, a expedição prosseguiu na marcha, com Om-at ansioso por uma verdadeira batalha em que demonstrasse suas qualidades guerreiras. Não tardou a avistarem um destacamento de Kor-ul-lus, que, ao percebê-los, se sumiram na vegetação espessa. Foram, entretanto, cercados e atacados. O estrangeiro bateu-se muito bem, embora sentisse dificuldades em distinguir os amigos dos inimigos. Pertenciam à mesma raça, e só por um ou outro detalhe das peles trazidas sobre o corpo conseguia diferençá-los.

Om-at admirou a bravura do estrangeiro e disse: "Luta com a ferocidade do leão. Bem poderosa deve ser a tribo da qual ele e Tarzan fazem parte!".

Uma particularidade foi notada. Aquele homem branco não largava nunca da estranha arma que trazia a tiracolo — a Enfield — conquanto jamais se utilizasse dela. E Om-at não podia compreender de que modo era possível empregar semelhante "clava", de forma tão esquisita. Ao arco e ao carcás de flechas ele os abandonava em certos momentos da peleja, mas a tal clava, nunca.

O fator decisivo da vitória foi evidentemente a presença entre os Kor-ul-jas desse demônio branco, que lutava de maneira especial e com extrema eficiência. Parecia invulnerável. Por fim, os Kor-ul-luls debandaram, deixando meia dúzia de prisioneiros.

Os vencedores voltaram exultantes para Kor-ul-ja. Era a maior vitória obtida contra a tribo rival, o que vinha dar grande prestígio a Om-at, o novo chefe, embora Om-at reconhecesse que o sucesso fora devido sobretudo à presença do homem branco. Breve espalhou-se por toda a tribo a notícia das suas façanhas — ou façanhas do novo Tarzan-jad-guru, como diziam. Enquanto isso, lá na aldeia rival os Kor-ul-luls sobreviventes contavam, apavorados, das incríveis façanhas do segundo demônio branco que se aliara à gente do Kor-ul-ja. De novo em sua caverna, Om-at fez conduzir à sua presença os prisioneiros e, um por um, interrogou-os sobre o que sabiam de Tarzan. Todos disseram o mesmo — que o haviam tomado prisioneiro naquela primeira refrega, depois de o tontearem com um golpe de clava na nuca, mas que Tarzan-jad-guru fugira da prisão e cortara a cabeça ao guarda. Fugira e sumira-se. Nada mais sabiam.

Faltava ainda interrogar o viandante aprisionado antes da peleja, o qual foi trazido à presença de Om-at.

— Posso dar muitas informações a respeito desse homem, mas só o farei se me prometerdes a liberdade, a mim e aos meus companheiros, foi a resposta do Kor-ul-lul.

— Há de falar sem promessa nenhuma de liberdade — gritou o chefe colérico — pois, do contrário, o farei matar.

— Se me matardes, comigo levarei o que sei, muito logicamente, retorquiu o prisioneiro.

Ta-den interveio.

— Ele tem razão, Om-at. Promete-lhe a liberdade em troca das informações.

Om-at acedeu.

— Dar-te-ei a liberdade, Kor-ul-lul. Fala. Dize o que sabes.

— Foi assim, começou o prisioneiro. — Três dias depois duma partida de caça com vários companheiros às margens do Kor-ul-lul, não longe do ponto onde hoje me capturaram, fomos surpreendidos por grande número de Ho-dons, que nos cercaram, aprisionaram e nos levaram para A-lur. Lá uns tantos de nós foram separados para servir como escravos nas culturas, e outros, metidos no cárcere do templo para ser sacrificados nas aras de Jad-ben-Otho.

"O fado que me coube foi este, e no cárcere fiquei, no maior abatimento, sem esperanças de coisa nenhuma, certo do meu triste fim."

"Ontem, porém, um fato espantoso sucedeu. Surgiu no templo, acompanhado do rei, pelos sacerdotes e guerreiros, um magnata ao qual todos faziam grandes reverências. Imediatamente o reconheci como o homem terrível que fora aprisionado naquela peleja e que escapara, cortando a cabeça do guarda. Mas não aparecia ali como Tarzan-jad-guru, e sim como Dor-ul-Otho, filho do deus. Deteve-se diante do nosso cárcere e perguntou ao Sumo Sacerdote Lu-don qual era o nosso destino. Informado de que estávamos destinados ao sacrifício, mostrou-se colérico, declarando que seu pai, Jad-ben--Otho, detestava sacrifícios humanos e que, portanto, deviam todos os prisioneiros ser postos em liberdade — e assim se fez.

"Fui libertado com todos os outros, com permissão para retirar-me de A-lur. Em viagem para a minha aldeia, entretanto, fui infeliz e novamente caí prisioneiro. É tudo quanto tenho a dizer."

— Nada mais sabe a respeito de Tarzan-jad-guru? — perguntou Om-at.

— Nada mais, respondeu o prisioneiro. — Mas devo dizer ainda que o Sumo Sacerdote se mostrava muito colérico e que o acólito que nos veio libertar declarou-nos que o estrangeiro não era absolutamente Dor-ul-Otho, e sim um impostor; e que Lu-don prometera desmascará-lo e fazê-lo condenar à morte. Posso agora retirar-me, livre, para a minha aldeia?

Om-at fez que sim com um movimento de cabeça.

— Vai, e vai-te com todos os teus companheiros de tribo. Ab-on os conduzirá em segurança até as fronteiras.

E depois, voltando-se para o estrangeiro:

— Venha comigo, Jar-don, disse encaminhando-se para o ponto mais alto da escarpa donde se avistava o vale da cidade de A-lur.

— É lá — e apontou — é lá que paira o seu amigo Tarzan-jad-guru.

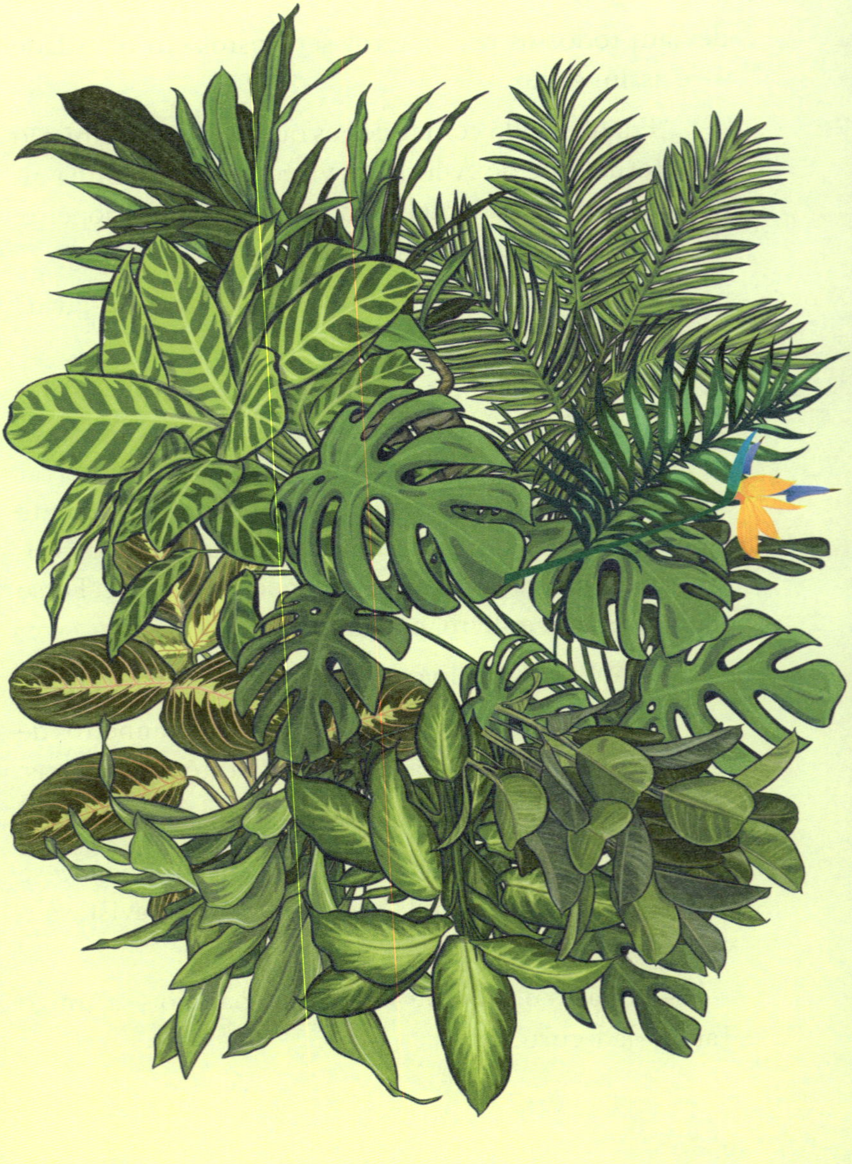

CAPÍTULO XIII

A MASCARADA

Depois que Tarzan fugiu do templo, firmou a intenção de não sair de A-lur antes de certificar-se de que sua companheira lá não estava. Tinha agora de fazer prodígios para manter-se numa cidade onde tudo se punha contra ele.

O melhor lugar de asilo que lhe acudiu foi o Jardim Proibido. Havia lá urna floresta anã onde poderia esconder-se e onde teria água e frutas em abundância para a alimentação. Tudo se arrumaria depois que penetrasse no jardim — mas lá chegar era um problema dos mais sérios.

— Poderoso sou na jângal — disse ele consigo — mas, nas cidades dos homens, valho tanto como qualquer deles.

Confiando na sua observação aguda e no seu senso de

orientação, viu logo que o melhor meio de alcançar a zona de abrigo seria tomar pelos subterrâneos que na véspera visitara — e dos quais nenhuma particularidade lhe escapou.

Não receava ser agarrado lá, porque os sacerdotes estavam todos no templo, a debater excitadamente o acontecido; e com esta ideia na cabeça deu começo ao plano. Mas, logo ao penetrar no primeiro subterrâneo, viu surgir à sua frente um dos sacerdotes que traziam na cabeça aquelas horrendas caraças de animais. Não vacilou um instante. Sacou da faca e feriu o inimigo no coração. A grande ideia salvadora lhe ocorrera: disfarçar-se em sacerdote, com aquela caraça a lhe esconder as feições.

Rápido na execução do plano, tomou a caraça, que se despegara do sacerdote na queda, e também lhe cortou a comprida cauda; feito o que correu a ocultar o cadáver numa pequena câmara ao lado, da qual o sacerdote evidentemente havia saído.

Lá tomou do morto a indumentária, adaptou nela a cauda e, depois de cuidadoso preparo, saiu transformado em sacerdote de Jad-ben-Otho. E como houvesse notado entre os pitecantropos o hábito de sopesar a cauda com a mão esquerda, valeu-se disso para dar semblante de vida ao apêndice inerte.

Assim disfarçado, tomou por vários corredores, atravessou várias câmaras e foi ter a uma área já do palácio, onde se cruzou com vários guerreiros e sacerdotes sem que nenhum o reconhecesse. Na sua qualidade de sacerdote tinha plena liberdade de andar por onde quisesse, bem como de penetrar livremente no palácio.

Sua ideia era abrigar-se no Jardim Proibido. Para lá seguiu. Os guardas muito naturalmente o deixaram entrar pela porta principal. Alegre de ver-se assim livre em seus movimentos, examinou o jardim de relance e escolheu um sítio tufado de flores onde podia abrigar-se sem receio. Insinuou-se na moita e lá tirou da cabeça a desagradável caraça para respirar melhor e com calma refletir na situação.

Já havia notado que mesmo de noite era comum verem-se sacerdotes, um ou outro, em circulação pelos arredores do templo e do palácio. Isso lhe favorecia os planos. De dia tinha aquele refúgio do jardim para esconder-se; de noite sairia para continuar nas investigações.

Do esconderijo pôde ouvir o vozerio dos que lá fora discutiam o seu caso e andavam empenhados em descobrir-lhe o paradeiro. A perseguição estava acirrada. Tarzan aproveitou-se do momentâneo sossego para adaptar melhor ao traseiro a incômoda cauda, fixando-a à pele que lhe cobria os rins, de modo que com facilidade pudesse colocá-la ou tirá-la, conforme a conveniência. Também examinou a caraça.

Era uma enorme máscara esculpida num bloco inteiriço de madeira escavado por dentro até tornar-se uma casquinha. Na parte inferior do pescoço adaptavam-se tiras de couro cabeludo, com longos cabelos escorridos. Tarzan compreendeu que as vítimas sacrificadas na ara de Jad-ben-Otho eram escalpadas para oferecer aos sacerdotes essa peça da indumentária.

A caraça representava uma cabeça monstruosa, mista de grifo e homem, com os três chifres do *triceratops* e aquele círculo azul que tais monstros mostram em redor dos olhos.

Estava nesse exame quando percebeu que havia gente no jardim, com certeza alguns dos rafeiros lançados em sua pista; afastando, porém, a vegetação obteve uma fresta por onde viu o vulto da princesa O-lo-a. De aspecto profundamente melancólico, a filha de Ko-tan passeava lentamente, com os olhos postos no chão.

Logo depois ouviu rumor de passos. Eram dois sacerdotes que vinham falar com a princesa.

— O-lo-a, princesa de Pal-ul-don — disse um deles respeitosamente — o estrangeiro que se anunciou como filho de Jad-ben-Otho acaba de fugir, perseguido pela cólera de Lu-don, que o desmascarou em público. O templo, o palácio e a cidade estão sendo minuciosamente perquiridos, e Lu-don ordenou-me que viesse investigar este jardim. Ko-tan declara que encontrou ontem o acusado neste recinto, embora os guardas jurem que pela porta não passou.

— Aqui não está — respondeu a princesa — ao que eu saiba. — Entretanto, sois livres de o procurar.

— É inútil, princesa, desde que afirmais que não está; também os guardas declaram que pela porta não passou. Se estivesse, o sacerdote que para aqui veio antes de nós já o teria encontrado.

— Que sacerdote? — indagou a princesa.

— Um que veio antes de nós — fomos informados disso pelos guardas.

— É estranho! — murmurou O-lo-a. — Não vi cá nenhum sacerdote...

— Com certeza já se retirou pela porta dos fundos.

— Pode ser, mas é estranho que não o tenha visto, insistiu a jovem, apreensiva.

Os dois sacerdotes fizeram uma reverência e afastaram-se. Assim que desapareceram, Pan-at-lee surgiu correndo, com ar aflito.

— Que aconteceu, criatura? — perguntou-lhe a princesa. — Parece tão assustada...

— Ó, princesa de Pal-ul-don — exclamou Pan-at-lee — eles quase o matam no templo! O estrangeiro, aquele maravilhoso homem que declarava ser Dor-ul-Otho...

— Mas acabo de saber que escapou, disse O-lo-a. — Conte-me como foi o caso.

— O Sumo Sacerdote queria que o agarrassem e o

matassem, mas ele arremessou um acólito sobre Lu-don, deu um pulo sobre o altar e sumiu-se pela parede acima. Andam agora a procurá-lo por toda parte. Ó, princesa, praza aos céus que não o encontrem!

— Como faz semelhante voto, Pan-at-lee? Pois quem blasfema não é merecedor da morte?

— Ah, a princesa não o conhece!

— E conhece-o você — inquiriu O-lo-a, vivamente interessada. — Notei esta manhã que você se traía e tentava enganar-me — esquecida de que os meus escravos não o fazem impunemente. É ele então o mesmo Tarzan-jad guru de quem você me falou? Conte a verdade.

Pan-at-lee levantou o queixo com orgulho principesco, pois princesa também era, e disse:

— Uma Kor-ul-ja jamais mente para proteger-se a si própria.

— Diga-me então o que sabe de Tarzan-jad-guru.

— Só sei que é um homem maravilhoso e de extrema coragem. Salvou-me das unhas do Tor-o-don e do grifo, como contei — e estou certa de que ele é o mesmo que aqui nos apareceu. Estou também convencida que se ele realmente não é o filho de Jad-ben-Otho, é um homem mais que todos os outros homens. Por tudo — pela coragem, pela bondade, pela honra. Quem, a não ser ele, ter-me-ia protegido como me protegeu? E para isso esqueceu-se de si próprio, arriscou a vida.

E apenas levado pela sua amizade a Om-at, o *gund* de Kor-ul-ja, meu noivo.

— Realmente, murmurou O-lo-a. — Sua figura é impressionante de beleza e força. Não só pelas peculiaridades das mãos e dos pés, mas no ar, parece-me uma criatura diferente de todas as mais.

— E, além disso — continuou Pan-at-lee procurando fortalecer a simpatia e admiração que O-lo-a começava a manifestar pelo seu herói — ele é vidente. Como poderia conhecer tanta coisa a respeito de Ta-den? Isso não é de nenhum mortal.

— Talvez tivesse estado com ele, sugeriu a princesa.

— E como saberia que Ta-den vos ama? Não, princesa, esse homem é mais que um homem. Seguiu-me da caverna até o meu esconderijo na escarpa abandonada do Kor-ul-grif, sem que houvesse traços da minha passagem. Que traços deixariam meus pés nus? E onde em toda a Pal-ul-don uma pobre virgem desamparada encontraria um protetor assim desinteressado?

— Talvez Lu-don esteja iludido; talvez seja ele de fato seja um deus, murmurou O-lo-a pensativa, já contaminada pela fé da Waz-don.

— Deus ou homem — insistiu Pan-at-lee — é a mais maravilhosa das criaturas. Se pudéssemos salvá-lo! Tarzan jad-guru vivo seria a vitória do vosso amor por Ta-den.

— Ah, se assim fosse! — suspirou a princesa. — É tarde agora. Amanhã é o dia do meu casamento com Bu-lot...

— Aquele que aqui esteve ontem com vosso pai?

— Sim, aquela horrível criatura de rosto redondo e grande barriga — murmurou a princesa com cara de asco. — Um indolente que nem caça, nem luta. O que faz é comer e beber. Não pensa em coisa nenhuma, senão nas suas escravas. Ah...

E depois duma pausa:

— Esqueçamos disto, Pan-at-lee. Flores! Flores! Apanha-me uma braçada de flores para enfeitar pela última vez o meu quarto de virgem. E daquelas ali, que eram as favoritas de Ta-den...

As duas se aproximaram do tufo que escondia Tarzan.

Flores havia na maior abundância, e à beira do tufo, fáceis de apanhar. A princesa, porém, por capricho, quis justamente uma que se erguia bem no centro — e teimou em colhê-la por si mesma. Entrou pelo tufo adentro, mas, ao quebrar o caule da flor, deu com um vulto ali agachado.

— Não tenha medo de nada, princesa — disse o vulto erguendo-se. — Sou eu, o amigo de Ta-den. Mas... silêncio, e cruzou o dedo sobre os lábios.

Pan-at-lee adiantou-se excitadíssima, exclamando:

— Oh, Jad-ben-Otho! É ele mesmo!

— E agora, princesa, que me descobriu aqui escondido, será que tenciona entregar-me a Lu-don?

Pan-at-lee rojou-se aos pés de O-lo-a.

— Princesa! Princesa! Não o reveleis aos seus inimigos!

— Mas Ko-tan, meu pai — disse por fim a princesa — não me perdoaria semelhante traição. E Lu-don teria o direito de exigir o meu sacrifício na ara de Jad-ben-Otho...

— Mas Ko-tan e Lu-don jamais o saberão — exclamou Pan-at-lee — a não ser que uma de nós o delate. Eu por mim juro pelo que houver de mais sagrado que da minha boca não sairá palavra.

A princesa sentia-se vivamente impressionada.

— Dizei-me, estrangeiro: sois realmente um deus? — murmurou ela.

— Jad-ben-Otho não o é mais, respondeu Tarzan com todo o aprumo.

— Mas se sois um deus, por que vos escondeis dos mortais?

— Quando os deuses descem à Terra e se misturam com os homens, tornam-se vulneráveis e também mortais. O próprio Jad-ben-Otho, se por aqui aparecesse em carne, poderia ser trucidado.

— É verdade que vistes Ta-den e lhe falastes? — perguntou O-lo-a depois de certa vacilação.

— Sim, vi-o e falei-lhe. Durante toda uma lua andamos juntos.

— E... e ele ainda me ama? — perguntou O-lo--a, corando.

Tarzan percebeu que a havia conquistado.

— Sim, respondeu. Ta-den só fala em O-lo-a e não perde a esperança de vir a ser seu esposo.

— Mas amanhã estarei casada com Bu-lot, murmurou O-lo-a com tristeza.

— Amanhã é amanhã — um dia que nunca chega, sofismou Tarzan.

— Chegará para mim esse dia de tortura, e terei de penar a vida inteira longe de Ta-den...

— Eu poderei fazer que não seja assim, propôs Tarzan intrepidamente.

— Oh, sei que podeis, Dor-ul-Otho! — exclamou O-lo-a radiante. — Pan-at-lee tem-me dito da vossa extrema bravura e generosidade de coração.

— Só Jad-ben-Otho conhece o futuro dos mortais, disse Tarzan. — Entretanto, se confiardes em mim, tudo conseguireis. Agora separemos-nos antes que alguém nos descubra.

— Vou afastar-me, disse O-lo-a. — Pan-at-lee vos

trará alimentos. Faço votos que escapeis da perseguição e para que Jad-ben-Otho aprove o meu procedimento.

Tarzan recolheu-se ao esconderijo, enquanto as duas se afastavam.

Ao cair da noite, Pan-at-lee reapareceu com alimentos para o novo aliado da princesa, e Tarzan aproveitou-se do ensejo para indagar da misteriosa estrangeira que ele supunha oculta em A-lur.

— Diga-me, Pan-at-lee, o que sabe dos rumores que a respeito de uma estrangeira correm em A-lur. Não ouviu nada?

— Sim, respondeu a jovem, ouvi o que se rosna entre os escravos. Murmuram que há uma estrangeira branca escondida num dos recantos secretos do templo e que Lu-don a quer para sacerdotisa, enquanto Ko-tan a cobiça para esposa. Mas nada se resolve porque um receia o outro.

— Sabe o lugar onde está ela escondida?

— Como poderei sabê-lo? Só sei o que ouço murmurar entre os escravos.

— Mas falam só dessa estrangeira ou também de...

— Falam também de outra criatura que com ela veio — mas essa criatura ninguém diz onde está.

Tarzan meneou a cabeça, satisfeito.

— Obrigado, Pan-at-lee. Ajudou-me mais do que pode calcular...

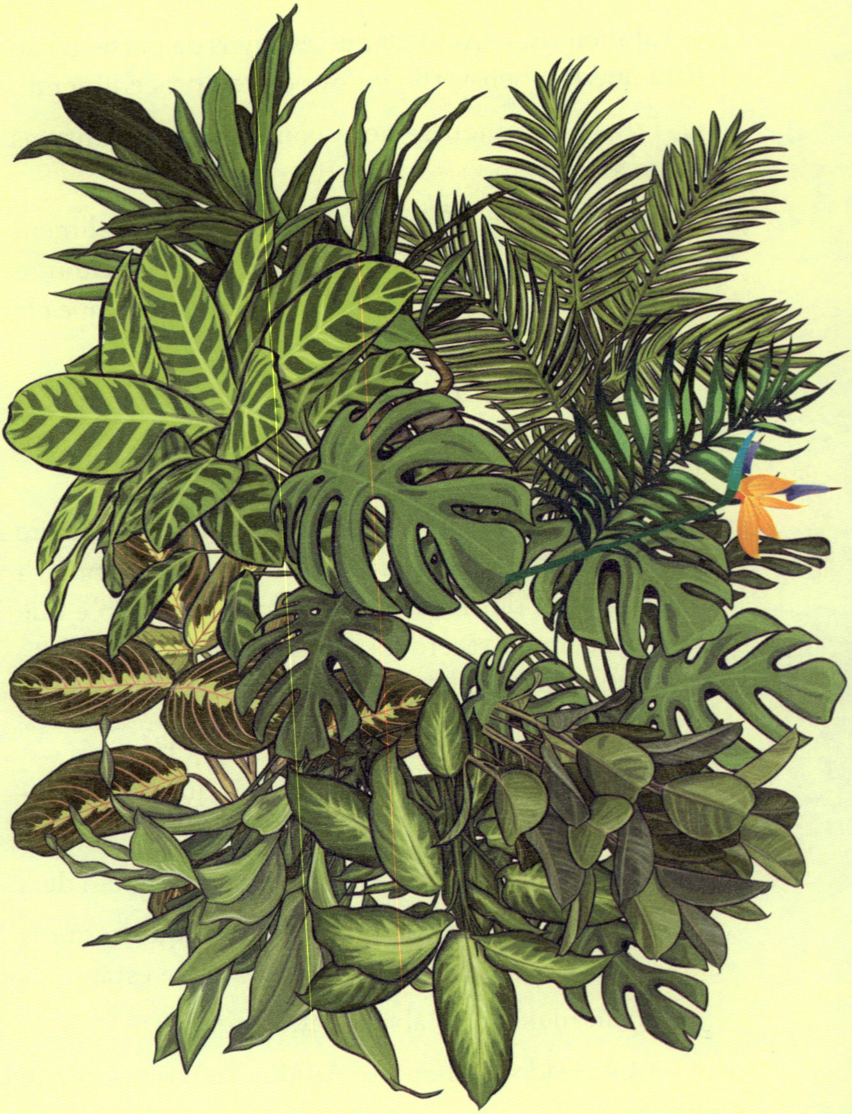

CAPÍTULO XIV

O TEMPLO DO GRIFO

Logo que a noite sobreveio, Tarzan envergou a caraça e a cauda do sacerdote morto nos subterrâneos do templo; mas, mesmo assim disfarçado, achou prudente não passar de novo pela porta por onde entrara, com receio de que os guardas desconfiassem. Melhor seria galgar o muro, coisa simplicíssima para um homem-macaco. Alcançou desse modo a zona do templo pelo lado oposto à que tomara na fuga.

Eram sítios em que pisava pela primeira vez; entretanto, preferia isso a trilhar sendas já batidas; como estava com um objetivo já deliberado na cabeça e era dotado dum maravilhoso senso de orientação, movia-se ali com a segurança dum velho conhecedor do ambiente.

Tirando partido das sombras mais densas junto aos

muros, chegou sem novidade à construção misteriosa sobre a qual interpelara Lu-don no dia da visita inicial.

A perturbação do Sumo Sacerdote e o fato de declarar que aquilo estava já de muitos anos sem uso o fizeram desconfiar. Evidentemente, Lu-don mentia.

Estava agora defronte da misteriosa construção que se erguia em três andares, totalmente separada dos demais edifícios. À entrada principal figurava a cabeça dum grifo cuja boca aberta era a porta, mas porta fortemente gradeada. Também havia em vários pontos janelas ovais, igualmente gradeadas. Tarzan experimentou as barras da boca do grifo; firmíssimas, e, se fossem quebradas à força de músculo, certo que se produziria barulho denunciador. Foi em seguida às janelas e espiou. Impossível vislumbrar lá dentro qualquer coisa, como aliás ele o esperava. As grades não resistiriam aos trancos do seu punho hercúleo; entretanto, Tarzan preferiu nada fazer no momento; iria dar volta ao edifício para estudar melhor o caso.

As paredes recobertas de esculturas em alto relevo forneciam excelentes pontos de apoio para um trepador da sua marca, e lá marinhou ele por uma delas acima, rumo ao segundo andar. Também as janelas encontrou-as defendidas por barras e ainda por impenetráveis cortinas interiores. Tarzan continuou a subir. O teto, como o da sala do trono, merecia exame. Esqueceu-me dizer que

Tarzan havia retirado da cabeça a caraça e do traseiro a cauda, deixando-as ocultas num desvão ao pé do muro. Do contrário, não poderia executar semelhantes proezas.

De caminho para o teto parou no terceiro andar e, duma das janelas, também gradeada e com cortina interna, pôde perceber luz dentro. Apurando os ouvidos, apanhou rumor de vozes. E que vozes! A de Lu-don, que implorava em tom melífluo, e outra altiva, que o repelia. E também, num delírio, reconheceu aquela voz...

Impossível conter-se por mais tempo. Era a voz da sua Jane Clayton! Tarzan esqueceu prudência, esqueceu astúcia, e tamanho sacão deu na grade da janela que a projetou com grande barulho para dentro, com um pedaço da parede. Depois meteu-se de arranco pela abertura e, no ímpeto cego, levou consigo, qual um véu, a pele de antílope que servia de cortina.

— Jane, Jane, onde estás? — foi o grito que lhe saiu da alma. Mas a única resposta obtida foi o silêncio.

Tarzan atirara-se lá de cima e, envolto na mais profunda escuridão, continuava a repetir o apelo: "Jane, Jane, onde estás?". Não obtinha resposta, mas já seu faro alertíssimo sentia no ambiente o odor da companheira. Aquela impetuosa impaciência, entretanto, estragara tudo. Ele que ouvira a voz de ambos em diálogo, Jane altiva, repelindo a Lu-don, e Lu-don miseravelmente insistindo, se houvesse agido com mais calma, poderia ter surpreendido o infame; a fúria com que arrombou a grade, porém, pôs o sacerdote de sobreaviso — e era agora aquele silêncio de túmulo.

Tarzan apalpava nas trevas; súbito, sentiu o chão faltar-lhe aos pés e caiu num abismo de escuridão mais intensa ainda; chegando ao fundo, ouviu em cima a voz escarnecedora de Lu-don, que dizia: "Volta para teu pai, ó, Dor-ul-Otho!".

Tarzan aplastou-se no fundo do abismo, que era de rocha áspera; felizmente caíra num sítio onde uma das janelinhas ovais punha dentro um pouco de claridade. Ergueu-se, espiou por ela. Dava para o lago, àquela hora batido de luar. Mas nesse momento um cheiro vago e indefinível lhe impressionou as narinas. Que cheiro era aquele? Ah, sim, do grifo! O cheiro particular do grifo, que ele sentira em Kor-ul-grif quando estava a esfolar o antílope flechado.

E, após sentir-lhe o cheiro, ouviu patadas remotas que não podiam ser senão de tal monstro. Evidentemente havia ali um grifo que fora despertado pelo rumor de sua queda e agora se aproximava para ver o que era. Não ficou Tarzan na dúvida por muito tempo. O urro espantoso do *triceratops* atroou o ar confinado daqueles pavorosos corredores...

Já com os olhos afeitos ao escuro, e sabendo que má vista tinha o monstro, preparou-se Tarzan para evitar o bote da fera à qual nenhuma criatura viva podia resistir. Pensou em aplicar o processo dos Tor-o-dons — o *"whee-oo!"* — mas refletiu logo que as condições variavam muito, além de que o grifo ali encerrado muito provavelmente não era animal afeito a acatar a autoridade de um cavaleiro. As feras roubadas ao seu ambiente natural requintam-se de ferocidade e ódio represo.

O meio de escapar, portanto, só poderia ser pelo encontro dalguma abertura que lhe permitisse safar-se daquele corredor. Sua situação era a mais estranha. Justamente quando encontrava Jane, via-se impossibilitado de socorrê-la e, mais, era forçado a operar prodígios para defender sua própria vida...

Tarzan esgueirou-se dali rumo ao lado oposto ao em que ressoavam as patadas do monstro, o qual, guiado apenas pelo ouvido, não tardou a chegar, como um bólide, ao ponto em que Tarzan estivera instantes antes. Mas Tarzan já ia longe, correndo pelo corredor, ou túnel, ao fim do qual divisava uma difusa claridade. Lá chegando, viu que abria para um recinto amplo. Sem hesitação entrou.

Era a cocheira, ou o que fosse do grifo — um antro de largas dimensões, cujo piso corria em declive suave. Por um momento Tarzan pensou em aproveitar-se da amplitude do recinto iluminado para tentar o *"whee-oo!"*. Ou ficar ali para isso, ou tomar por um dos outros corredores que dali partiam, igualmente imerso em trevas, como o primeiro. Nisto, novo urro do monstro reboou, dando a impressão dum terremoto a aluir toda aquela construção de pedra. Tarzan percebeu que seria fútil tentar o que estava pensando e meteu-se por um dos corredores.

Esse corredor ia dar a um recinto circular, de paredes lisas e de grande altura, de onde a fuga era em absoluto impossível. À esquerda havia um tanque, evidentemente o bebedouro e o banheiro do monstro.

Não concluíra ainda Tarzan o exame do recinto e já o grifo se aproximou numa galopada louca, aos urros. Entreparou na entrada, circunvagando os olhinhos apertados em procura da presa que lhe fugira. Era o momento crítico, e Tarzan nada mais achou a fazer senão tentar o *"whee-oo!"* dos Tor-o-dons. Emitiu, pois, o grito que já em outra ocasião operara um milagre; mas em vez de o grifo rosnar daquele modo significativo e voltar-se de costas para ser encavalgado, o que fez foi arremessar-se com fúria louca em direção do som.

Não havia por onde escapar; as paredes altíssimas e lisas; o corredor, única passagem por onde poderia fugir, estava tomado pelo monstro. Tarzan lançou-se à água.

A esperança de lady Jane morrera. A lutar desesperadamente pela vida durante meses, aprisionada por mãos misteriosas naqueles sítios mais misteriosos ainda,

Jane Clayton considerava chegado o seu fim. A esperança fenecera-lhe de todo quando viu Lu-don surgir diante dela, ali naquele cárcere. Os trabalhos passados e os sofrimentos padecidos não lhe tinham desbotado a maravilhosa formosura — e era isso o que a perdia. Lu-don furiosamente a desejava.

Também a desejava Ko-tan, o rei, e se o caso ainda não se decidira, fora justamente porque os dois homens andavam em luta e um temia o outro. Lu-don, entretanto, mais audacioso, resolvera precipitar os acontecimentos; viera visitá-la, decidido a tudo. Jane o repelira com toda a altivez, embora em termos que lhe permitissem ganhar tempo. A esperança custa a abandonar as criaturas humanas...

Um ricto de cobiça luxuriosa assomou no rosto cruel do Sumo Sacerdote, quando Jane, de cabeça alta e com infinitos de desprezo nos olhos azuis, lhe repeliu as propostas. Essa expressão, se o enfuriou, mais ainda lhe acendeu os desejos; evidentemente, aquela mulher era uma rainha ou uma deusa — mais uma razão para que fosse sua, refletira ele.

— Nunca! — dissera Jane quando Lu-don tentou deitar-lhe a mão. — Um de nós morrerá primeiro.

— Amor não mata, foi a sardônica resposta do repelido, e Lu-don avançou para ela com as mãos crispadas de luxúria. Nesse momento, porém, a grade da janela que dava para o recinto foi arrebentada, caindo com grande estrondo no chão, e um vulto humano de cabeça envolta na cortina de antílope irrompeu impetuosamente pela abertura. Jane viu surpresa e terror imprimir-se nos olhos do Sumo Sacerdote, que de um salto alcançou certa correia pendente do teto puxando-a com vivacidade. Imediatamente uma parede falsa desceu, dividindo o aposento em dois; o intruso ficou desse modo impedido de alcançá-los. Jane ouviu-lhe a voz, mas tão fraca como se viesse de grande distância; não a pôde reconhecer, nem percebeu o que dizia.

Em seguida Lu-don puxou outra correia e ficou de ouvido atento, como a gozar o que iria suceder. Não esperou muito tempo. Maquinismos secretos que só o Sumo Sacerdote conhecia desandaram e, em consequência, o piso de metade do aposento escancarou-se como alçapão. E curvando-se para o abismo assim cavado, Lu-don gritou aquelas palavras, sem sentido para Jane: "Volta para teu pai, ó, Dor-ul-Otho!". Depois, puxou outra correia, fazendo que tudo voltasse à forma primitiva.

— E agora nós, minha bela! — exclamou Lu-don sorridente, avançando para lady Jane.

Mas foi novamente atrapalhado. Alguém acabava de entrar.

— Ja-don! — exclamou o Sumo Sacerdote, surpreso. — Que faz aqui?

Os olhos de lady Jane fixaram-se no novo personagem que tão a propósito vinha salvar a situação.

— Venho da parte do Ko-tan, o rei, para conduzir esta estrangeira ao Jardim Proibido, respondeu secamente o guerreiro.

— O rei então desafia o Sumo Sacerdote de Jad-ben-Otho? — gritou Lu-don.

— Não desafia; ordena, replicou Ja-don, em cujo tom não havia medo ou respeito pelo Sumo Sacerdote.

Lu-don bem sabia por que Ko-tan escolhera como emissário aquele chefe guerreiro, de arrogância notória, mas também sabia como agir. Seus olhos ergueram-se para as correias pendentes. "Por que não?", pensou consigo. Faria Ja-don cair na trapa, com o outro.

— Bem, bem, disse mudando de tom. — É um assunto a discutir com calma, e, cruzando as mãos às costas, deu uns passos na direção da trapa de modo a induzir Ja-don a fazer o mesmo. Queria pilhá-lo de jeito. Mas Ja-don não se moveu. Apenas disse em tom seco:

— Não vim para discutir; vim cumprir ordens.

Jane examinava-o. Viu impresso em sua figura esse ar de coragem e honra que a profissão das armas desenvolve nas almas nobres. Já no tipo de Lu-don só havia maldade hipócrita e astúcia infame. Impossível vacilar entre os dois. Com aquele guerreiro tinha ela possibilidade de algo, mas, com o Sumo Sacerdote, a sua perda seria certa. Também aquela mudança de prisão poderia ser-lhe favorável. Jane pesou rapidamente os prós e contras e decidiu-se.

— Guerreiro — exclamou dirigindo-se para Ja-don — se tendes amor à vida não deveis pôr os pés naquela parte do aposento.

Lu-don lançou-lhe um terrível olhar de cólera.

— Silêncio, escrava! — berrou.

— E onde está o perigo? — inquiriu o guerreiro.

Lady Jane apontou para as correias pendentes do teto.

— Ali! — e antes que o Sumo Sacerdote pudesse impedi-la, avançou para uma e puxou-a com ímpeto. Imediatamente a cena de minutos antes se reproduziu. A parede secreta desceu e cortou o cômodo em dois, ficando Lu-don prisioneiro.

Ja-don arregalara os olhos.

— Ele ter-me-ia pregado uma grande peça se não fosse tua ação pronta, bela estrangeira, murmurou. — Ter-me-ia aprisionado, ficando livre de esconder-te onde bem lhe aprouvesse...

— Teria ainda feito mais, observou Jane puxando a segunda correia. — Esta abre o alçapão ao lado e ele vos precipitaria no fundo das masmorras subterrâneas. Sei, porque Lu-don várias vezes me ameaçou disso e lá embaixo há um demônio terrível, devorador de criaturas humanas — um grifo.

— Um grifo nas masmorras do templo! — exclamou Ja-don assombrado. — Por isso é que os sacerdotes nos conservam ocupados em lhes arranjar prisioneiros... Lu-don de há muito que me traz atravessado na garganta e agora percebo suas intenções. Se não fosses tu... Dize-me, prisioneira: "Que te fez agir assim, tratando-se de dois inimigos?".

— Ninguém me é mais horrível do que Lu-don — respondeu Jane — ao passo que na vossa aparência percebo bravura e honra. Embora eu esteja com todas as minhas esperanças perdidas, sinto que entre guerreiros ainda terei alguma possibilidade, apesar de serem guerreiros de uma raça que não é a minha.

Ja-don ficou a encará-la por um minuto; depois disse:

— Ko-tan quer fazer-te rainha, e acho que não pode haver tratamento mais honroso para uma tal prisioneira.

— Fazer-me rainha? — exclamou Jane, atônita.

Ja-don aproximou-se e baixou o tom da voz.

— Ele julga, embora não mo tenha dito, que és da raça dos deuses. Jad-ben-Otho também não tem cauda e talvez por isso Ko-tan imagina que és da raça dos deuses. Sua primeira esposa faleceu, só deixando uma filha, a princesa O-lo-a, e Ko-tan anseia por um filho ao qual legue o trono. E o que é maior que um filho descendente dos deuses?

— Mas já sou casada, contraveio Jane. — Não poderei casar-me novamente e de forma nenhuma desejo Ko-tan, nem seu trono.

— Ko-tan é rei, disse simplesmente Ja-don, como se essa frase explanasse tudo.

— Quereis salvar-me deste impasse tremendo, nobre guerreiro? — propôs Jane num rasgo de inspiração.

— Se tu estivesses em Ja-lur eu poderia proteger-te mesmo contra o rei.

— E onde é Ja-lur? — interpelou Jane agarrando-se àquela vaga esperança.

— Longe daqui. A cidade da qual sou o chefe supremo.

— Em que ponto fica? Muito distante?

— Não é muito distante, mas não deves pensar nisso. Não tens meio de alcançar Ja-lur. Há muita gente aqui para guardar-te, ou perseguir-te em caso de fuga. Ja-lur fica sobre o rio que deságua no Jad-ben-lul, que é o que banha esta cidade de Ko-tan. Ja-lur é inexpugnável — a única cidade do Pal-ul-don jamais tomada por inimigos, isso desde os começos — desde quando Jad-ben-Otho era menino.

— E lá me verei a seguro? — inquiriu Jane, sempre aferrada àquela esperança.

— Talvez, respondeu dubitativamente Ja-don.

Aquele "talvez" foi como uma punhalada na débil esperança da prisioneira, no entanto, em seu espírito o nome de Ja-lur ficara a lucilar como a salvação. Ja-lur! Ja-lur!...

— Bem, disse Ja-don. — Acompanha-me agora. Iremos ao Jardim Proibido, o lugar onde reside a princesa O-lo-a. Garanto que te sentirás melhor nesse lindo jardim do que cá nesta prisão.

— E Ko-tan? — murmurou Jane com um estremecimento. — Irá exigir que eu seja rainha hoje mesmo?

— Não. Existem as cerimônias do ritual — explicou Ja-don — as quais tomarão vários dias — e uma dessas cerimônias será um tanto difícil de realizar-se.

— Qual?

— Uma que somente o Sumo Sacerdote pode desempenhar... Só Lu-don realiza os casamentos reais.

— Começo a respirar! — exclamou Jane aliviada. — Ganho de tempo, ganho de tempo...

Nada mais tenaz do que a esperança! É a verdadeira fênix da fábula...

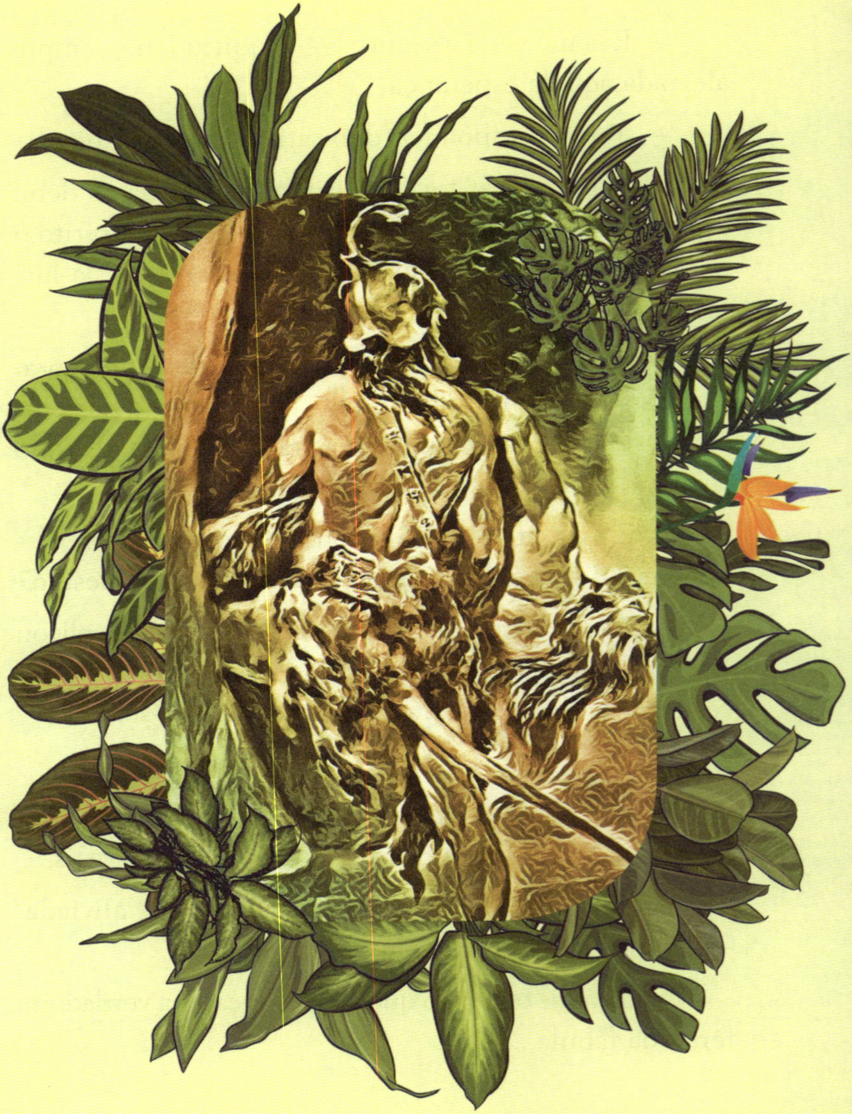

CAPÍTULO XV

REI MORTO, REI POSTO

Ja-don conduziu lady Jane para o Jardim Proibido, mas, ao alcançar a saída daquela prisão, foi barrado por dois sacerdotes, que juntamente com dois soldados Lu-don lá havia posto de guarda.

— Só com ordem do Sumo Sacerdote pode alguém atravessar esta porta, disse um dos sacerdotes colocando-se à frente do guerreiro. Estava de caraça na cabeça, mas Jane pôde ver pela abertura correspondente aos olhos como os seus olhos fuzilavam de cólera lá dentro. Ja-don apôs-lhe a mão esquerda no ombro enquanto com a direita tomava o cabo da faca.

— Tenho ordem de Ko-tan, o rei — disse ele — e é em virtude dessa ordem que eu, Ja-don, estou conduzindo a prisioneira para fora daqui. Afasta-te!

Os dois soldados avançaram, dizendo:

— Aqui estamos, *gund* de Ja-lur, para receber as vossas ordens.

O segundo sacerdote interpôs-se, dizendo ao companheiro:

— Deixa-os seguir. Não recebemos ordens especiais de Lu-don para um caso deste, além de que, é lei do templo e do palácio que os sacerdotes e os chefes guerreiros transitem com liberdade.

— Mas eu conheço as ideias de Lu-don neste caso, insistiu o primeiro sacerdote.

— Declarou-te ele que impedisses Ja-don de passar com a prisioneira?

— Isso não, mas...

— Então deixa-o passar, mesmo porque, somos dois contra três, e ele passará de qualquer modo.

O primeiro sacerdote afastou-se resmungando colericamente:

— Lu-don justará contas convosco.

— Não desejo outra coisa, murmurou o guerreiro sorrindo e passou.

Chegados ao portão principal do Jardim Proibido, Ja--don chamou as escravas da rainha e lhes entregou lady Jane.

— Levem-na à princesa O-lo-a — disse — e cuidado para que não escape.

Jane foi conduzida à presença de O-lo-a, que se achava recolhida num retiro fechado com pele de leão.

— O-lo-a, princesa do Pal-ul-don — disse uma das escravas — aqui vos trazemos, das mãos de Ja-don, a prisioneira branca da masmorra do grifo.

— Que entre, murmurou dentro a jovem.

Jane entrou. O pavilhão era uma cúpula sustentada por quatro cariátides bárbaras, representando escravos Waz-dons ajoelhados. Ao centro da cúpula havia uma abertura para entrada do ar e da luz. A princesa jazia num divã de peles, com uma serva ao lado, e foi com intensa curiosidade que examinou a desconhecida.

— Que bela é! — exclamou com sinceridade.

Lady Jane sorriu. Aquela beleza — aquela beleza era sua desgraça...

— Essa apreciação é de fato um cumprimento, vindo como vem da radiante princesa O-lo-a, murmurou com gentileza.

— Oh! — fez a jovem deleitada. — Fala então a nossa língua?

— O Sumo Sacerdote fez-me ensinar essa língua durante a minha prisão no templo; minha língua nativa é outra, visto que sou duma terra longínqua para a qual sonho retornar. Tenho sido imensamente infeliz...

— Vai ser feliz agora, retorquiu O-lo-a. — Meu pai tenciona fazê-la rainha.

— Isso é impossível, disse com tristeza a prisioneira.

— Sou casada. Ah, princesa, se soubésseis o que é amar e ser forçada a casar com um homem que não nos fala à alma...

O-lo-a guardou silêncio por uns instantes; depois exclamou suspirando:

— Se soubesse! Mas que remédio? Se eu, que sou filha do rei, estou condenada a esse fado, que posso fazer em favor duma escrava?

A orgia no grande salão de festas do palácio atingira o apogeu. Ko-tan celebrava por antecipação o enlace de sua filha única com Bu-lot, filho de Mo-sar, cujo avô tinha sido rei do Pal-ul-don e por isso vivia conspirando.

Todos já se mostravam completamente bêbedos, inclusive Mo-sar e Bu-lot. No coração de Ko-tan não havia amizade por nenhum daqueles chefes, e vice-versa. Ko-tan dava sua filha ao filho de Mo-sar unicamente por motivos políticos, visto como era Mo-sar um dos mais poderosos e audaciosos chefes de tribo. Ko-tan receava Ja-don, e isso o induzia a fortalecer-se com uma boa aliança de família.

Raça barbaresca como era a dos comensais, nem por isso desadoravam a diplomacia, mas só quando em estado normal. Sob o impulso das bebidas fortes, o que predominava eram os instintos nus. Foi assim que em dado momento Bu-lot se ergueu e disse, com a sua malga no ar:

— Bebo à saúde de O-lo-a! — e revirou-a num

trago. Depois, enchendo-a de novo: "E agora, à do filho que dela vou ter e que fará o trono do Pal-ul-don voltar aos seus verdadeiros donos".

— O rei ainda não morreu! — gritou Ko-tan ofendido. — Nem Bu-lot é ainda esposo de sua filha. Há tempo para salvar Pal-ul-don duma descendência de coelho.

Aquele insulto ao noivo de O-lo-a, cuja covardia era notória, espantou a assistência. Todos os olhares convergiram para ele e Mo-sar, sentado defronte de Ko-tan. Bu-lot, completamente bêbedo, agiu então dum modo imprevisto — só explicável pela ação do álcool. Ergueu-se de brusco e, arrancando a faca do cinto dum guarda, arremessou-a de ponta contra o rei, sistema de ataque em que eram todos muito peritos no Pal-ul-don. Ko-tan não teve tempo de defender-se. A faca penetrou-lhe no coração.

Um silêncio aterrorizado seguiu-se, no qual o assassino, compreendendo o que havia feito, arrancou-se dali em precipitada fuga. Mas Mo-sar ergueu-se intrepidamente, gritando:

— Ko-tan já não existe! Mo-sar é rei! Que os guerreiros fiéis ao glorioso passado de Pal-ul-don defendam seu novo soberano!

A esse comando, a chusma dos partidários correu a guardá-lo e ao filho. Foi quando Ja-don entrou.

— Prendam-nos! — gritou o impetuoso chefe de

Ja-lur. — Prendam aos dois! Os guerreiros de Pal-ul-don saberão escolher o sucessor de Ko-tan, depois que os seus assassinos forem punidos.

Imediatamente, os partidários de Ko-tan puseram-se ao lado, e com grande ímpeto travaram luta com os sectários de Mo-sar. O tumulto fez-se terrível, e Mo-sar e Bu-lot aproveitaram-se da confusão para se esgueirar dali furtivamente. Foram reunir-se a um grupo de partidários e guarda-costas cuidar da retirada. No momento da partida, porém, Mo-sar aproximou-se de Bu-lot para lhe cochichar:

— A princesa! Não podemos sair daqui sem ela. O-lo-a em nosso poder será metade da partida ganha.

Bu-lot, já refeito da embriaguez, opôs-se. Tinha feito demais, e agora desejava ver-se a seguro, bem longe dali. Mas o pai insistiu:

— Há tempo para tudo. A batalha prossegue no palácio e ninguém pensa na princesa. A oportunidade é nossa. Vamos.

Bu-lot seguiu Mo-sar com relutância e, depois que Mo-sar deu ordem aos seus homens para esperá-los fora do portão principal do palácio, prontos para a fuga, correram para o Jardim Proibido.

— Estão lutando terrivelmente no palácio — disse Mo-sar aos eunucos e soldados da guarda — e Ko-tan manda dizer que sigam todos para lá em seu socorro. Depressa!

Os eunucos e guerreiros ali presentes, que sabiam do casamento da princesa com Bu-lot marcado para o dia seguinte, de nada desconfiaram — e correram a cumprir a ordem. O Jardim Proibido ficou de entrada franca.

Mo-sar e Bu-lot precipitaram-se para o pavilhão de O-lo-a.

— Que significa isto? — gritou a jovem, vendo-os irromper daquele modo tão brusco.

Mo-sar deteve-se diante dela já com novo plano a formar-se na cabeça. Seus olhos haviam caído sobre Jane Clayton, cuja beleza o estonteara. Já agora queria raptar as duas — O-lo-a para seu filho e Jane para si.

— O-lo-a — gritou ele — quando souberes da urgência da nossa missão, certo de que nos perdoarás. Houve motim sério no palácio e teu pai, Ko-tan, foi assassinado. Os rebeldes, bêbedos, vêm de marcha para aqui. Temos de arrancar-te fora de A-lur incontinente. Vem depressa!

— Meu pai morto? — exclamou a princesa com os olhos arregalados. — Mas nesse caso o meu lugar é aqui! Morto meu pai, os guerreiros têm que escolher novo chefe — e no intervalo eu assumirei o governo. É o que mandam as nossas leis de sucessão. E rainha, nada me fará desposar um homem a quem detesto. Fora daqui, ambos! — e com o dedo imperioso apontou-lhes a porta.

Mo-sar compreendeu que nem astúcia, nem persuasão valiam naquele caso. Só a força, e gritou para seu filho:

— Bu-lot, agarre sua mulher enquanto eu agarro a minha! — e avançou para lady Jane, tomando-a pela cintura apesar de toda a sua resistência. E com ela nos ombros escapou dali.

Bu-lot fez o mesmo a O-lo-a, mas não contara com Pan-at-lee. A corajosa Waz-don avançou para ele qual hiena e agarrou-o por uma perna no momento em que Bu-lot também ia escapando com a princesa ao ombro. Bu-lot tentou desembaraçar-se com valentes sacões, mas não pôde. Furioso, largou a princesa e sacou da faca. Ergueu-a no ar...

Nesse momento a cortina de pele de leão abriu-se. Um vulto entrou de salto, detendo no ar a faca raivosa que já descia, ao mesmo tempo que um golpe terrível amassava o crânio de Bu-lot. O covarde assassino estatelou-se no chão sem vida.

Quando Tarzan saltou para dentro do bebedouro do grifo como o único recurso de salvação que lhe restava, parecia ter chegado o seu fim. O monstro o seguira também e o desenlace era inevitável. Tarzan, entretanto, raciocinara que devia haver uma abertura para entrada da água e que se conseguisse alcançar essa abertura, caso fosse ela de âmbito suficiente a dar passagem ao seu corpo, estaria salvo. Tudo manobras instantâneas do instinto de conservação.

O grifo também se projetou na água. Tarzan, já mergulhado, ouviu o *"chap"* tremendo daquele corpanzil caindo no líquido — e a largas braçadas precipitou-se para o ponto onde devia ser a abertura. Sua vida ficaria na dependência daquilo só — de não errar o impulso e cair certo na abertura — e ainda de ser ela suficientemente ampla para lhe dar passagem.

Caído na terrível trapa que ele próprio armara contra os outros, Lu-don espumejava de ódio contra a estrangeira que lhe pregara tal peça. Escapar dali podia, está claro, visto como fora o construtor da masmorra e não ignorava os mínimos detalhes. Mas iria perder tempo. Nesse intervalo o infame Ja-don furtar-lhe-ia a prisioneira e a entregaria a Ko-tan, tudo lhe ficando daí por diante mais difícil.

Lu-don detestava Ko-tan, e secretamente havia esposado a causa de Mo-sar, em quem esperava encontrar um instrumento dócil. O meio agora era promover uma revolta que destronasse Ko-tan e pusesse Mo-sar no trono. Desse modo o verdadeiro rei ficaria sendo ele, Lu-don. E o Sumo Sacerdote lambeu os lábios, antegozando a vingança.

— Aquela maldita estrangeira! — murmurou. — Mas hei de apanhá-la e então...

Lu-don viu que o jeito mais fácil de sair dali era pela abertura que Tarzan rompera na janela. Subiu, pois, até lá e escapou. E agora? Perseguir Ja-don? Muito tarde. Melhor preparar incontinente a revolta que iria dar com o rei em terra.

Correu ao templo e expôs aos sacerdotes o caso; todos eles detestavam o rei porque, já de longa data, vinham sendo trabalhados pela astúcia previdente de Lu-don.

— Chegou o momento, disse este. — A autoridade do templo tem que ser definitivamente firmada sobre a do palácio. Ko-tan precisa ceder o trono a Mo-sar, que é o nosso homem. Tu, Pan-sat, irás chamar o nosso homem para uma conferência na nossa sala secreta, e os outros se espalharão pela cidade a fim de mobilizar todos os guerreiros nossos partidários.

Uma hora levaram combinando os planos de ação. Um dos sacerdotes conhecia certo escravo disposto a lançar a faca contra o peito de Ko-tan — em troca da liberdade. Outro tinha nas mãos um oficial do palácio por intermédio do qual lhe era possível colocar lá dentro uma boa malta de asseclas. O plano estudado nos menores detalhes parecia impossível de falhar.

Quando Pan-sat, que havia saído, voltou do palácio, sem fôlego e excitadíssimo, Lu-don o recebeu apreensivo.

— Que há? Pareces perseguido pelos demônios...

— Mestre — disse ele compungido — nosso momento veio, sim, mas passou. Passou enquanto estávamos aqui a planejar. Ko-tan já não existe e Mo-sar vai longe, em fuga. Seus partidários batem-se no palácio, mas sem chefia, ao passo que ao contrário Ja-don comanda. Pelos escravos soube que Bu-lot matou o rei e fugiu...

— Ja-don! — murmurou a espumejar o Sumo Sacerdote. — Sempre ele! Os loucos o farão rei se não agirmos sem demora. Corre à cidade, Pan-sat, e levanta o povo ao grito de que Ja-don assassinou o rei e quer roubar o trono a O-lo-a. Espalha também a notícia de que Ja-don ameaçou de destruir o templo a chacinar todos os sacerdotes de Jad-ben-Otho. E de lançar os altares no rio. Levanta quantos homens possas e ataca o palácio sem demora. Traze-os ao templo pelo caminho secreto, para que o assalto se faça por aqui. Corre, Pan-sat!

Pan-sat já ia saindo quando Lu-don o deteve.

— Um momento. Sabes algo da prisioneira que Ja-don arrancou da masmorra do grifo?

— Só sei que a tirou de lá e ameaçou com violência os sacerdotes que tentaram barrar-lhe a passagem. Onde está escondida ignoro.

— Ko-tan ordenara-lhe que a pusesse no Jardim Proibido, disse Lu-don. Há de estar lá. Vai, Pan-sat.

Num corredor que abria para aquela sala secreta um sacerdote escutava atrás da cortina. Se esteve ali muito tempo devia ter apanhado toda a conversa dos conspiradores. Mas retirara-se qual sombra, logo que ouviu os passos do Sumo Sacerdote caminhando em sua direção.

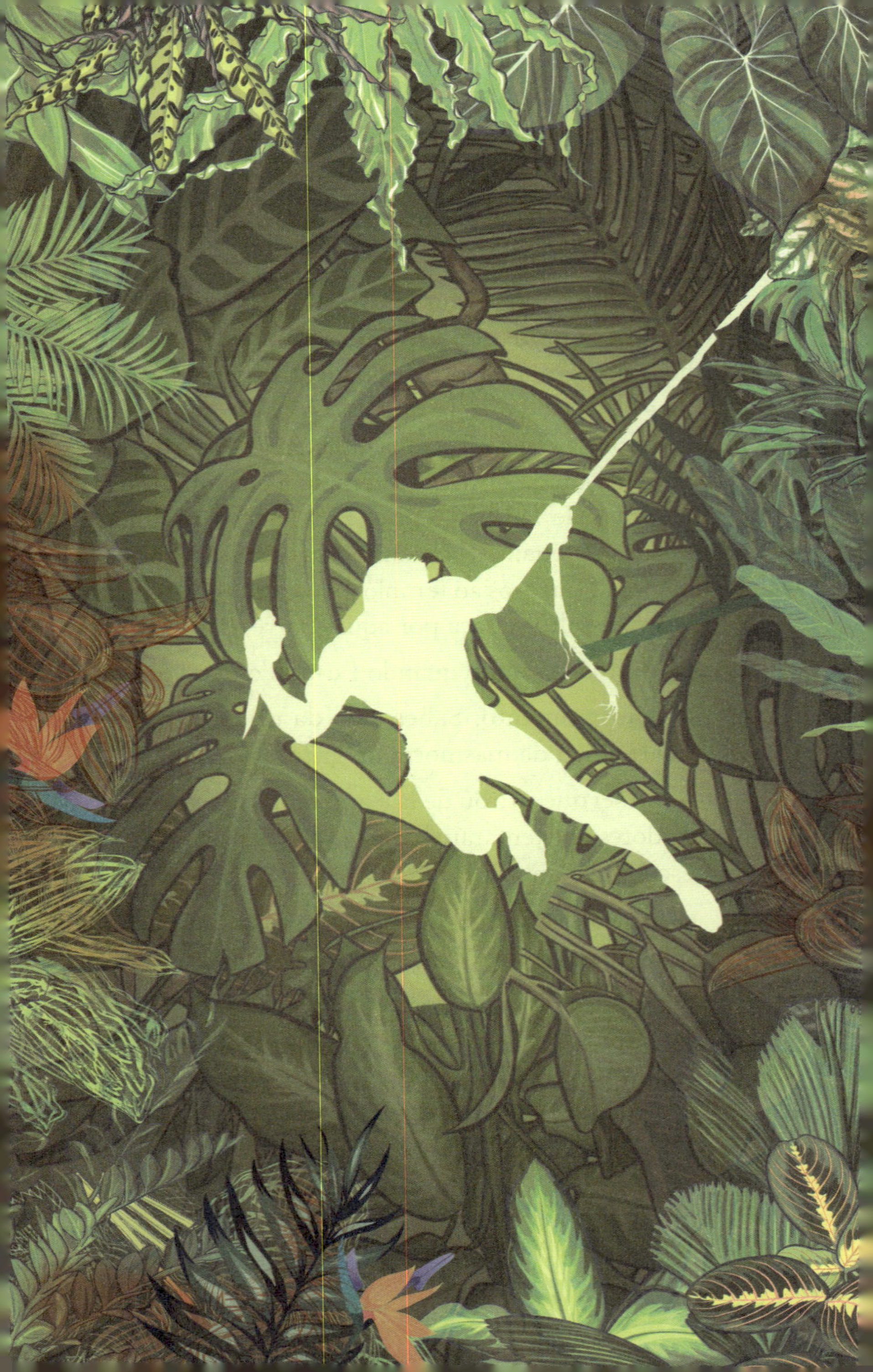

CAPÍTULO XVI

O Caminho Secreto

O urro de cólera que o grifo desferira quando Tarzan escapou pela abertura da água não há quem o conte. Era a primeira vez que uma criatura humana lançada na masmorra para satisfazer o seu insaciável apetite o vencia de modo tão completo. E equivalente à cólera do monstro devia ser o contentamento de Tarzan, se não fosse a sua preocupação de espírito. E Jane? Sua ideia fixa era Jane. Tinha de voltar sem demora para o templo do grifo, onde ouvira a amada voz da sua companheira.

Mas não era coisa fácil. À claridade da lua pôde ver a linha de rochedos a pique interpostos entre o lago e o templo, formando barreira intransponível.

Rocha extremamente lisa e a prumo. Devia, entretanto, haver um ponto qualquer de passagem, pensou Tarzan, e pôs-se a nadar ao longo da muralha. Logo adiante viu uma mancha negra na pedra, à flor da água — justamente a boca dum túnel. Que fazer senão tomar por ali? Tarzan enveredou, sempre a nado, pela boca do túnel, o qual, umas braçadas além, dava para uma escadaria que por sua vez levava a outro túnel, e este em linha paralela à muralha e com abertura de comunicação para os apartamentos.

Era ali a colmeia, ou melhor, o cupim dos sacerdotes, e atravessar por dentro do monstruoso cupim onde se enluravam os seus maiores inimigos pareceu-lhe façanha acima de todas as possibilidades. O meio único seria disfarçar-se de sacerdote, como o fizera na cidade. E Tarzan entrou num apartamento com pés de lã, como um gato. Minutos correram em silêncio. Ao cabo, um sacerdote apareceu na abertura e entrou no túnel — um sacerdote revestido da caraça barbaresca, hediondo. A caminhar pelo túnel pôs-se ele, até que parou de ouvido atento a uma abertura fechada por cortina de pele. Súbito, colou-se à parede enquanto a cortina se abria para dar passagem a outro sacerdote, que lá seguiu seu caminho, apressado. O sacerdote espião foi-lhe no encalço cautelosamente.

Era Pan-sat, este segundo sacerdote, e parecia preocupadíssimo. Logo adiante entrou em outro apartamento banhado de uma pouca de luz vinda de fora. O espião o seguiu, agindo sempre com cautelas infinitas. Pan-sat dirigiu-se a certo ponto da parede e começou a remover pedras até abrir um buraco que lhe desse passagem ao corpo, e pelo qual se meteu. O espião fez o mesmo. Aquele buraco de toupeira ia dar na cidade. Era a passagem secreta que comunicava o templo com A-lur e por onde Pan-sat ia trazer os asseclas de Lu-don para o assalto.

Tarzan, que não era outro o sacerdote espião, mal se viu fora, cuidou de seguir para o Jardim Proibido, onde estava Jane, conforme a informação dada por Lu--don e ouvida pelo vulto que escutava atrás da cortina. Encontrou o jardim abandonado, sem guarda à porta. Entrou. Jane devia estar no pavilhão da princesa, mas com espanto viu Tarzan que esse pavilhão também se achava sem os guardas habituais, embora dentro houvesse rumor de vozes. Tarzan aproximou-se afastou a pele de leão e espiou. Era o momento em que O-lo-a se debatia nas unhas de Bu-lot, cuja perna Pan-at-lee agarrava. Tarzan viu Bu-lot jogar ao chão a princesa e, louco de cólera, erguer a faca para matar Pan-at-lee. Sua mão, porém, foi detida no ar.

O resto já sabemos.

Quando Bu-lot caiu, as duas mulheres imediatamente reconheceram seu salvador. Pan-at-lee rojou-se-lhe de joelhos aos pés, mas não teve tempo de abrir a boca. Ele a ergueu, impaciente.

— Diga-me — gritou — onde está a mulher branca que Ja-don trouxe para aqui?

— Acaba de ser levada por Mo-sar, o pai deste monstro, respondeu Pan-at-lee apontando para o cadáver de Bu-lot. — Agarrou-a pelos ombros e foi-se.

— Por onde saiu? Depressa!

— Por ali, e Pan-at-lee indicou o ponto. — Também informou que ele a ia conduzir para Tu-lur, que é a cidade de Mo-sar, junto ao Lago Negro.

— Essa estrangeira é minha mulher. Vou salvá-la. E, em caso de sobreviver, voltarei para fazer o mesmo a Pan-at-lee, disse Tarzan — e desapareceu da vista das duas mulheres atônitas.

Saindo do jardim já sem o disfarce sacerdotal, deu ele com um grupo de guerreiros que vinham juntar-se aos partidários de Ko-tan, ainda em luta no palácio. Foi imediatamente reconhecido.

— Blasfemo! Conspurcador do templo! — gritaram uns, ao passo que outros, ainda crentes de que ele fosse na realidade o filho do deus, exclamavam com reverência: "Dor-ul-Otho!".

Atravessar aquela praça cheia de soldados amigos e inimigos contando apenas com a faca que trazia à cinta era temeridade. Tarzan recorreu à astúcia.

— Detende-vos! — exclamou erguendo a mão. —

Sou realmente Dor-ul-Otho, e venho mandado por meu pai com uma mensagem para todos em favor de Ja-don, que meu pai deseja ver colocado no trono de A-lur. Lu-don, o Sumo Sacerdote, planeja assaltar o palácio e destruir todos os amigos de Ko-tan a fim de que seja Mo-sar o rei — Mo-sar, que agirá em suas mãos como dócil instrumento. Segui-me, guerreiros! À defesa do palácio! Lu-don não tardará a aparecer com seus assaltantes, vindos pela passagem secreta que liga o templo à cidade. Ja-don corre grande perigo.

Por um momento os guerreiros hesitaram. Por fim, um falou:

— Que garantia nos dás de que não é para trair-nos que queres levar-nos ao palácio?

— Minha vida é a garantia que posso dar. Se não for verdade pura o que estou dizendo, podereis destruir-me com a morte que quiserdes. Vinde! Não temos um momento a perder. E sem mais palavras Tarzan chefiou a chusma dos guerreiros, rumo a palácio. Todos o seguiram — todos seguiram impulsivamente aquele estranho semideus, ainda de cauda postiça a arrastar-se inerte pelo chão.

Tarzan levou-os a um ponto de onde puderam ver grande número de guerreiros de mistura com os sacerdotes, confabulando disposições estratégicas para o assalto.

— Falaste a verdade, estrangeiro, disse um dos

chefes da chusma. — Lá estão guerreiros de Lu-don de mistura com os sacerdotes e em conchavo.

— Bem, disse Tarzan. Já provei o que disse; tenho agora de deixar-vos para perseguir Mo-sar. Dizei a já-don que Jad-ben-Otho está do seu lado e dizei também que foi Dor-ul-Otho quem revelou o plano de Lu-don de assaltar o palácio com homens trazidos pelo caminho secreto.

— Vai sossegado que o faremos ciente de tudo. Somos em número bastante para dar aos traidores a lição que merecem.

Antes de partir, Tarzan ainda indagou da direção da cidade de Tu-lur e do melhor meio de alcançá-la. E desapareceu.

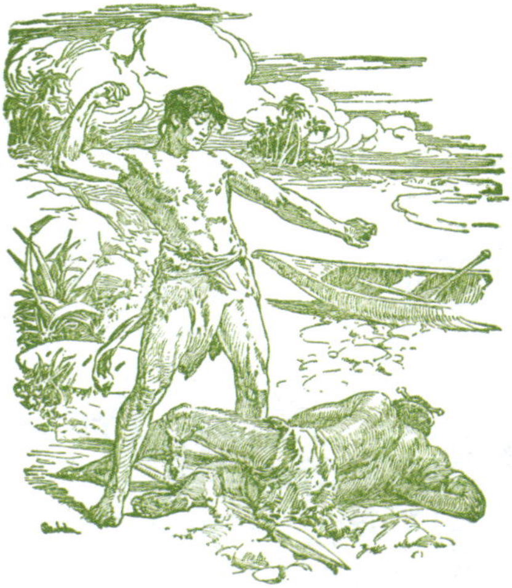

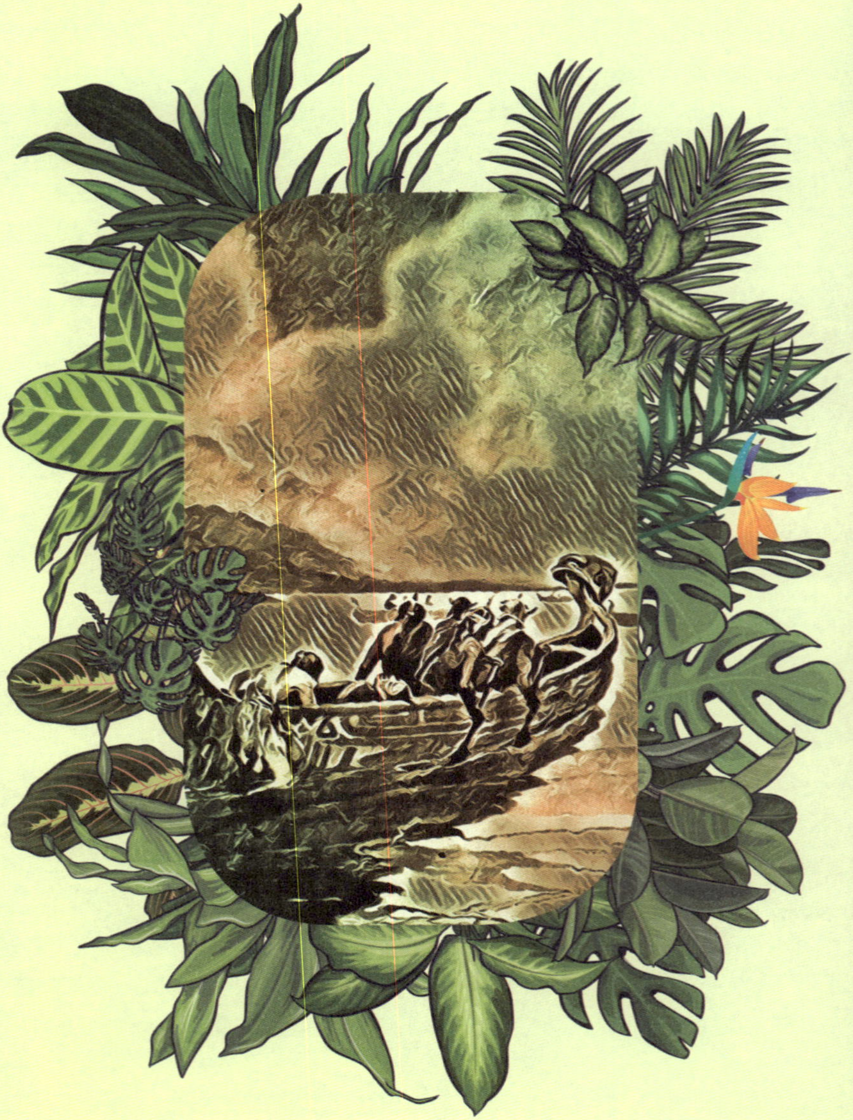

CAPÍTULO XVII

Em Jad-ben-lul

Jane Clayton resistiu com fúria de gata quando Mo-sar a raptou e a tomou nos ombros. Inutilmente tentou ele fazê-la caminhar pelos seus próprios pés. Jane atirava-se ao chão, debatia-se, resistia por todos os meios. Mo-sar viu-se obrigado a atar-lhe as mãos e também a conduzi-la carregada, de modo que foi com um "uf!" de alívio que alcançou os homens da sua comitiva. Continuando ela a resistir, dois possantes soldados tiveram de a levar aos ombros até o lago de Jad-ben-lul.

Nesse ponto reuniam-se numerosas canoas escavadas em troncos de árvore, com esculpidas proas representando animais fantásticos, tudo vivamente colorido. Numa daquelas canoas foi posta a raptada. Mo-sar tomou posição ao seu lado. O resto da comitiva seguiu nas outras canoas.

— Vamos lá, bela estrangeira, seja minha amiga, que nada lhe acontecerá; ao contrário, verificará que sou o melhor dos companheiros, disse amavelmente Mo-sar, retirando-lhe a mordaça e desamarrando-lhe os pulsos. Perigo de que ela escapasse já não havia, vogando naquela canoa e rodeada de tantos guerreiros. Mas, por mais que fizesse, não obteve de Jane nenhuma resposta. Desanimado de fazê-la falar, reclinou-se no fundo da embarcação para um cochilo. E adormeceu.

A canoa que os levava era a última. Jane ia alerta à popa. Por meses já que vivia numa constante vigilância, a passar de mãos em mãos e sempre a piorar de sorte. Desde o dia em que Fritz Schneider e seu contingente de tropas coloniais germânicas haviam assaltado o bangalô de Greystoke fazendo-a prisioneira, Jane Clayton ainda não respirara livremente um só instante. Era incrível como houvesse resistido a tanto.

A princípio, esteve às ordens do Alto Comando Alemão, que a considerava de alto valor como refém, e foi o tempo em que passou melhor; depois, entretanto, que o sucesso das armas começou a desfavorecer os alemães, trataram eles de ocultá-la bem no interior da África, mais por espírito de vingança do que por verem nela um refém de valor.

Os alemães estavam realmente enfuriados com o semisselvagem companheiro daquela criatura, que vinha agindo como o demônio da astúcia na perseguição desenvolvida contra eles. Tarzan atrapalhava-lhes todos os planos. Contra astúcia aplicava astúcia; contra crueldade, crueldade maior; e tão temido ficou, que só o seu nome inspirava pânico. A peça que pregaram em Tarzan destruindo-lhe a casa, chacinando os seus moradores e escondendo-lhe o rapto da companheira para que ele a julgasse morta, foi crime de que se arrependeram cem vezes, já que as represálias de Tarzan haviam sido cem vezes mais cruéis. O meio único que dispunham de vingar-se era, pois, o sequestro indefinido de sua esposa.

Para mandá-la para o interior, de modo que ficasse fora do raio de ação dos ingleses vitoriosos, formaram eles uma escolta comandada pelo tenente Erich Obergatz, um dos poucos oficiais escapos à vingança de Tarzan. Por muito tempo o tenente Erich a conservou numa aldeia cujo chefe ainda vivia sob o terror dos alemães, e esse oficial, talvez obedecendo a ordens superiores, intensificou o odioso regime que esmagava aquela pobre gente.

O que, entretanto, Obergatz não enxergava, Jane Clayton enxergava muito bem: as simpatias dos soldados indígenas por ele comandados eram todas para com os habitantes da aldeia, de modo que a menor faísca poderia operar uma deflagração que tudo mudasse. E essa faísca veio representada por um soldado fugido de outro setor germânico. Chegado em miserável estado e, pelo seu aspecto como pelo que informou, todos perceberam que o poderio alemão na África já estava extinto. Ora, não mais existindo atrás do tenente Obergatz a autoridade do império germânico, a sua autoridade pessoal ficava destituída de base, e de nenhum modo se justificava.

Uma mulher nativa que concebera por Jane Clayton uma afeição canina receou pelo seu fado e veio denunciar-lhe que se conspirava na aldeia.

— Já andam brigando pela posse da "bela estrangeira", concluiu ela.

— E quando pretendem assaltar-nos? — inquiriu Jane.

— Esta noite. Virão assassinar o tenente na cama.

Jane agradeceu a generosa informação e foi imediatamente à cabana do tenente, coisa que jamais fizera. Contou-lhe tudo quanto ouvira. O tenente chasqueou com arrogância daquela possibilidade.

— Inútil prosseguir nesse tom, disse Jane. O senhor atraiu sobre si os ódios de toda a população e, seja ou não verdade o que o desertor conta da queda do poder alemão na África, os negros dão a isso crédito, e nada os impedirá de realizar o assalto. Seremos ambos mortos esta noite, se não fugirmos a tempo. Se o senhor teimar em resistir, com ideia de ainda impor a sua autoridade, será chacinado mais cedo — apenas isso.

— Acha então que as coisas chegaram a tal ponto? — disse o tenente com a incredulidade já abalada.

— É tudo exatamente como acabo de dizer, afirmou Jane. Virão esta noite para o trucidarem na cama. O meio de escaparmos é sair já para a floresta, como idos muito naturalmente a uma partida de caça. O senhor caça sempre; ninguém desconfiará de nada. E o fato de levar-me consigo também não chocará a ninguém, visto sermos os únicos estrangeiros daqui. Uma vez na floresta, fugiremos para nunca mais voltar.

Após uma pausa, Jane prosseguiu:

— Antes, porém, vai prometer que não me fará nenhum mal, pois do contrário preferirei meter já uma bala no ouvido. Só depois do seu juramento, me atreverei a ficar na floresta sozinha em sua companhia.

— Juro-o em nome de Deus e do Kaiser que por minhas mãos nenhum mal virá a lady Greystoke, enunciou o tenente com solenidade.

— Bem, murmurou Jane: nesse caso estaremos ligados por um pacto de auxílio mútuo até que consigamos voltar à civilização — mas fica entendido que nada lhe devo, nem sequer respeito. Sou apenas uma criatura que se afoga e o senhor a palha a que me agarro. Tenha isto sempre em mente.

Se Obergatz alimentou a menor dúvida sobre a sinceridade daquelas palavras, perdeu-a diante do olhar de profundo desprezo de Jane. Nada mais tinha a dizer. O tenente foi em busca de carabinas e cartuchos para si e para a companheira, e, a fim de não despertar suspeitas nos fâmulos, tratou-os ainda uma vez com a arrogância brutal de sempre. Deu ordens para que seguissem na frente os batedores, os quais deviam esperá-los à beira dum rio.

Os negros rejubilaram-se com a ordem.

— Estes suínos — rosnou o tenente — estão alegres de que antes de morrer eu ainda os forneça de belas peças de caça...

Partiram todos. A um quilômetro dali, Obergatz começou a afastar-se da trilha que ia ter ao rio onde os batedores o esperavam, e tomou pela direção que mais depressa os afastasse da aldeia. Perseguidos durante a noite não seriam, ainda que a traça fosse descoberta, porque os negros temem grandemente a Numa, o leão, e jamais se afoitam fora da aldeia depois que anoitece; e quando chegasse a manhã do dia seguinte, já estariam muito longe para animar-se a qualquer perseguição.

E foi assim que começou para ambos uma longa série de dias trabalhosos e noites cheias de terror, pela vastidão deserta das matas africanas. A costa ocidental ficava próxima, mas Obergatz fugia de penetrar em zona onde os ingleses dominavam, por isso ia se afastando cada vez mais para o centro do continente, com a vaga ideia de *ir* ter à região dos bôeres, cujas simpatias pelos alemães eram notórias.

Cruzaram assim uma extensa e árida estepe de espinheiros indo ter à fímbria do palude que cercava o Pal-ul-don. Atingiram o palude justamente numa época em que o charco estava como que no máximo de maré vazante, com o lodo da superfície endurecido de modo a com algum esforço permitir passagem. Isso era fenômeno que raramente acontecia e só no fim de grandes secas. Fora daí o palude formava uma barreira de lama intransponível. Os dois fugitivos atravessaram-no e penetraram no vale de Jad-ben-Otho.

Ao dirigirem-se para a montanha dali avistada, saiu-lhes ao encontro um grupo de caçadores Ho-dons. Obergatz conseguiu escapar, e Jane, prisioneira, foi conduzida para A-lur. Nunca mais soube ela notícias do tenente. Perecera nas selvas? Regressara à civilização?

Em A-lur viu-se Jane alternativamente encarcerada no palácio e no templo, conforme predominava um ou outro dos dois homens que a ambicionavam, Ko-tan e Lu-don. E agora achava-se nas mãos dum novo raptor, cuja fama, ao que ouvira das escravas em A-lur, era péssima. Mo-sar roncava em sono profundo ao seu lado.

Em certo momento, depois de estudar a margem próxima já escurecida pelo cair da tarde, Jane esgueirou-se cautelosamente da canoa e nadou para a margem apenas com o nariz de fora. Fez o mínimo de movimento até que a canoa se afastasse com o seu tripulante adormecido. Ao vê-la já bem longe, Jane galgou a margem do rio.

Estava livre! Livre, sim, mas desarmada, seminua e numa terra inçada de feras hostis ao homem. Mas livre! A euforia que a empolgou foi tão grande que teve de refrear-se para não saudar a inesperada libertação com gritos estridentes capazes de a perder.

A sua dianteira estendia-se a floresta donde lhe vinham os primeiros sons da vida noturna, ampliados de proporções terrificadas pelas trevas cada vez mais intensas — pios de coruja, *mios* penetrantes de gatos selvagens, ladridos de lobos, mil vozes que se misturavam numa pávida sinfonia. Estava ela agora integrada na vida misteriosa da jângal! E, pela primeira vez desde que se ligara ao gigantesco homem-macaco, lhe veio a compreensão plena do que a floresta significava — pois, sozinha, desprotegida, desarmada, nua, mesmo assim Jane sentia-se num estado de exaltação que jamais julgara possível.

Ah, se o seu grande companheiro lhe estivesse ao lado! Que delírio de bênçãos não seria! Jane Clayton só aspirava a isso. Tudo mais lhe era indiferente. A espetaculosidade das cidades, o conforto e o luxo da civilização, nada valia aquela liberdade absoluta em plena jângal.

Um leão urrou perto — e Jane gozou o frêmito instintivo que lhe correu pela espinha. Seus cabelos arrepiaram-se, no entanto, não sentia medo. Seus músculos reagiam pela força do instinto herdado da mais remota ancestralidade ante a presença dum eterno inimigo — só isso.

Jane correu os olhos pelas árvores, em procura de uma que pudesse servir-lhe de abrigo aéreo. O leão urrou de novo, mais perto. Jane decidiu-se na escolha. Agarrada aos cipós, trepou por uma árvore acima, como vira fazer a Tarzan, e lá acomodou-se na forquilha dum galho quase horizontal. Estava a cômodo e livre dos botes da fera.

Dormiu profundamente, sendo acordada no dia seguinte pelo queimar do sol. Como se sentia descansada e com o coração feliz! Deliciosa sensação de conforto e glória empolgava-lhe o ser. Espreguiçou-se no seu galho-leito; com o lindo corpo nu manchado do sol que se coava pelas ramagens — e aquele seu gesto lembrava o espreguiçamento dos leopardos. Com o olhar agudo perquiriu os arredores, de passo que com o ouvido atento apanhara no ar todos os rumores da mata, a ver se entre eles um existia denunciador de perigo próximo. Nada a ameaçando, escorregou da árvore abaixo e escolheu para o banho que ia tomar um ponto seguro — isto é, próximo de árvores a que pudesse subir com rapidez caso se visse assaltada. Banhou-se regaladamente e depois errou ao acaso pela floresta em busca de frutas silvestres. Refarto o estômago, sentou-se para repouso. Seu cérebro começou a pensar — ela afastou para longe os pensamentos. Para que pensar, para que estragar aquele delicioso estado de euforia com reflexões de civilizada? A vida era aquilo. A vida era viver ali, em paz, esperando, esperando, esperando por ele. Sua esperança de encontrar de novo Tarzan não morria. Se estivesse vivo, certo que o tinha de encontrar. Se estivesse vivo! Mas havia de estar vivo. Tarzan dava-lhe a ideia da própria vida em si — e a vida não deperece.

Seu errar sem destino levou-a a uma fonte de água cristalina onde bebeu com delícia. No fundo da água brilhavam pedras de cores preciosas. Levou a mão para apanhá-las e logo a recolheu num movimento brusco. Cortara-se nalguma coisa. Seu rosto iluminou-se. Havia ali qualquer coisa que cortava, havia lâmina, havia, pois, o mais precioso instrumento que uma criatura perdida na floresta pode entressonhar. A lâmina foi o primeiro instrumento que permitiu ao homem emergir da barbaria animalesca para a civilização.

Retirou com cuidado uma das pedras do fundo — a que lhe cortara a mão. Sílex. Precioso pedaço de sílex de aresta afiadíssima. Contentíssima com o achado, retirou outras, e assim foi juntando em montículo uma preciosa coleção de lâminas próprias para pontas de flechas, facas, machados e lanças.

Ia agora fabricar uma lança, o mais fácil. Correu os olhos em torno. Viu numa árvore comprido rebroto a prumo, de grossura própria para um bom cabo de lança. Correu a ele. Serrou-o pacientemente com uma das pedras. Depois o limpou da casca. Despontou-o. Rachou ao meio a extremidade mais fina. Encaixou ali a ponta de sílex mais ajeitada. Faltava só fixá-la. Para isso recorreu à embira. Experimenta daqui, experimenta dali, logo encontra uma casca de árvore que lhe fornece excelente fibra — e com ela amarra o sílex na ponta do espeque. Pronto. Estava de posse duma arma eficiente — duma lança preciosíssima.

Feliz com a execução do trabalho, Jane pôs-se a sorrir e a cantarolar — coisas que não fazia já de longos meses.

— Oh, eu sinto, eu sinto, eu pressinto que Tarzan está perto — o meu Tarzan! — murmurou num suspiro.

E a pensar nele foi dando os últimos retoques na sua aguçada lança.

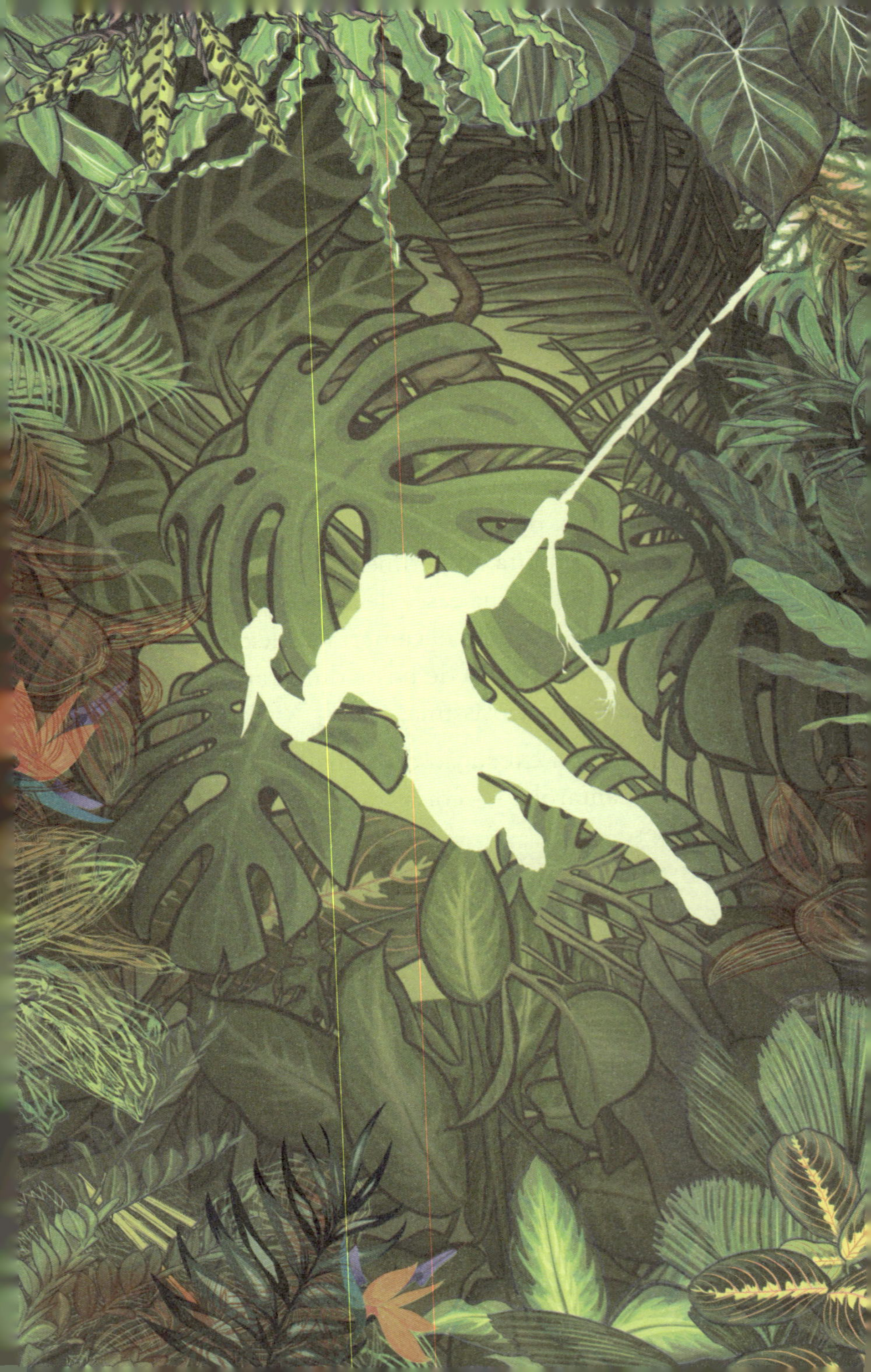

CAPÍTULO XVIII

A JAULA DO LEÃO

Depois de deixar os guerreiros, Tarzan rondou pelos arredores de A-lur, de nariz para o ar, procurando inutilmente orientar-se pelo faro quanto à direção em que fora levada sua companheira. Não o conseguindo, guiou-se pelos rastros que viu impressos no chão, rastros de homens conducentes ao lago. Eram sem dúvida as pegadas dos raptores de Jane. E desse modo foi ter ao ponto onde se operara o embarque nas canoas.

Havia ainda ali algumas; Tarzan tomou a mais ligeira e meteu-se a vogar valentemente, à força de remos. E, vogando, passou pelo trecho da mata onde Jane estava a dormir na forquilha dum galho... Se o vento naquele instante o favorecesse, soprando da floresta para o lago, certo de que o seu faro finíssimo o teria orientado e já estariam os dois, afinal, reunidos.

Por mal seu, porém, as brisas sopravam do lago para a floresta.

Só ao aproximarem-se de Tu-lur é que os guerreiros de Mo-sar deram pela ausência da bela estrangeira. O chefe viera num sono ininterrupto desde o embarque, e nem ele, nem nenhum outro podia ter a menor ideia sobre o ponto em que Jane se lançara à água. Por consenso geral, porém, foi admitido que o fato só poderia ter-se dado na parte em que o lago degenerava em rio. Só ali a proximidade das margens lhe facilitaria semelhante rasgo de audácia. Mo-sar sentiu-se dominado de intensa cólera e teria voltado para persegui-la, se não receasse um encontro com os guerreiros que Ja-don ou Lu-don certamente lhe estavam pondo no encalço.

A madrugada ia rompendo quando se operou o desembarque. Aí então o ânimo de Mo-sar levantou-se. Estava a seguro dentro de muralhas. Podia agir como rei. E mandou que sem demora uma expedição de trinta guerreiros partisse em busca da fugitiva. Também os encarregou de investigar a razão da tardança do seu filho Bu-lot.

No dia seguinte, essa expedição encontrou na margem do rio dois sacerdotes de A-lur. Julgaram a princípio que fossem batedores de alguma força enviada por Lu-don, mas logo abandonaram essa hipótese, dada a covardia daquelas criaturas, incapazes do desempenho de qualquer função guerreira (os homens de armas de

Pal-ul-don secretamente desprezavam os sacerdotes emasculados). Em vez de atacá-los, como fariam se se tratasse de guerreiros, foram-lhes ao encontro para falar.

Os sacerdotes ergueram os braços em sinal de paz. O chefe da expedição os interrogou:

— Que viestes fazer às terras de Mo-sar?

— Trazemos para esse grande chefe uma mensagem de Lu-don, foi a resposta.

— Mensagem de guerra ou de paz?

— De paz.

— E Lu-don não enviou na vossa pegada nenhuma expedição de guerreiros? Não sereis por acaso batedores?

— Viemos sós, e ninguém em A-lur sabe dos nossos passos.

— Bom. Nesse caso podem seguir caminho, decidiu o chefe.

Nesse momento um dos sacerdotes mostrou cara de surpresa e apontou em certa direção. Todos os olhos voltaram-se. Uma canoa ligeira seguia à toda no rumo de Tu-lur. Guerreiros e sacerdotes puseram-se à espreita, ocultos na vegetação marginal.

— É a terrível criatura que diz ser Dor-ul-Otho, sussurrou um dos sacerdotes. — Sou capaz de reconhecê-la entre mil.

— Tem razão, confirmou um guerreiro que vira Tarzan em A-lur. — É o que outros com mais propriedade chamam Tarzan-jad-guru.

— Depressa, sacerdotes, disse o chefe da expedição. — Indo só dois numa canoa podeis chegar a Tu-lur antes dele, a tempo de prevenir Mo-sar. Tarzan-jad-guru leva desvantagem porque só agora penetrou no lago e nós estamos a meio caminho.

Os sacerdotes fizeram uma careta, tal o pavor que Tarzan lhes inspirava; os guerreiros, porém, forçaram-nos a entrar na canoa e a partir. Metidos na água, só havia para eles urna salvação — darem o maior ímpeto ao remo a fim de alcançar Tu-lur antes de Tarzan. E os guerreiros mandados em perseguição da fugitiva meteram-se pela floresta, deixando aquele incidente por ali.

Os sacerdotes remaram como nunca ninguém remou na vida, tal o terror que lhes ia na alma, e desse modo, sempre com olhadelas medrosas para trás, conseguiram atingir antes de Tarzan o molhe de Tu-lur. E correram imediatamente ao encontro de Mo-sar.

— Aqui estamos, a mando de Lu-don, disseram eles. — O nosso Sumo Sacerdote muito deseja a aliança de Mo-sar, do qual sempre foi amigo. Ja-don está reunindo os seus partidários para fazer-se rei, mas em A-lur e nas vizinhanças existem milhares de homens que só obedecem à voz de Lu-don — e com o apoio de

Lu-don pode Mo-sar fazer-se rei. Lu-don, entretanto, declara que a condição para o pacto é a restituição da estrangeira raptada do Jardim Proibido.

Nesse ponto da entrevista um guerreiro entrou precipitadamente, exclamando:

— Dor-ul-Otho acaba de chegar e pede uma audiência imediata.

— Dor-ul-Otho! — repetiu o chefe com espanto.

O guerreiro, sempre impressionado, continuou.

— É uma criatura que não se assemelha a nenhuma outra do Pal-ul-don. Uns chamam-lhe Tarzan-jad-guru e outros, Dor-ul-Otho. E bem pode ser filho do deus, pois só um filho do deus teria o atrevimento de aparecer aqui sozinho.

O coração de Mo-sar encheu-se de medo religioso. Seus olhos voltaram-se para os sacerdotes, como a pedir socorro.

— Recebei-o gentilmente, aconselhou um deles. — Depois de lhe terdes ganho a confiança, então fareis como quiserdes, mas se quereis ganhar para sempre a gratidão de Lu-don, não o mateis, entregai-no-lo vivo para que o levemos a Lu-don.

Mo-sar, fraco de espírito que era, acedeu à miserável sugestão, e o guerreiro teve ordem de introduzir o temido personagem.

— É preciso — disse o sacerdote — que ele não nos veja aqui. Dai-nos, depressa, a resposta que devemos transmitir a Lu-don.

— Digam a Lu-don — respondeu Mo-sar — que a estrangeira em causa estaria totalmente perdida para ele se não fosse a minha ideia de conduzi-la para Tu-lur, onde a conservaria a salvo da cobiça de Ja-don. Acontece, porém que em viagem me fugiu da canoa — e agora tenho trinta guerreiros no seu encalço. Admira-me que não tenhais encontrado essa expedição pelo caminho.

— Encontra-mo-la, sim — respondeu o sacerdote — mas nada nos comunicaram dos propósitos a que iam.

— Foi ordem que lhes dei, disse Mo-sar. Se a capturarem, Lu-don a terá. Conservá-la-ei em Tu-lur com cuidado. Digam-lhe também que mandarei os meus guerreiros se reunirem aos dele para combate a Ja-don. Podem agora retirar-se. Tarzan-jad-guru aproxima-se.

E voltando-se para um escravo:

— Conduza estes mensageiros ao templo e diga ao Sumo Sacerdote que lhes faça obséquio e lhes permita retirar-se quando o quiserem.

Tarzan então foi introduzido. Não fez nenhum gesto de paz. Entrou abruptamente como se estivesse em casa sua. O pavor que já se erguera na alma de Mo-sar acentuou-se.

— Sou Dor-ul-Otho — começou ele em tom cortante — e venho a esta cidade em busca da mulher raptada dos apartamentos da princesa O-lo-a.

A entrada impetuosa de Tarzan naquela cidade hostil e o modo peremptório de dirigir-se ao chefe impressionaram profundamente a quantos assistiam à cena. Só mesmo um rebento de Jad-ben-Otho poderia assumir semelhante atitude. Arrostar sozinho tantos inimigos? Sim, só um deus. Mo-sar vacilava, dominado por aquela criatura sobrenatural. Seria realmente o filho do deus?

Tarzan insistiu, ríspido:

— Depressa! Onde está a raptada?

— Não se acha aqui, tartamudeou o chefe.

— Mentis! — gritou Tarzan.

— Por Jad-ben-Otho, juro que ela não se encontra em Tu-lur, murmurou Mo-sar apavorado. — Podeis procurá-la pelo palácio inteiro, pelo templo, pela cidade. Juro-vos que não está aqui.

— Onde está, então? Raptastes de A-lur essa mulher. Fugistes com ela para cá. Dizeis agora que aqui não se encontra. Onde está, então? — e com ar terrível Tarzan avançou um passo. Mo-sar recuou.

— Se sois realmente Dor-ul-Otho — disse ele por fim criando coragem — deveis saber que estou falando a verdade. De fato, raptei-a do Jardim Proibido, mas para salvá-la das unhas do Sumo Sacerdote e também das de Ja-don, pois que ambos a desejavam. Durante a noite, porém, na viagem para cá, fugiu-me ela da canoa sem que eu o percebesse — e para reavê-la acabo de mandar em seu encalço uma expedição de trinta guerreiros.

Sentiu Tarzan que era verdade aquilo, e, pois, mais uma vez arrostara em pura perda os mais tremendos perigos.

— Que queriam os dois sacerdotes de Lu-don que me precederam? — indagou Tarzan, adivinhando por dedução que os canoeiros do lago só poderiam ser criaturas do Sumo Sacerdote.

— Vieram com uma missão muito semelhante à vossa, Dor-ul-Otho. Vieram da parte de Lu-don reclamar a mulher raptada.

— Quero interpelar esses homens, declarou Tarzan.

— Fazei-os vir à minha presença.

Aquele modo imperioso e peremptório quebrou as últimas resistências que porventura ainda subsistissem na alma de Mo-sar, que no íntimo se sentiu aliviado de poder desviar a atenção de Dor-ul-Otho para os asseclas de Lu-don. O chefe de Tu-lur sentia-se mal na presença daquela criatura, evidentemente de origem divina. Só diante de deuses pode um homem sentir-se assim.

— Farei que venham imediatamente, respondeu afinal, e retirou-se com um suspiro de alívio.

Mo-sar foi rápido ao templo, que era contíguo ao palácio, e narrou aos sacerdotes o que havia.

— Que pretendeis fazer de tal criatura? — interpelou um deles.

— Nada tenho contra Dor-ul-Otho, respondeu Mo-sar. — Veio em missão de paz e em paz partirá, porque ninguém pode garantir que não seja realmente o filho de Jad-ben-Otho.

— Absurdo! — exclamou um dos sacerdotes. — Temos todas as provas de que não passa dum mortal, oriundo dum país distante, de raça diferente da nossa. Lu-don está convencido disso — e Lu-don é o Supremo Sacerdote de todos os Supremos Sacerdotes do Pal-ul-don. Sabe o que diz e o que faz. Não, Mo-sar, nada tendes a temer dessa criatura. Simples guerreiro de outra raça que foi vencido uma vez pelas nossas armas e levado à prisão.

A despeito do tom seguro daquelas afirmações, Mo-sar vacilava. Não tinha ânimo de assumir atitudes contra o estrangeiro.

— Bem, disse por fim. — Decidam o caso como entenderem. Eu nada tenho com isso. O que ambos concertarem e fizerem correrá unicamente por conta de Lu-don. Desisto de envolver-me em tal negócio.

Os dois emissários foram ter com o Sumo Sacerdote de Tu-lur. Confabularam longamente. Era de todo indispensável que a criatura fosse entregue viva às mãos de Lu-don. Como o conseguir?

— Há a jaula do leão — lembrou o Sumo Sacerdote — que está atualmente vazia; se serve para manter aprisionado um leão ou um tigre, servirá igualmente para enjaular esse homem — caso não seja realmente o filho de Jad-ben-Otho.

— Sim, advertiu Mo-sar. — Essa jaula segurará até um grifo — a questão é meter o grifo lá dentro...

Os sacerdotes ponderaram esse ponto, concluindo que, com a inteligência que haviam recebido do céu, lhes era possível vencer a força bruta do estrangeiro terrível.

— Lu-don tentou medir-se com ele num duelo de inteligência e saiu perdendo, observou Mo-sar. — Mas isto é lá com os senhores.

A conspiração prosseguiu, até que afinal os sacerdotes concertaram um plano. Como em A-lur, logo que chegou, Tarzan fora convidado a visitar o templo, o que fez na companhia de Lu-don e de seus acólitos, a ideia agora era convidá-lo também para uma visita ao templo de Tu-lur. E durante a visita o conduziriam a um alçapão que desandasse de súbito e o arremessasse à tal jaula.

Estavam nesse ponto quando foram interrompidos

por um mensageiro. Vinha dizer que Dor-ul-Otho estava se tornando impaciente e que se os sacerdotes não fossem ter com ele, viria ao templo ter com os sacerdotes. Mo-sar assombrou-se de mais aquele atrevimento da prodigiosa criatura.

Os sacerdotes, já havendo concertado o plano, dirigiram-se apressados ao encontro de Tarzan, enquanto Mo-sar cautelosamente se retirava para o palácio. A entrevista foi um mimo de felonia; os dois acólitos de Lu-don acolheram-no com grandes mostras de respeito, como se em seu espírito não pairasse sombra quando à divindade de Tarzan, e em nome do Sumo Sacerdote de Tu-lur convidaram-no para uma visita ao templo, o que seria de imensa honra para todos.

Convencido de que a sua audácia continuaria a dar os mesmos resultados de até ali, Tarzan aceitou altivamente o convite. Encaminhou-se para o templo, onde o receberam como se fora, não o filho, mas o próprio Jad-ben-Otho.

Era um templo no mesmo estilo do de A-lur, com aras para sacrifício de criaturas humanas e o mais. Acólitos seguiam na frente com tochas acesas. Súbito, em certo ponto, os archotes se apagaram todos a um tempo; o chão vacilou sob os pés de Tarzan — e lá foi ele despenhado para a terrível jaula de pedra onde a escuridão era absoluta.

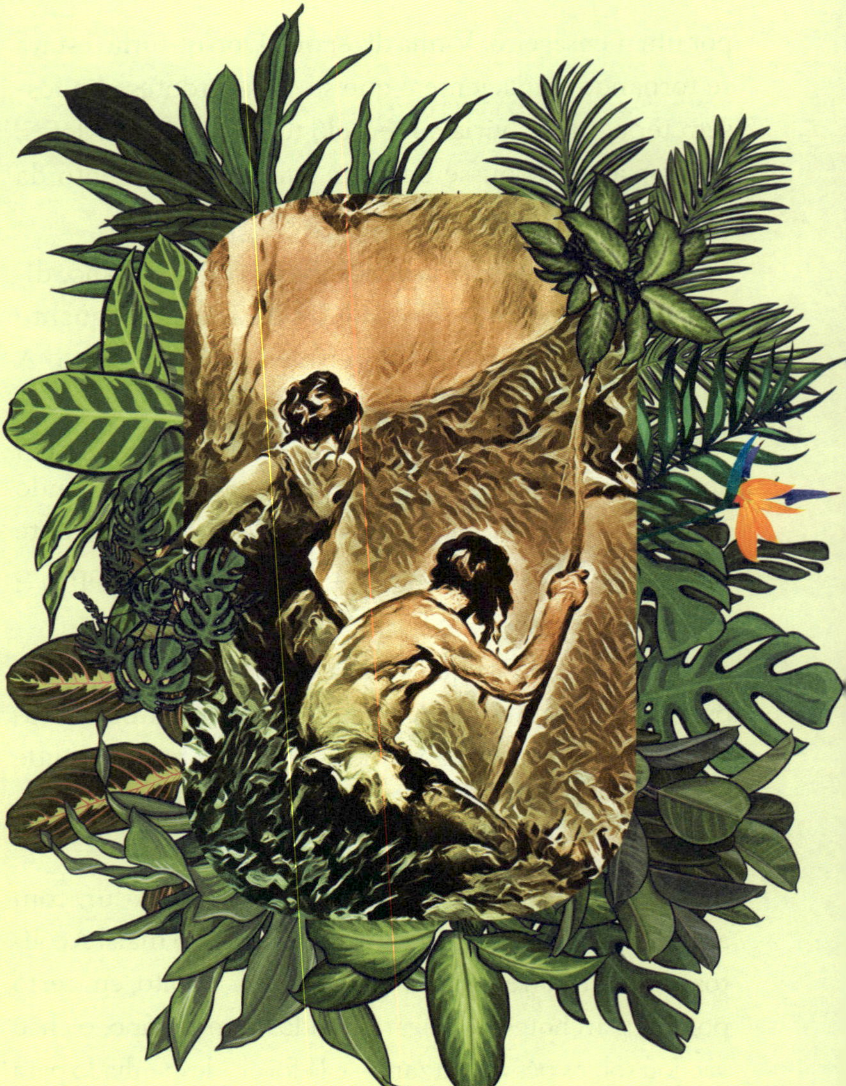

CAPÍTULO XIX

A Diana da jângal

Jane Clayton abateu a sua primeira peça de caça e mostrou-se orgulhosíssima. Não se tratava de nenhum animal formidável, apenas duma lebre — mas aquilo vinha marcar época na sua existência. Não ficava mais na dependência exclusiva do encontro de frutas para alimentar-se. Teria carne.

O segundo passo que deu para a adaptação à nova vida foi acender fogo. Comer carne crua repugnava-lhe. Tinha de produzir fogo, e já agora por premente necessidade a fim de aproveitar a lebre. Como fazer? Jane lembrou-se que entre as pedras colhidas no fundo da aguada existia um belo prisma de cristal puríssimo. Foi buscá-lo. Juntou o musgo mais ressequido, ajeitou-o numa fogueirinha de gravetos e, por meio do cristal, enfocou num ponto fixo os raios do sol ardente.

Em segundos uma fumacinha ergueu-se; brilhou em seguida o vermelho de minúscula brasa — e logo teve a chama. Estava senhora do fogo.

Amontoou lenha para produzir um brasido e no intervalo esfolou a lebre. Teve o cuidado de enterrar-lhe as entranhas, como fazia Tarzan, isso com dois fins — manter a higiene do acampamento e suprimir um foco olfativo de atração de feras.

Prontas as brasas, fez um espeto no qual assou a lebre. E regaladamente foi comê-la ao alto duma árvore. Nesse dia, lady Greystoke confessou a si mesma jamais haver provado manjar mais delicioso. Grata à lança que lhe permitiu semelhante regabofe, amimou-a carinhosamente. "A minha amiga lança." E, por caprichosa associação de ideias, lembrou-se dos últimos tempos passados em companhia de Obergatz.

A munição das carabinas com que ambos fugiram da aldeia havia chegado ao fim. Jane só dispunha dum cartucho — o derradeiro. Até então, fora-lhes fácil a defesa contra as feras que de contínuo os atacavam. Como fazer dali por diante, porém, municiados apenas de um cartucho — o último? Jane recordou-se da cena. Um dentes-de-sabre assaltou-os, e nele ela empregou aquela derradeira bala. Foi feliz. Matou-o. Mas... e depois? Que fariam contra a próxima fera que os enfrentasse?

Foi esse o período mais trágico da sua vida aventurosa. O pavor em que viviam era contínuo, porque era contínuo o perigo ambiente. E teriam infalivelmente acabado nos caninos das feras, se não fora o encontro dos caçadores Ho-dons. Aprisionaram-na eles só a ela. Obergatz escapou. Para bem? Para mal? Muito mais provavelmente para mal do que para bem, pois o certo era já estar destruído pelos leões.

Depois da fabricação da lança e da produção do fogo, os dias de Jane passaram-se deleitosos. Vivia ocupadíssima no arranjo da sua vida ali, naquele sítio na verdade paradisíaco, onde encontrava à mão tudo quanto desejava. Resolveu, pois, estacionar, à espera de que ele aparecesse.

Ocupadíssima? Sim. Em seguida à feitura da lança lady Clayton meteu-se à tarefa de enriquecer o seu arsenal. Fez uma faca. Fez um arco. Preparou numerosas flechas. Depois iniciou a construção dum abrigo, já que nas árvores não se sentia a seguro. As panteras marinham em árvores como gatos e, embora ainda não houvesse aparecido nenhuma, era possível que aparecessem.

O corte de paus da necessária grossura para a construção do abrigo (feito com o machado de sílex também por ela afeiçoado) consumia-lhe horas e horas de trabalho duro. Depois houve que transportá-los para a árvore eschida, entressachá-los entre os galhos, ligá-los com fortes cipós, dispô-los, uns à guisa de piso, outros como paredes e ainda outros como caibros para o teto, aos quais recobriu de folhas de palmeiras. Uma semana levou nisso.

Veio depois o resto — um resto que não tinha fim.

Quanto tempo viveu Jane ocupada naquilo? Não sabia. Perdera a noção do tempo, além de que nenhum valor tinha para ela o tempo. Só se lembrava que por duas vezes viu alternarem-se as estações. Seu tugúrio crescia de comodidades, e até de ornamentação. Descontado o tempo consumido na caça e no preparo das refeições, era no aperfeiçoamento daquele ninho que a Diana das Selvas gastava todas as horas.

As noites tinha-as povoadas de rumores temerosos, aos quais se foi acostumando. Rugidos de leões e muitas vezes botes de feras contra as paredes da sua habitação. Mas o cansaço da trabalheira diurna e o sentimento de segurança davam-lhe sonos pesadíssimos, como jamais os tivera na vida civilizada.

Em matéria de caça, também foi progredindo. Já não se contentava com lebres e outros animaizinhos de pequeno porte. Queria caça grossa. Sonhava com gazelas, antílopes. Havendo descoberto nas imediações um bebedouro onde esses animais se reuniam, foi tocaiá-los de arco em punho e boas flechas no carcás. Ocultou-se na moita mais conveniente. Ficou imóvel à espera.

Não esperou muito tempo. Dois antílopes apareceram sedentos. Aproximaram-se do bebedouro, espicharam para a água o focinho. Era o momento. Jane ergueu-se da moita de arco em riste e flechou. Um dos antílopes deu um enorme salto, estremeceu ao cair, morreu.

— Bravo! — exclamou em inglês uma voz vinda do

outro lado da água. Jane entreparou, atônita. Um vulto emergia da vegetação. No primeiro momento não o conheceu, tal a selvageria do aspecto, mas logo em seguida gritou:

— Tenente Obergatz! Será verdade?

— É verdade, sou eu mesmo, foi a resposta do alemão. — Por mais estranho que o pareça, trata-se do mesmo Erich Obergatz de outrora. Lady Jane também mudou algo...

Referia-se ao modo de trajar da Diana — seus membros desnudos, os porta-seios de ouro, a tanga de pele de leão e o mais da indumentária Ho-don — pois assim a vestira o Sumo Sacerdote para pô-la de conformidade com a sua estética.

— Mas que faz aqui, tenente? — inquiriu Jane. — Eu o julgava a seguro entre os civilizados, caso não morto...

— Não sei o que faço, por Deus! Não sei por que continuo a viver. Vivo chamando a morte, e a vida não me larga. Creio que estou condenado a permanecer para sempre nesta horrível terra. O tremendo paul! Tenho circulado por várias vezes já, em procura dum ponto de passagem, e nada consigo. É um cíngulo de lama implacável, irredutível. Só deu vau naquele dia ao fim da seca, quando passamos — e como que de propósito para nos aprisionar aqui pelo resto da vida. Vivo nem sei como, tanto me perseguem as feras, dia e noite.

— Mas de que modo escapou até agora?

— Não sei, respondeu ele sombriamente. — Pela fuga. Não faço outra coisa senão fugir, fugir, fugir. Também armei-me. Construí lanças e clavas e tenho-me aprimorado no uso delas. Já abati um leão com a clava. Mas conte-me de si. Estou realmente surpreso de vê-la tão viva e bem-disposta.

Lady Jane contou resumidamente a sua tragédia, enquanto lá consigo ia refletindo em como ver-se livre daquele homem. Por coisa nenhuma desejava tê-lo novamente em sua companhia, a sós, naquele deserto. Detestava-o com a mesma força de outrora. Temia-o. Obergatz não lhe inspirava a mínima confiança. E agora apavorava-se de ver em seus olhos um brilho novo — o mesmo brilho que percebera nos olhos de Lu-don.

Passou muito tempo na cidade de A-lur? — perguntou o tenente na língua do Pal-ul-don.

— Quê? — exclamou Jane, surpresa. — Fala essa língua? Como a aprendeu?

— Passei uns tempos com um bando de mestiços que moram à parte da grande tribo, numa das cavernas naturais perto do rio. São os Waz-ho-dons. Gente de extrema ignorância e bruteza. Ao ver-me sem cauda, encheram-se de pavor, considerando-me deus ou demônio. Impossibilitado de fugir, arrostei-os — e eles timoratamente me levaram à sua aldeia, que tem o nome de Bu-lur, onde me trataram com bondade. Impressionei-os por muito tempo como sendo na realidade um deus — e impus-me ao respeito. Um pajé, entretanto, enciumou-se da minha elevação e deu de desmoralizar-me. Eu havia dito que na qualidade de deus meu corpo era invulnerável, ou melhor, não sangrava quando ferido. O pajé quis tirar prova disso e preparou uma festa durante a qual, diante da tribo inteira, far-me-ia dar essa prova suprema da divindade. Por felicidade fui advertido a tempo por uma pobre mulher — e fugi, único recurso existente.

Enquanto Obergatz falava, Jane pôs-se a esfolar o antílope sem que ele se oferecesse para ajudá-la. Em vez disso, cofiava a barba intonsa com os dedos sujíssimos, sempre com aquele fulgor de desejo nos olhos. O tenente estava quase nu, coberto apenas de trapos imundos. Por armas trazia uma faca furtada lá da tribo e a clava. Jane, que o observava a furto, sentia-se cada vez mais repugnada e cada vez mais amedrontada de semelhante companhia.

— Tenente Obergatz — disse ela em certo momento — o acaso nos reuniu outra vez, o que nem uma nem outro jamais esperávamos. Mas nada há de comum entre nós, além de que eu sempre o hei de considerar como o causador de todas as minhas desgraças. Aqui estou agora vivendo em sossego de alma e corpo, nesta terra que é minha por direito de descoberta e conquista. Peço-lhe que se retire e nunca mais me perturbe com a sua presença. Faça-o, que resgatará em parte o mal que me causou.

O homem sorriu grosseiramente.

— Ir-me daqui? Deixá-la sozinha? Oh, nunca. Encontrei-a de novo e temos de ficar amigos. Estamos a sós neste deserto onde ninguém virá tomar conta dos nossos atos. Como, pois, quer que me retire? — e o seu riso sensual e grosseiro cascalhou de novo, pondo arrepios na pele de Jane.

— Lembre-se do seu juramento, advertiu ela.

— Juramento! — repetiu Obergatz em tom escarninho. — Que valem juramentos? Já o mostramos ao mundo, nós alemães, em Liège e Louvain. Os juramentos são feitos para serem quebrados. Não, não. De nenhum modo me afastarei daqui. Ficarei para protegê-la.

— Não necessito de proteção nenhuma, declarou Jane com voz firme. — Protejo-me a mim própria com esta lança que eu mesma fiz.

— Note que não fica bem a um cavalheiro deixar sem proteção uma dama perdida na floresta. Na minha qualidade de oficial do Kaiser, de nenhum modo poderei abandoná-la.

E novamente cascalhou.

— Podemos ser muito felizes juntos, acrescentou.

Jane não reteve um movimento de repulsa.

— Detesta-me, estou vendo, disse ainda ele. — Mas isso passa, e acabará amando-me. *Femme souvent varie...*

Jane, que havia terminado a esfola do antílope, meteu ao ombro um dos quartos e ergueu-se firmando-se na lança.

— Retire-se! — gritou-lhe em tom de império. — Já falamos demais. Esta terra é minha e saberei defendê-la contra todos. Se insiste em ficar, matá-lo-ei, está ouvindo?

O riso escarninho de Obergatz se transformou em ricto de cólera. De clava em punho, avançou para Jane.

— Pare! — berrou ela. — O tenente viu-me matar este antílope e bem sabe que o que aqui fazemos fica ignorado do mundo. Quem mata um antílope mata igualmente um sátiro.

Obergatz vacilou, vencido; a clava descaiu-lhe da mão. Sua voz fez-se implorativa.

— Perdoe-me, lady Greystoke, e seja minha amiga. Podemos ser de grande assistência um para o outro — e dou minha palavra de honra que não lhe farei mal algum.

— Palavra de honra? Já esqueceu da citação de Liège e Louvain? — replicou Jane com ironia. — Vou retirar-me, e certa de que o tenente não dará um passo para seguir-me. E se por acaso aparecer de novo diante dos meus olhos, matá-lo-ei sem dó nem remorso.

O tom firme daquelas palavras não admitia réplica. Jane afastou-se, enquanto o tenente se quedava imóvel no lugar, sem ânimo de mover um passo.

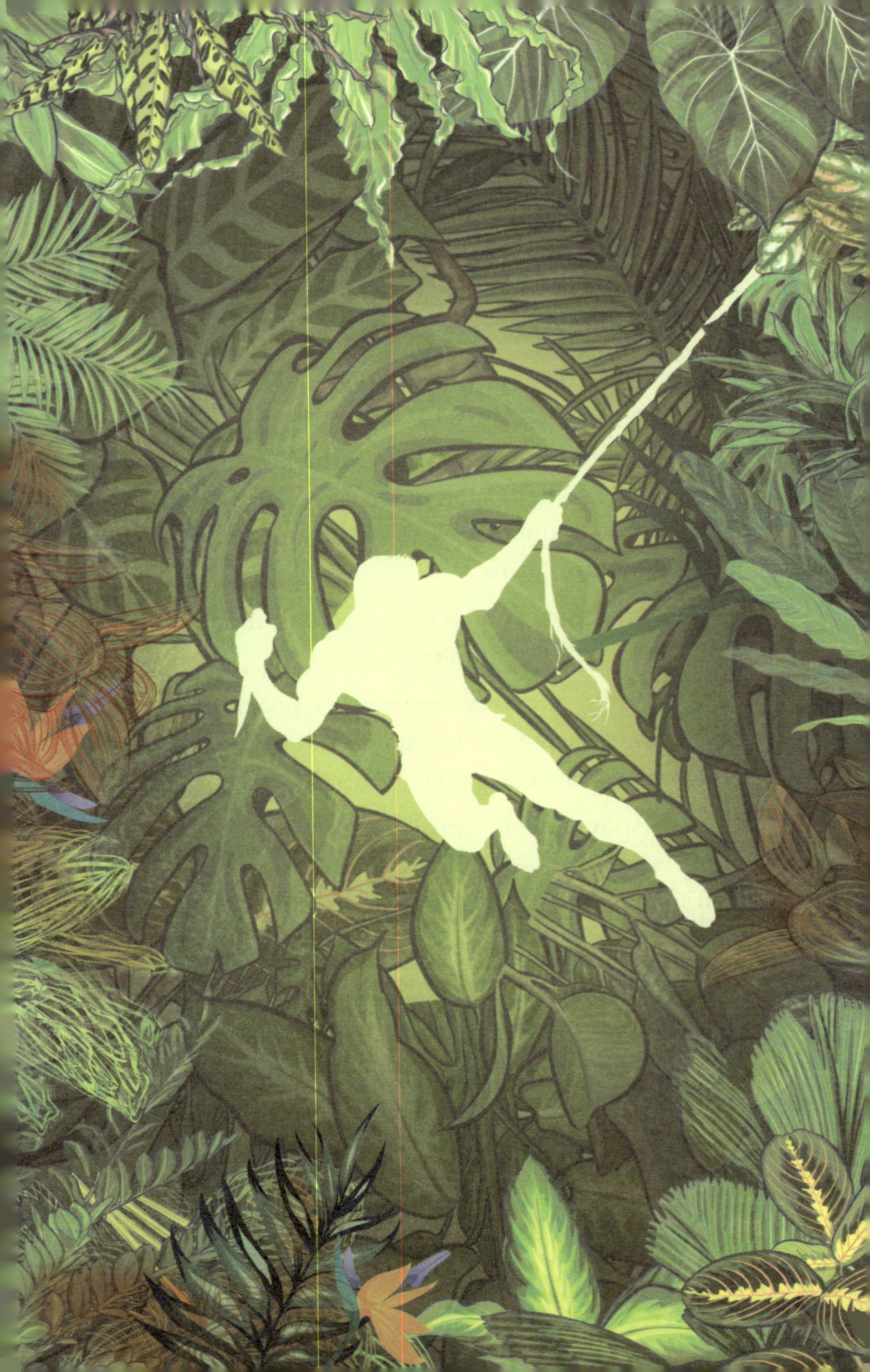

CAPÍTULO XX

NA NOITE SILENTE

Na luta entre as duas facções em A-lur a vitória vacilava, ora favorecendo um, ora outro lado. A chusma de guerreiros partidários de Ko-tan, que Tarzan havia conduzido à entrada da passagem secreta, teve superioridade a princípio, para ser derrotada em seguida. Logo que esses guerreiros chegaram, os sacerdotes os iludiram com boas palavras, quebrando-lhes o ímpeto e contemporizando até que dispusessem de forças em número superior. Então, atacaram-nos e derrotaram-nos.

A luta no palácio estendera-se em todas as direções com grande fúria, porque a posse do palácio era tudo. Quem definitivamente o senhoreasse estaria com a partida ganha. Ja-don fora informado dos passos de Tarzan e de como ele se interessava pela sua vitória.

Isso fez ocorrer ao guerreiro a ideia de atribuir uma feição religiosa à pendenga. Declarou ao povo que estava a defender o filho de Jad-ben-Otho contra a heresia de Lu-don. O testemunho de O-lo-a e o de Pan-at-lee sobre os feitos de Tarzan vieram confirmar no espírito de Ja-don e no de numerosos outros guerreiros a crença nas faculdades maravilhosas de Dor-ul-Otho, que não podia, portanto, deixar de ser quem dizia.

Infelizmente, Tarzan não se achava em A-lur, não podendo com a sua presença fortalecer a fé dos partidários de Ja-don. Sumira-se para lugar ignorado e não atendia às preces feitas, o que ia aos poucos enfraquecendo a corrente de Ja-don.

Vendo mal parada a situação, Ja-don reuniu O-lo-a, Pan-at-lee e todas as mulheres dos seus partidários e retirou-se com o bando para a sua cidade de Ja-lur. Ia reorganizar as hastes guerreiras com elementos novos. E também os seus partidários em A-lur, desembaraçados agora das mulheres, poderiam agir mais eficazmente.

Enquanto isso, Tarzan meditava sobre a sua nova situação lá no fundo da jaula do leão, inteiramente ignorante do que se passava por fora. Mo-sar era bastante astucioso para poupar-lhe a vida, certo de que, conforme corressem os acontecimentos, aquele prisioneiro lhe podia vir a ser de grande valor. Seu espírito vivia na dúvida quanto à alegada divindade. Ora, ter a favor um semideus, caso realmente o fosse, não era elemento de desprezar.

Lu-don ardia por apanhar Tarzan em A-lur a fim de sacrificá-lo pelas suas próprias mãos na ara de Jad-ben-Otho, desse modo destruindo de vez a crença na sua divindade, coisa que muito o atrapalhava. Mais um motivo, pois, para Mo-sar conservá-lo como um naipe de uso decisivo no momento oportuno.

Quando Tarzan se viu arremessado à jaula do leão, imaginou logo que iriam lançar contra ele essa fera, cuja catinga impregnava o ambiente. Como isso tardasse, tratou de explorar minuciosamente a masmorra antes de tomar deliberação definitiva. Viu que as janelas gradeadas tinham sido oclusas por fora com couros e arrancou-os. A luz que penetrou permitiu-lhe examinar tudo a contento. Era bastante amplo o recinto, com portas nas duas extremidades, uma estreita para os leões, outra mais larga para os homens, fechadas ambas com pesadíssimos blocos de pedra. Foi estudar as janelas.

Viu logo que estava ali a salvação. Grandes, fortíssimas e embutidas na pedra, mas a pedra não era inteiriça, e sim dividida em blocos. A remoção de alguns destes blocos desarticularia os varões de ferro. Meteu mãos à obra. Como houvesse caído na jaula armado, dispunha de tudo quanto habitualmente trazia consigo — e da faca também. A faca serviria para desmontar as pedras — e assim pensando, deu logo início ao trabalho paciente de esfuracar as junturas.

Todos os dias traziam-lhe alimento e água, que eram passados por uma abertura estreita. Essa amabilidade indicou-lhe que a intenção dos carcereiros era conservarem-lhe a vida com qualquer propósito futuro. Para o quê não sabia — nem importava. E assim passou-se uma semana.

Certo dia apareceu em Tu-lur aquele Pan-sat factótum de Lu-don. Trazia uma bela mensagem do Sumo Sacerdote para Mo-sar, convidando-o para rei de A-lur. Depois de entregue a mensagem, Pan-sat mostrou desejo de visitar o templo — no que foi atendido. No templo chamou de parte o Sumo Sacerdote, ao qual confidenciou o plano que tinha em mente.

— Mo-sar quer ser rei e Lu-don também, disse ele.

— Mo-sar deseja reter o Dor-ul-Otho aqui e Lu-don anseia por sacrificá-lo nas aras de A-lur a fim de demonstrar à sua gente que não se trata de nenhum filho do deus, e sim dum impostor. Pois bem: se o Sumo Sacerdote de Tu-lur quiser ser o Sumo Sacerdote de A-lur, isso é coisa que está dentro de todas as possibilidades.

Aquelas palavras agitaram visivelmente o Sumo Sacerdote de Tu-lur. Sê-lo de A-lur significava um acesso de tremenda importância, tanto quanto ser elevado ao trono. O Sumo Sacerdote de A-lur era praticamente o rei geral de todo o Pal-ul-don.

— Como? — murmurou ele vivamente interessado.

— Como poderei tornar-me o Sumo Sacerdote de A-lur?

Pan-sat sorriu e respondeu-lhe ao ouvido:

— Matando um e conduzindo para lá o outro, disse e ergueu-se para partir, certo de que suas palavras ficariam a germinar no coração do ambicioso sacerdote.

E de fato germinaram. O Sumo Sacerdote de Tu-lur era fraco demais para resistir à tamanha tentação. Sim, faria aquilo; mataria a um e conduziria o outro para A-lur. Não estava ele, entretanto, bem dentro das traças de Pan-sat, de modo que não interpretou como era preciso aquela sugestão. Deu como assente que teria de matar a Tarzan e conduzir a A-lur o chefe Mo-sar — quando o pensamento de Pan-sat era justamente o contrário.

A fim de dar execução à primeira parte do plano, reuniu dez dos mais valentes guerreiros da cidade e levou-os para a jaula do leão. Ia trucidar o prisioneiro. A pesada porta de pedra foi escancarada. Penetraram todos de roldão. Com grande surpresa, porém, encontraram a jaula vazia, tão vazia como quando de lá retiraram o último felídeo. Um dos guerreiros correu à janela. Da forte grade de ferro que a barrava só subsistia um varão, do qual pendia, do lado de fora, longa correia feita de tiras de couro. O couro das cortinas...

Os perigos que rodeavam Jane Clayton na floresta adicionaram-se de mais um — a presença de Obergatz pelos arredores. Leões e panteras causavam-lhe menos inquietação que o repulsivo huno, de corpo sujíssimo e agora com aquele sorriso sensual que a enojava. Arrependeu-se de não o haver matado como quem mata a um réptil ou outro qualquer bicho nocivo que nos incomoda. Que diferença entre aquele monstro humano e as muitas feras que por ali rondavam? Nenhuma. E se tinha ela o direito natural de matar as feras, não via razão nenhuma para poupar ao sórdido trapo humano que a cobiçava com aqueles olhos repugnantes.

Certa noite, um rumor estranho a despertou dentro do seu confortável abrigo suspenso. Jane pôs-se alerta, de ouvido atento. Qualquer coisa tentava subir pelo tronco da árvore. Pantera? Jane tomou da lança e quedou-se em guarda. A coisa aproximava-se, já arranhava os primeiros caibros sobre que se erguia a cabana aérea. Jane entreabriu a porta e desferiu um tremendo lançaço contra um vulto negro. O sílex penetrou numa carne — ela o sentiu. Na carne de Obergatz...

Jane passou a noite em claro, a imaginar o horrendo cadáver do tenente inteiriçado ao pé da sua boa árvore amiga, e implorou aos deuses que mandassem um leão devorá-lo longe dali. Em seu espírito travou-se rápido debate de consciência, em que ficou assentado que matara sem saber o que matava, e que ainda que o soubesse teria matado em legítima defesa. Essas conclusões apagaram-lhe os remorsos.

Logo que amanheceu, Jane respirou. Nada viu embaixo.

Desceu. Uma poça de sangue marcava o ponto onde o tenente caíra — e um rastilho vermelho na direção do rio mostrou-lhe que o ferimento não havia sido mortal. O tenente arrastara-se dali, vivo.

Pensou em seguir o rastilho. Mas para quê? E se o encontrasse além, agonizante, ou bem vivo, a pensar o ferimento? Não, pois nesse caso seria forçada a matá-lo de vez. Jane desistiu de seguir o rastilho, ficando desse modo na ignorância do que sucedera ao miserável assaltante.

Mas sua doce paz naquele sítio fora-se. Os nervos que ela supunha de aço mostraram-se femininos. Jane começou a ter as noites agitadas de pesadelos em que o fantasma do tenente aparecia clamando vingança. Vivo ou morto que estivesse, Obergatz continuava a ser para Jane o cruel verdugo de sempre.

Certa noite, ouviu novamente um rumor estranho ao pé da árvore. Seria ele? Seria alguma pantera? Jane preparou-se para a luta. De lança em punho colocou-se em posição junto à porta. A companheira de Tarzan saberia vender caro a sua vida.

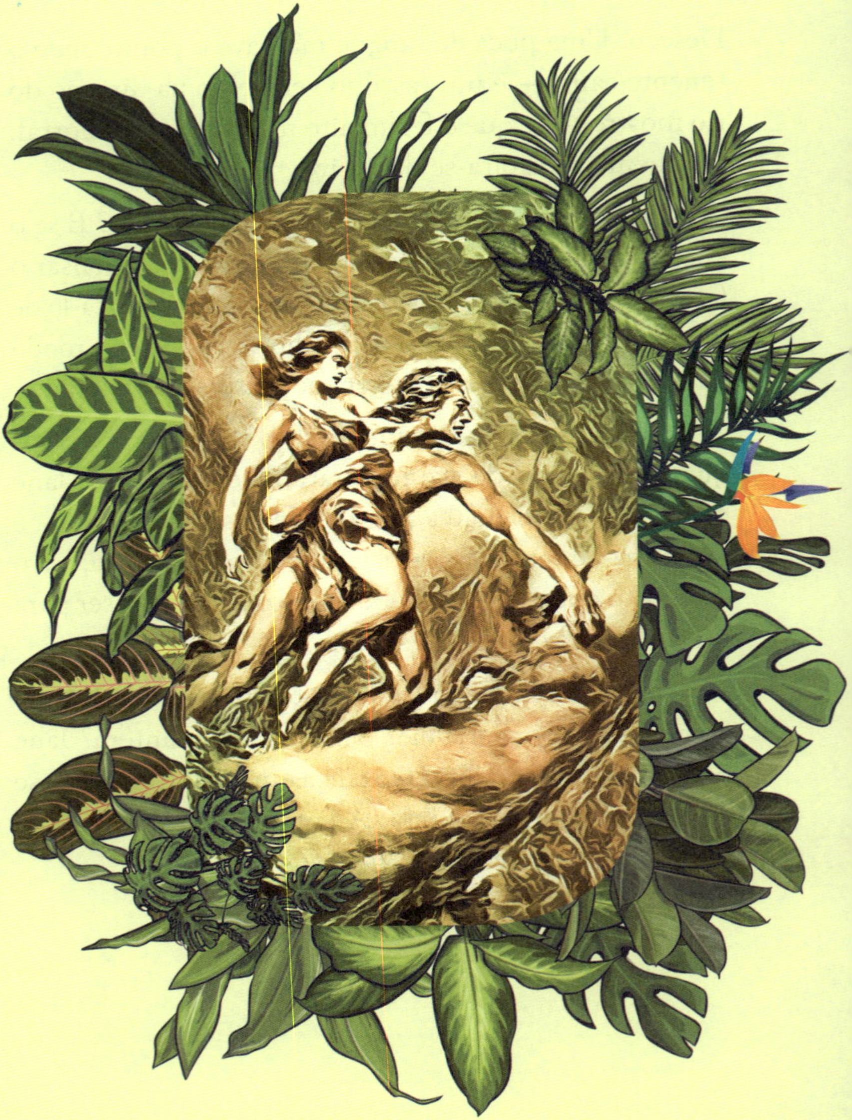

CAPÍTULO XXI

O MANÍACO

Estava a última barra da janela sendo removida quando Tarzan percebeu a aproximação do grupo de guerreiros que vinham matá-lo. A correia feita de tiras de couro emendadas ficara pronta momentos antes, de modo que prendê-la no varão de ferro e esgueirar-se para fora foi obra dum instante. Um minuto mais que demorasse e tudo estaria perdido.

Mas a fuga da jaula não o libertava completamente. Tarzan tinha ainda em redor de si as muralhas do palácio e as numerosas construções dentro do recinto. Nada disso lhe escapara à previsão durante a estada na masmorra. Através das grades tinha estudado cuidadosamente aquela topografia, de modo que foi com segurança que ao sair tomou determinado rumo.

Era pelo lusco-fusco, o que também vinha favorecer sua fuga. Passaria pela cidade já noite. O mais difícil: iludir a vigilância do portão. Mas lá veria o que fazer.

Aconteceu, entretanto, que ao chegar àquele ponto já a guarda estava de prontidão, com aviso de que o prisioneiro fugira.

— Ei-lo! — exclamou o chefe no momento em que Tarzan apareceu.

— Avançar!

No primeiro ímpeto os guardas avançaram, mas o entusiasmo lhes arrefeceu logo. A fama do guerreiro branco era realmente de molde a esfriar todos os entusiasmos. Tarzan percebeu que não o atacariam de frente. A tática ia ser a favorita da gente do Pal-ul-don.

Entre as armas prediletas de tais guerreiros figurava uma espécie de tacape nodoso, que usavam não só como arma de choque, de esmoer crânios, como também para arremesso. Isso a tornava duplamente perigosa. De perto equivalia, ou superava a lança, e, se o inimigo estava longe, transformava-se em projétil de grande potência. Tanto Waz-dons como Ho-dons eram habilíssimos no arremesso da clava. Um exercício contínuo dera-lhes grande certeza de pontaria, e Tarzan já fora, como vimos, vítima dum desses projéteis. Daí o cuidado com que agora procurava evitá-los.

Sua defesa consistia em manter-se a distância de

modo a não ser alcançado pelas clavas ou a poder aparar-lhes os golpes como se faz com florete em esgrima. Por seu lado, os guardas não precipitavam o assalto, à espera de que viessem os reforços pedidos. Apenas procuravam tomar posição, isto é, colocarem-se de jeito a rodeá-lo. O ataque pelas costas era sempre o mais bem-sucedido.

Tarzan viu que não havia tempo a perder. Ou atravessava o portão antes da chegada dos reforços ou não atravessaria nunca. E, pois, avançou de duas clavas em punho. Zuniu com uma delas contra o guerreiro mais próximo e, com a outra, contra o imediato. Este segundo foi atingido e caiu, mas o primeiro soube desviar-se e atracou-se com Tarzan. Não contava, entretanto, com a prodigiosa agilidade do gigantesco Tarmangani, que lhe colhera no ar o pulso e lhe estalou os ossos numa torção violentíssima. O grito de dor lancinante por ele desferido arrefeceu o entusiasmo dos demais.

Mas Tarzan não deixou que o guarda vencido caísse; tomou-o no ar à guisa de escudo — e avançou para o portão. Havia a certa altura uma lâmpada, a única que iluminava a entrada. Se a destruísse, sua situação melhoraria, pensou ele num relâmpago, ao passo que arremessava o corpo do guarda contra a chusma de socorro que chegava. Foi bom o golpe. O corpo arremessado deu com o que corria na frente em terra, e a queda deste homem determinou a de três ou quatro que lhe vinham imediatamente após. Sem demora Tarzan arrancou a lâmpada do portal e também a arremessou contra a malta, colhendo pela cabeça um homem. E no súbito escuro que se fez, passou o portão e desapareceu pela rua que ia ter à cidade.

Durante algum tempo ainda ouviu o tropel dos perseguidores no seu encalço, rumor, aliás, que esmoreceu. Haviam tomado rumo oposto, e ainda isso graças à previdência de Tarzan. Ele simulara ter em mente uma direção e tomara a inversa. O truque desnorteou completamente os guerreiros.

Livre dos *inimigos* e já fora da cidade, Tarzan se fez rumo para A-lur. Dois quilômetros adiante começava a floresta, na qual penetrou com alívio. Sim, ali se sentia em casa. As cidades ou os sítios escampos não eram o seu forte. Nascera e havia de morrer uma criatura da jângal. Tudo na floresta o encantava. Os perfumes ambientes de flores, de folhas, de resina, de terra úmida, oh, tudo lhe sabia como o deleite dos deleites. Nada de quanto conhecera dos requintes da civilização se comparava àquele sorver o ar riquíssimo das florestas.

Tarzan, menos por precisão do que para matar saudades, deixou o solo para tomar pelo caminho aéreo, coisa que já não fazia de muito tempo. Apesar de noite já, mesmo assim, caminhava de galho em galho, passando lesto duma árvore para outra, como se tivesse para ajudá-lo a melhor luz do dia. Lá de cima ouvia o urro distante dum leão e o pio próximo das corujas. Os seus sons! As queridas vozes da mata! Que bem lhe fizeram à alma aquelas simples notas da grande sinfonia da natureza!

Um riacho veio interceptar seu caminho. As árvores marginais, lado a lado, não encontravam as copas, de maneira que Tarzan teve de descer para transpor a água a vau. Desceu. Atravessou o rio. Ao pisar na margem oposta, porém, entreparou como subitamente fulminado pelo corisco. Fez-se estátua de pedra. Unicamente suas narinas, erguidas para o ar, pareciam viver. Tarzan farejava. Tarzan farejava um tesouro.

Súbito, orientou-se e partiu em correria de gamo. Alcançou uma árvore encorpada de cujos galhos pendia o mais estranho dos ninhos. Um ninho donde defluía um odor gratíssimo ao faro do Tarmangani. Subiu pelo tronco. Seu coração batia precipitado. Era felicidade, era medo.

Uma cabana aérea. Tarzan a tremer achegou-se da porta de entrada.

— Jane, sou eu! — disse num sussurro.

Um grito ressoou lá dentro; depois, um baque de corpo humano.

Tarzan atirou-se à porta, que arrombou dum tranco. Sua companheira estava por terra, desmaiada. Mas respirava. O coração batia-lhe. Tarzan tomou-a nos braços. Beijou-a.

Quando Jane Clayton voltou do desmaio e se viu

de cabeça apoiada ao peito de Tarzan, não quis crer na realidade. Correu a mão pelos olhos. Sonho, aquilo? Depois passou-lhe os dedos pelo rosto, como a sentir pelo tato a realidade.

— Não será sonho, Tarzan? — murmurou Jane debilmente. — Serás tu mesmo?

Ele a apertou contra si.

— É a realidade, Jane, mas não posso falar. Sinto qualquer coisa a me prender a garganta.

Jane sorriu docemente e achegou-se-lhe ainda mais.

— Deus foi bom para nós, Tarzan...

E por alguns momentos ficaram em silêncio, colhidos pelo excesso de emoção. Por fim, a língua foi-se-lhes despregando.

— E Jack? — inquiriu Jane.

— Ignoro onde para. Da última vez que lhe soube do paradeiro estava no fronte, em Argonne.

— Ah! — suspirou Jane. — Nossa felicidade não é completa. Eu tanto queria ver o nosso rapaz...

— Também eu — disse Tarzan — e havemos de vê-lo. Estava ótimo quando o vi pela derradeira vez. Breve sairemos daqui a procurá-lo. Quais os planos? Queres reconstruir o ninho destruído e ajuntar de novo o que resta dos nossos waziris ou regressar para Londres?

— Quero Jack! Depois cuidaremos de restaurar o ninho destruído. Só uma coisa temo. Obergatz anda com dois anos de luta para atravessar o palude sem o conseguir. Consegui-lo-emos nós?

— Tarzan não é Obergatz — murmurou o Tarmangani sorrindo. — Descansaremos hoje e amanhã tomaremos o rumo do norte. Zona selvagíssima, como sabes, mas quem a atravessou uma vez atravessa-a a segunda.

O tenente Obergatz arrastava-se de quatro pela relva, deixando atrás de si um rastilho de sangue, ferido que fora pela arma da Diana das Selvas. Não dera o menor grito, apesar da dor, com receio de que Jane o seguisse e o liquidasse a pontaço. E assim arrastou-se como sórdida hiena ferida até a moita em que se escondeu.

Julgou a princípio que fosse morrer, mas logo verificou que o ferimento só interessava os músculos. Nenhuma parte vital fora atingida. Seu ânimo, que chegara ao último grau de depressão, começou a erguer-se. A paixão por aquela mulher fez-se ódio. Sim, odiava-a, agora! Odiava-a de morte, e havia de vingar-se. Persegui-la-ia até dominá-la e, depois de satisfeita a sua luxúria, estrangulá-la-ia.

Uma gargalhada sinistra completou seu pensamento. Sim, estrangulá-la, fazer que a vida expirasse lentamente do corpo! Oh, as delícias da vingança tão cara aos deuses!

Mas sobreveio a febre, e Obergatz começou a delirar.

Dir-se-ia um louco ou um bêbedo. Corria dum ponto para outro, trepava em árvores sem objetivo nenhum, perseguia loucamente as formas de vida que se lhe antolhavam. E assim, de déu em déu, foi ter a um ponto donde se avistavam as brancuras resplandecentes de A-lur.

Mesmo naquele estado de transtorno de espírito ele a reconheceu.

— A-lur, a Cidade da Luz! — murmurou — e de súbito a ideia lhe veio de que ele era um deus.

— Sim, sou Jad-ben-Otho! Sou o grande Jad-ben-Otho, deus do Pal-ul-don! Em A-lur está o templo a mim consagrado — minha casa! E se lá está minha casa, que faço aqui?

E Obergatz, sujíssimo, imundíssimo, todo farrapos, a cabeleira transformada em incrível gaforinha, deu de correr à toda na direção da Cidade da Luz, gritando sempre: "Eu sou Jad-ben-Otho! Vinde a mim, escravos! Vinde levar-me para meu templo!".

Corria, corria, ora parando para brincar com um inseto, ora para seguir no céu o voo duma ave ou no chão, o coleio duma serpente. Foi dar ao rio, num ponto em que havia uma canoa abandonada. Um ricto de satisfação infantil repuxou-lhe os músculos da face. "A canoa de Jad-ben-Otho!", exclamou e atirou-se para dentro dela.

O rio deslizava na direção de A-lur, em cujo lago

desembocava, de modo que Obergatz foi levado para lá pela natural derivação da corrente. Mal a canoa penetrou no lago, foi percebida dos torreões do palácio. Lu-don, avisado, veio espiar.

— Eu sou Jad-ben-Otho! — vinha gritando Obergatz. — Eu sou Jad-ben-Otho!

Uma ideia perpassou pela cabeça de Lu-don ao ouvir aquilo.

— Tragam-me aquele homem, disse ele. — Se é Jad-ben-Otho, precisamos nos conhecer pessoalmente.

Minutos depois, o tenente Obergatz era trazido à presença do Sumo Sacerdote, que o examinou com viva curiosidade.

— Donde vem? — inquiriu.

— Sou Jad-ben-Otho, portanto, venho do céu, respondeu o maníaco. — Onde está meu representante, o Sumo Sacerdote?

— Sou eu mesmo o Sumo Sacerdote.

Obergatz bateu palmas, satisfeito.

— Bem, disse. Nesse caso, lave-me os pés e traga-me comida. Do céu até aqui a viagem é longa.

Os olhos de Lu-don brilharam maliciosamente. A ideia que lhe viera à cabeça tomava corpo. Curvou-se diante do esfarrapado numa reverência profunda, como se realmente estivesse defrontando um deus. Depois disse voltado para os assistentes:

— Tragam água e alimento para o Grande Deus, que nos dá a honra da sua visita — e desse modo reconheceu publicamente Obergatz como o verdadeiro Jad-ben-Otho em turismo pela terra.

A notícia circulou com a velocidade do raio, e breve não houve tribo, por mais distante de A-lur, que não comentasse a aparição de Jad-ben-Otho reconhecida pelo Sumo Sacerdote.

Sim, o verdadeiro deus, o grande Jad-ben-Otho viera em pessoa esposar a causa de Lu-don! Que maior segurança de que a boa causa era aquela? Mo-sar, logo que soube, apressou-se em vir submeter-se às ordens do astuto Sumo Sacerdote, com todos os seus guerreiros, e não mais pensou no trono de A-lur. Por feliz se dava de conservar-se chefe da sua cidade.

Lu-don, que tinha intenções de libertar-se daquele rival, achou que o momento não era ainda oportuno. Conservá-lo-ia mais uns tempos, utilizando-o enquanto o pudesse. Depois veria.

A vida de Obergatz passou da extrema miséria ao oposto. Tinha agora tudo — casa, todo o templo era seu, alimento na maior abundância, escravos numerosos para o servir, respeito e adoração geral.

Seu espírito maldoso e cruel regalava-se com a nova

posição — e o percebê-lo mau foi do extremo agrado de Lu-don. Podiam entender-se, já que falavam a mesma linguagem. E, por meio de Obergatz, o seu domínio sobre todo o Pal-ul-don se consolidara. Quem ousaria desrespeitar suas ordens, recebidas agora diretamente do Grande Deus?

Um trono foi erguido na nave mestra do templo onde Jad-ben-Otho pudesse estadear à vontade e ser adorado. Também diante dele era que se realizavam os sacrifícios. Os instintos cruéis de Obergatz, já acentuados pela semiloucura, acenderam-se ao odor do sangue — e as vítimas passaram a ser trucidadas por ele em pessoa. Ninguém estranhava aquele absurdo, dum deus com a faca mortífera em punho fazendo sacrifícios propiciatórios a si próprio.

Os fatos não impressionaram o povo no sentido de fazer amado o Grande Deus — mas o fizeram temido. Seu nome inspirava agora profundo terror — e disso Lu-don tirava todas as vantagens. Dera ordens aos seus acólitos para espalhar por toda a parte a nova de que Jad-ben-Otho exigia sob penas tremendas que todos o acompanhassem — e que se afastassem das fileiras de Ja-don e do impostor Dor-ul-Otho. O resultado foi deserção em massa das hostes de Ja-don e aviltamento incoercível da facção sacerdotal.

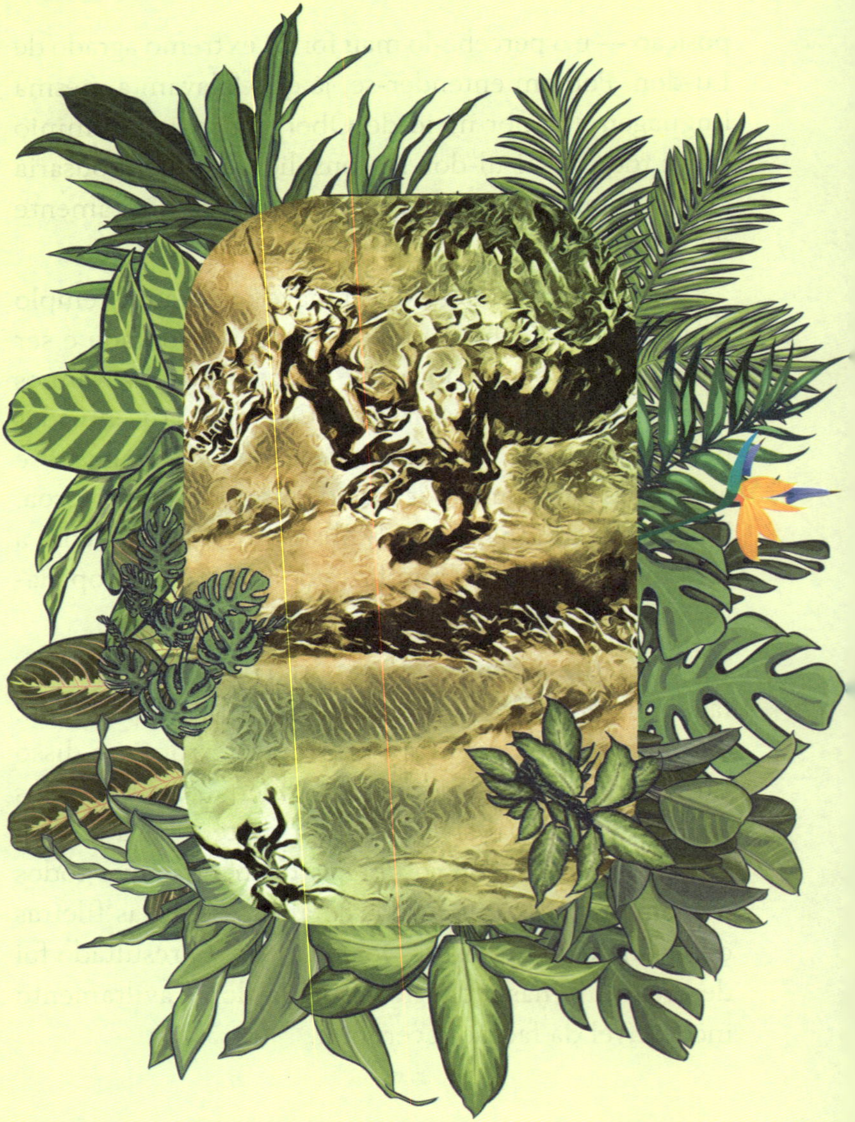

CAPÍTULO XXII

EQUITAÇÃO PALEONTOLÓGICA

Tarzan e Jane caminhavam sem pressa, entregues à doçura de se verem novamente reunidos no seio da jângal. A travessia do paul não os preocupava. Quando chegasse o momento, haviam de agir como fosse conveniente. Tarzan queria caminho onde fossem menores as probabilidades de encontro com Waz-dons e Ho-dons. Mas tendo de despedir-se de Om-at e dar-lhe notícias de Pan-at-lee, marchou de rumo para Kor-ul-ja. Ao cabo de três dias, porém, um encontro ocasional veio interferir com os seus planos. Jane vira à sombra dum grupo de árvores um vulto suspeito.

— Que será aquilo? — indagou.

Tarzan imediatamente reconheceu o grifo, a cochilar à sombra das árvores. Não podia ser mais desastrado o encontro, porque era uma zona quase escampa, sem árvores que servissem de abrigo além das que rodeavam o monstro. O melhor que tinham a fazer era esgueirar-se dali cautelosamente antes que o animalão os visse.

— E se nos perceber? — inquiriu Jane, ansiosa.

— Nesse caso temos de correr o risco...

— Que risco?

— Terei que tentar dominá-lo à moda dos Tor-o--dons, como já fiz uma vez.

— Oh, mas eu jamais supus que o grifo fosse um monstro de tão desmarcadas proporções. Tem o tamanho dum navio...

— Não será tanto — sorriu Tarzan — mas, quando investe sobre nós, dá até impressão duma esquadra.

Tudo fizeram para esgueirar-se dali com a máxima cautela; apesar disso, foram pressentidos — e logo um urro temeroso reboou pelo espaço.

— Impossível a fuga, murmurou Tarzan e, agarrando a companheira, beijou-a vivamente. — Tudo incerto daqui por diante, minha cara. Vou fazer prodígios, embora não possa garantir sucesso. Nossa única hipótese de salvação está em possuirmos cérebro mais desenvolvido que os desses monstros. Se eu conseguir dominá-lo, tudo acabará bem.

O grifo erguera-se e corria os olhos pequenos em torno, evidentemente a procurá-los. Era o momento. Tarzan atroou os ares com o grito dos Tor-o-dons: "Wheeoo! Whee-oo!".

O efeito foi pronto. O animalão, que já vinha sobre eles, entreparou como que estonteado. Tarzan insistiu nos gritos e foi-se aproximando, de mãos dadas a Jane. "Whee-oo! Whee-oo!", e em resposta obteve do monstro aquele rosnido de bom agouro.

— Ótimo! — exclamou Tarzan. — A partida parece ganha. Dá-me a tua lança. Estás com medo?

— Não sei o que é medo quando tenho Tarzan ao lado, respondeu Jane apertando-lhe a mão.

E assim aproximaram-se da tremenda montaria, até que com um último "whee-oo!" Tarzan lhe desse com a lança uma forte pancada nas ventas. O grifo então repetiu a manobra do outro — ajeitou-se para ser encavalgado.

— Vem, Jane, disse Tarzan, e ambos montaram acomodando-se no grossíssimo pescoço da fera. O Tar-mangani sorriu.

— Se aparecêssemos em Hyde Park nesta montaria, hein?

O grifo meteu-se no trote na direção desejada pelo seu montador, que o ia guiando com pancadas da lança. Jane não voltava a si do assombro.

— É prodigioso isto, Tarzan. Estamos a cavalgar um verdadeiro tanque pré-histórico...

Logo adiante, o grifo deu de surpresa sobre um grupo de guerreiros Ho-dons em repouso à sombra dum tufo de árvores. A debandada foi impressionante, e mais ainda a violência com que o grifo se arrojou contra um deles. E apanhá-lo-ia, se no último momento Tarzan não conseguisse dominá-lo a gritos e pontaços nas ventas. O monstro deteve-se, grunhindo com ódio represo.

Tarzan irradiava. Viu que o controle da montaria era completo, podendo, pois, atrever-se a ir até Kor-ul-ja daquele modo. Seria o prodígio dos prodígios.

Enquanto a trote largo o grifo seguia para Kor-ul--ja, os guerreiros debandados voavam para A-Iur com a notícia do prodigioso acontecimento. A saber do caso, Lu-don carregou os sobrolhos. Nada bom aquilo. Era no mínimo a perda da mulher branca que tanto acirrava os seus desejos. Tinha por qualquer forma de apoderar-se dela. Chamou Pan-sat, o seu homem de confiança. Conferenciaram longamente. Articularam um plano.

Em seguida, Pan-sat retirou-se para o seu tugúrio, donde saiu transformado num guerreiro de armas reluzentes. Veio ter como o Sumo Sacerdote.

— Ótimo! — exclamou Lu-don. — Não serás reconhecido nem pelos teus acólitos e escravos. Vai, Pan-sat, já que tudo depende da rapidez das tuas pernas e astúcias do teu espírito. Destrói o homem, se puderes — mas em qualquer hipótese traga-me a mulher. Viva! Bem viva! Estás entendendo?

— Sim, mestre, respondeu o factótum — e o guerreiro solitário partiu na direção de Ja-lur, contando que o destino de Tarzan devia ser a cidade de Ja-don.

Numa zona desabitada ao norte de Kor-ul-ja estava Ja-don reunindo as suas forças para o assalto de A-lur. Duas considerações o moveram a escolher aquele ponto — a necessidade de conservar seus planos de guerra em segredo e a vantagem de um ataque pelo único ponto que Lu-don de nenhum modo podia esperar. Havia também a vantagem de manter seus homens fora do ambiente urbano, onde a propaganda de Lu-don se realizava com alta eficiência agora que tinha consigo o Grande Deus em pessoa.

Ocupava-se com a concentração o chefe de Ja-lur quando uma sentinela avançada veio a correr avisá-lo do aparecimento de um grifo com duas pessoas no lombo. Ja-don recusou-se a crer, mas foi forçado a admitir o fato tal a insistência das testemunhas. Saiu a averiguar, com uma escolta.

— É ele! — exclamou ao entrar num escampo donde avistou o prodigioso fenômeno. — É o Dor-ul-Otho em pessoa que vem montado no grifo!

O grifo percebeu-os e na forma do costume investiu contra o grupo como um tufão. Tarzan teve de fazer esforços tremendos para dominá-lo, e só o conseguiu quando o monstro já ia alcançando o chefe amigo.

— Sou Ja-don, o chefe de Ja-lur! — gritara este apavorado. — E tanto eu como os meus homens nos prostramos aos pés de Dor-ul-Otho para implorar que nos ajude na luta contra Lu-don.

— Quê?! — exclamou Tarzan. — Pois ainda não o destruíram? Julguei que Ja-don estivesse de há muito sobre o trono de A-lur.

— Não o consegui ainda, explicou o chefe. — O povo do Pal-ul-don teme grandemente o Sumo Sacerdote, sobretudo agora que está no templo uma criatura dada como o próprio Jad-ben-Otho. Se pudermos fazer o povo ciente de que Dor-ul-Otho retornou e está comigo, as coisas tomariam novo rumo.

Tarzan meditou uns instantes. Depois disse:

— Ja-don foi o único que jamais duvidou de mim e que sempre me tratou como amigo. Tenho para com ele uma dívida de honra, como também tenho contas a ajustar com Lu-don — eu e aqui a minha companheira. Ajudar-vos-ei, Ja-don, a punir o Sumo Sacerdote. Dizei o que devo fazer. Que deve fazer o vosso aliado Dor-ul-Otho?

— Vir comigo às aldeias em redor de A-lur para que o povo se convença de que realmente sois meu aliado. Isso mudará completamente a situação. Quem duvidará quando o vir cavalgando um grifo?

— Bem, murmurou Tarzan. — Mas se me atiro convosco nesse ataque a A-lur, onde porei a seguro minha companheira?

— Poderá ficar em Ja-lur com a princesa O-lo-a e minhas mulheres. A segurança é lá absoluta, além de que dispomos da guarda dos nossos mais fiéis guerreiros. Acedei ao meu pedido, ó, Dor-ul-Otho, e venceremos. Ta-den, meu filho, já mobilizou seus guerreiros para um ataque simultâneo a noroeste.

— Está bem. Irei convosco. Mas, antes de mais nada, tenho de encher o estômago da minha montaria. Mandai vir carne em abundância.

— É o que não falta, disse Ja-don, dando ordens para que repastassem o monstro. Em breve apareceu ali todo um açougue, e Tarzan insistiu em por suas próprias mãos achegar o petisco ao focinho do grifo. Era o meio de por outro modo provar a sua superioridade "torodônica".

A caminhada para Ja-lur foi feita com passagem pelos sítios mais povoados, de modo que o povo testemunhasse com os seus próprios olhos o maravilhoso acontecimento — e, como Ja-don calculara, o argumento revelou-se de grande peso. Por onde passava Dor-ul-Otho na sua monstruosa montaria, não ficava ninguém com a menor dúvida sobre a divindade do aliado de Ja-don.

À entrada da cidade um guerreiro estranho, de armas reluzentes, apresentou-se. Ninguém o conhecia. Declarou que fora partidário de Lu-don, mas desertara, em vista de maus-tratos recebidos, e agora desejava combater nas hostes do chefe de Ja-lur. Como tudo que lhe aumentasse as forças constituísse negócio, Ja-don, sem maiores investigações, aceitou a oferta. O guerreiro desconhecido teve entrada livre em sua cidade.

Ja-don conduziu Tarzan e Jane aos apartamentos da princesa. Ao vê-lo, O-lo-a arrojou-se-lhe aos pés, Pan-at-lee, felicíssima de reencontrar o amigo e defensor, fez o mesmo. A presença de Jane igualmente trouxe júbilo para a princesa. Mas recebeu-a com respeito. Sim, porque evidentemente se tratava de uma deusa.

De O-lo-a Tarzan soube que seu casamento com Ta-den ia realizar-se logo após o seu retorno da guerra.

No dia seguinte, Ja-don voltou ao acampamento e, à entrada da cidade, Tarzan cavalgou de novo o grifo que ali deixara na véspera, num recinto fortemente murado. Encontrou-o em ótimas condições de ânimo, visto como havia sido alimentado como nunca.

Logo após a chegada de Ja-don a ordem de marcha ressoou.

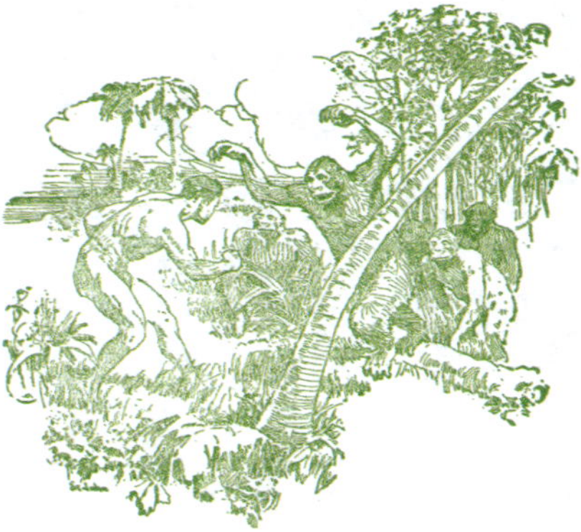

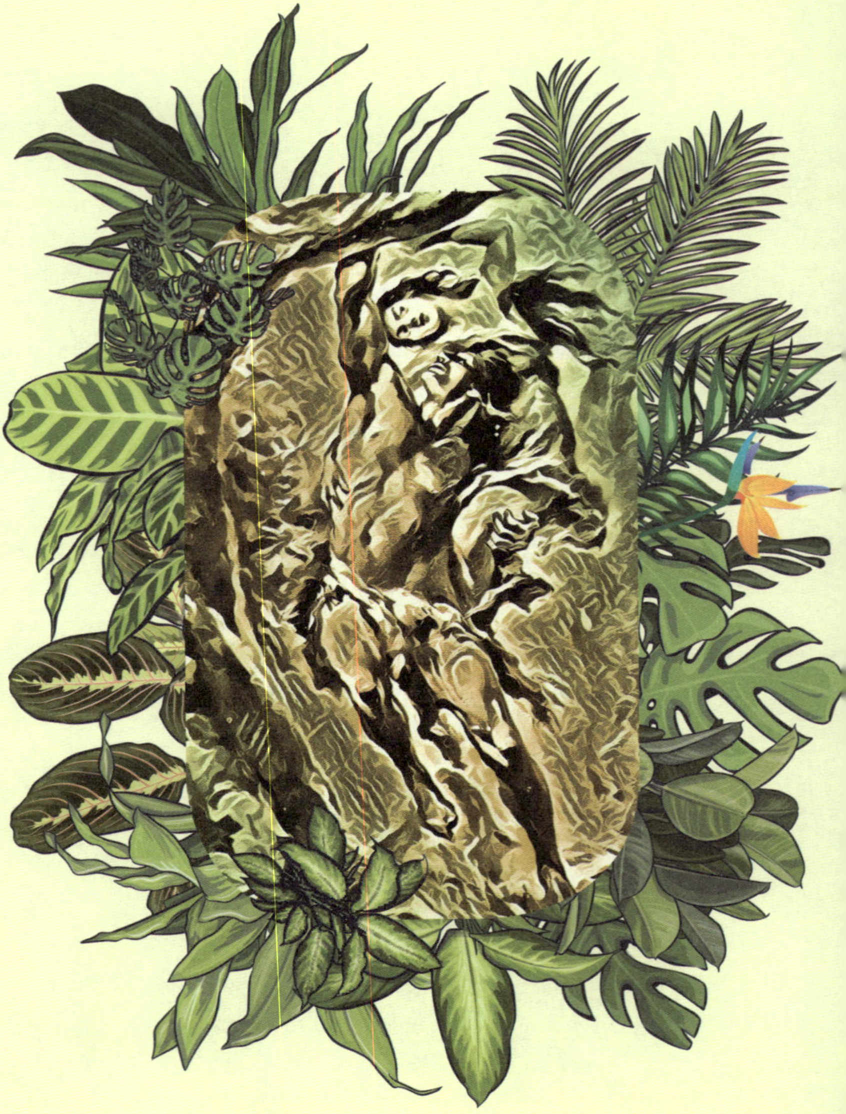

CAPÍTULO XXIII

APANHADO VIVO

O guerreiro desconhecido, logo que teve admissão franca em Ja-lur, tomou rumo do templo, onde encontrou os sacerdotes reunidos em conciliábulo. O guerreiro aproximou-se e saudou-os, e ao saudá-los fez um imperceptível sinal secreto. Imediatamente foi conduzido à presença do chefe, com o qual se manteve em longa conversa reservada. Em seguida, despediu-se e rumou para o palácio.

Os apartamentos das damas no palácio de Ja-lur ficavam todos na mesma direção, ao fim dum extenso corredor, com janelas abrindo para o jardim. Num desses apartamentos dormia Jane Clayton o mais calmo e feliz sono da sua vida.

Ja-lur era uma cidade de pouca vida em comparação

com A-lur. O palácio parecia morto, e mais ainda agora que a ausência do chefe suspendia todas as atividades. Guardavam-no apenas duas sentinelas, rendidas de três em três horas.

Soada a hora da rendição, a manobra operou-se com a regularidade do costume; estavam muito sonolentos os guardas rendidos para que dessem atenção às caras novas que os vinham substituir.

Logo que os passos dos guardas rendidos se perderam ao longe, as duas novas sentinelas dirigiram-se na ponta dos pés para o apartamento de Jane Clayton. Entreabriram a porta. A linda americana dormia sobre o estrado recoberto de pelagens macias. Um raio de luz vindo pela janela batia-lhe em cheio, pondo em relevo o seu belo perfil de camafeu antigo.

Mas nem a beleza, nem a sua posição de criatura indefesa falaram ao sentimento daqueles homens. Os sacerdotes eram frios como o gelo e cegos na execução fanática das ordens recebidas. Iam raptá-la e raptá-la-iam. A beleza de Jane Clayton, que já tantos crimes tinha provocado, prosseguia na sua sina.

Havia pelo aposento numerosas peles. Um dos guerreiros escolheu uma, a menor, e sempre na ponta dos pés aproximou-se do estrado da bela adormecida. Desdobrou-a sobre sua cabeça e, súbito, a um sinal do companheiro, de brusco e amordaçou; enquanto isso o outro a manietava e lhe amarrava os pulsos e os pés.

A luta foi terrível. Jane debateu-se valentemente, como a fera que cai em trapa; mas que fazer contra a força muscular de dois homens e já de mãos e pés atados?

O plano era descê-la pela janela ao jardim, onde mais dois sacerdotes a esperavam. Não foi nada fácil a operação, tal era a resistência que Jane opunha. O jardim era banhado pelo rio, havendo a pouca distância dali um embarcadouro com várias canoas. Numa delas foi deposta a amordaçada. O guerreiro de A-lur tomou os remos e partiu. Os seus cúmplices retornaram silenciosamente para o templo.

Os guerreiros de Ja-don, pela madrugada e ao palor da lua, marchavam em silêncio para o ataque. Os planos tinham sido de tal modo bem concebidos que era impossível que viessem a falhar. Mensageiros velozes mantinham o contato com as forças de Ta-den, que iam atacar por outro ponto. Tarzan, comandando doze homens escolhidos, invadiria o templo pela passagem secreta, de cuja locação só ele estava senhor. Ja-don com o grosso das tropas assaltaria o palácio pela frente.

Tarzan, com seus homens, alcançou o ponto onde um velho edifício escondia a entrada da passagem secreta. Tudo correu fácil. Como os sacerdotes tinham a certeza de que ninguém conhecia a passagem, não tomaram a precaução de a guarnecer. Tarzan invadiu o velho edifício com a sua gente, acendeu um archote e desmontou as pedras ocultadoras da abertura do túnel. E por ele se meteu.

O plano era ótimo. Invadindo o templo pelo túnel, coisa que os sacerdotes jamais esperariam, era possível cair sobre eles de improviso, lançando a desordem nos seus arraiais — isso, simultaneamente articulado com o ataque de Ja-don por um lado e o de Ta-den por outro, daria a vitória. Impossível falhar um plano tão bem concebido. Mas o destino dos planos perfeitos é falhar...

Tarzan, que seguiu na frente, adiantou-se em excesso dos seus homens. Não tinha hábitos de comando, aliás, pois fora sempre um lutador solitário. Em consequência disso, penetrou no templo enquanto seus homens ainda estavam a meio caminho. Ao pisar na primeira câmara, deu com um guerreiro que levava às costas uma mulher amordaçada. Viu-o de relance, pois que o guerreiro se sumiu logo por uma entrada secreta. Era Jane!

Tarzan lançou-se contra ele como um leão. Mal dera meia dúzia de passos, entretanto, uma parede desceu do teto com rapidez, tal qual lhe sucedera na masmorra do grifo. E com grande assombro e raiva, Tarzan verificou que novamente caíra numa trapa.

A experiência da masmorra fê-lo atento à defesa — não fosse o chão alçapoado abrir-se e engoli-lo. O meio era imobilizar-se, pronto para pular dum sítio a outro conforme o que sobreviesse. Aos poucos seus olhos foram se acostumando à escuridão. No teto percebeu uma abertura de três pés de diâmetro pela qual se coava uma pouca de claridade.

Examinou a cela. Um quarto de quinze pés de largura tendo ao centro um tablado. Evidentemente, tampa de alçapão. Mais nada.

Lu-don correu a língua pelos beiços quando o factótum entrou em seus aposentos com aquele precioso fardo.

— Ótimo, Pan-sat! — exclamou. — Serás largamente recompensado do grande mimo que me fizeste. Já agora o falso Dor-ul-Otho não me preocupará tanto. Se pudéssemos apanhá-lo também!

— Mestre, apanhei também o Dor-ul-Otho, disse Pan-sat.

— Quê? Apanhaste ao Tarzan-jad-guru? — exclamou Lu-don no auge do assombro. — Mataste-o, com certeza. Dize...

— Não, mestre. Não o matei. Apanhei-o vivo. Está enjaulado numa das celas secretas, a da trapa.

— Fizeste isso, Pan-sat? Mas é o prodígio dos prodígios! — e Lu-don não tinha palavras para exprimir o seu contentamento.

Nisto ressoaram passos. Eram os guerreiros de Tarzan que vinham de desembocar do túnel.

Pan-sat deu um pulo, espiou.

— Depressa, mestre! São guerreiros de Ja-don!

— Que loucura é essa, Pan-sat? O palácio e o templo estão na posse da minha gente.

— Engano, mestre. O templo foi invadido. Esse tropel é de inimigos. Entraram sob a chefia de Dor-ul--Otho pela passagem secreta. O Dor-ul-Otho deve ter vindo na frente, adiantando-se dos demais.

Lu-don correu a fechar as portas depois de verificar que Pan-sat tinha razão. Doze guerreiros de Ja-don moviam-se às tontas pelas inúmeras câmaras do templo. Privados do comando de Tarzan, mostravam-se completamente desorientados. Lu-don correu a uma correia pendente do teto. Deu-lhe forte sacão. Imediatamente, lá fora ressoaram os gongos de alarma. Depois deu ordem a Pan-sat para o seguir, levando a mulher.

Saíram.

Os gongos de alarma continuavam a soar, e já grande número de sacerdotes e guerreiros acudiam. Sem comando e daquele modo esmagados pelo número, nada restava aos invasores do templo senão vender caro a vida. Encostaram-se à parede e valentemente resistiram ao ataque — mas na certeza de que aquele insucesso iria transtornar completamente os planos de Ja-don.

Ao ouvir a barulheira dos gongos, Ja-don calculou que Tarzan já havia lançado o pânico no templo, sendo, pois, a ocasião propícia para desfechar o ataque ao palácio. Mas Lu-don para lá correra a fim de organizar a defesa.

Obergatz viu-se acordado do sono profundo em que jazia. Sentou-se na cama de peles. Esfregou os olhos.

— Eu sou Jad-ben-Otho! Como se atrevem a perturbar o meu sono com tanto barulho?

Um escravo que o atendia curvou-se, de joelhos:

— É o inimigo que acaba de chegar, ó, Jad-ben-Otho.

Obergatz ia responder com o habitual pontapé quando um sacerdote entreabriu a cortina.

— Jad-ben-Otho — disse ele — os guerreiros de Ja-don acabam de atacar o palácio e o Sumo Sacerdote vos implora de vir encorajar com a vossa divina presença o ânimo dos defensores.

Obergatz pôs-se de pé.

— Sou Jad-ben-Otho! Com os meus raios fulminarei os audaciosos blasfemos atacantes, gritou o maníaco, e vendo o escravo ainda de joelhos deu-lhe um valente pontapé.

— Levanta-te! Os inimigos atacam o palácio e tu aí encarangado! Segue-me! — e saiu.

Lá fora um clamor se ergueu: "Jad-ben-Otho se aproxima, e Dor-ul-Otho jaz prisioneiro numa cela do templo".

Era um clamor encomendado por Lu-don, para que fosse ouvido nas falanges inimigas e nelas implantasse o desânimo.

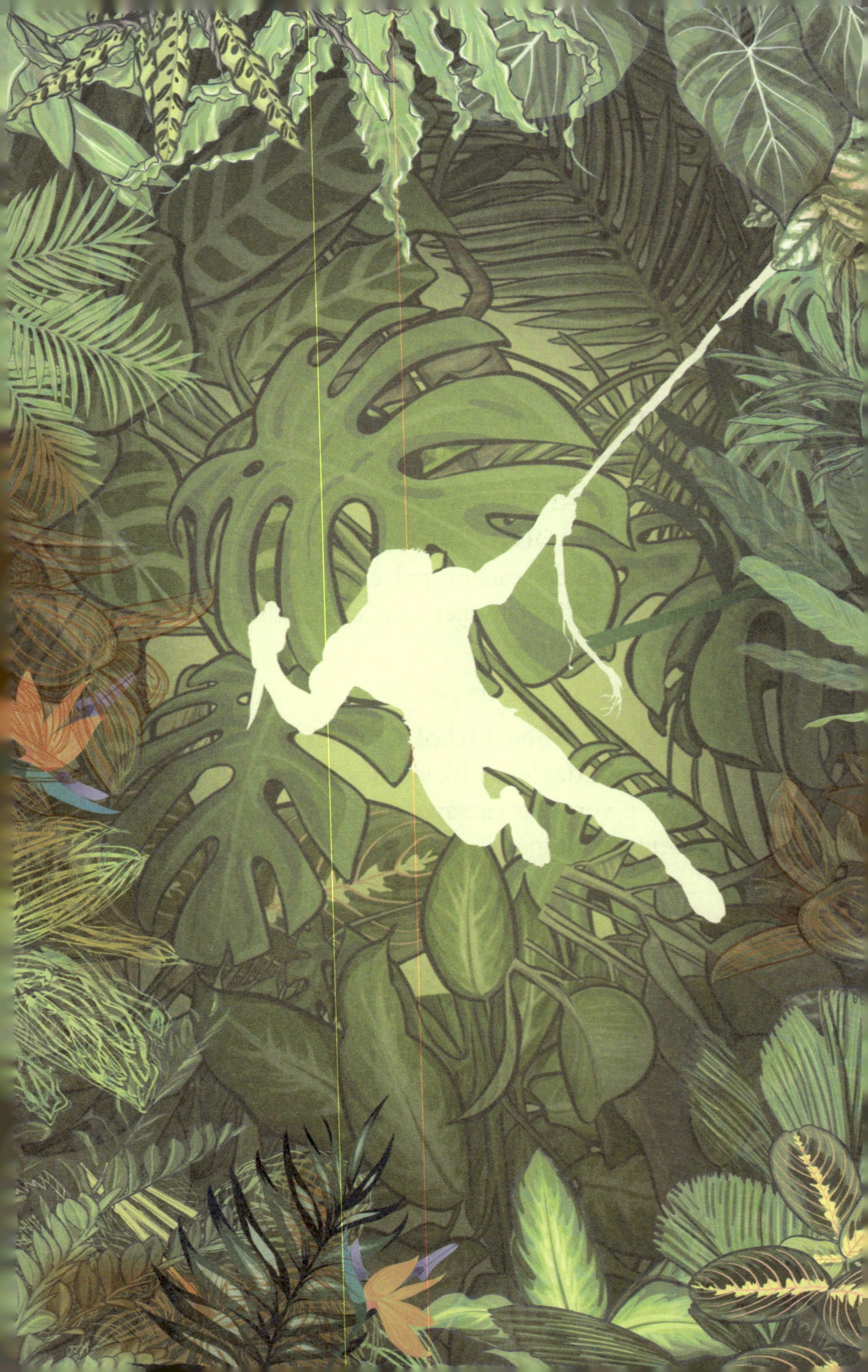

CAPÍTULO XXIV

O Mensageiro da Morte

Quando o sol se ergueu (pois tudo aquilo ocorrera ainda pela madrugada), as forças de Ja-don ainda se mantinham firmes. O velho guerreiro senhoreara-se dum torreão de onde dirigia a luta. Todavia, Ta-den estava demorando a surgir. A articulação fora bem-feita, mas parecia falhar. Em vez de Ta-den, o que Ja-don viu aparecer foi Lu-don, seguido de Mo-sar e dum estrangeiro de pele alva e cabeleira loura entretecida de flores. Atrás vinha a legião de sacerdotes menores gritando em uníssono: "Este é Jad-ben-Otho! Dependam as armas, assaltantes, e rendei-vos. Dor-ul-Otho está aprisionado no templo".

O efeito daquilo nas hostes de Ja-don foi mau. Um dos seus guerreiros adiantou-se e gritou para Lu-don:

"Provai o que dizeis. Mostrai-nos o Dor-ul-Otho, já que o tendes prisioneiro".

— Mostrarei, respondeu o Sumo Sacerdote. — E se não conseguir mostrá-lo, fica já ordem dada aos meus homens para que abram as portas do palácio e tudo entreguem a Ja-don.

Em seguida, falou em voz baixa com os seus acólitos.

Tarzan media passos na cela estreita, amargamente se censurando da imprudência cometida. Apenas por estupidez estava metido naquela trapa. Mas... que havia de fazer senão o que fizera? Vira o guerreiro desconhecido com Jane às costas, e que havia de fazer senão atirar-se? Mas como o guerreiro conseguira raptá-la de Ja-lur?

Pôs-se a refletir. Aquele guerreiro... Ele o conhecia. Já o vira. Mas onde? Quando? Súbito, recordou-se. Era o mesmo que se apresentara ao acampamento de Ja-don como desertor das hostes sacerdotais. Sim, era o mesmo; era, pois, um emissário de Lu-don mandado unicamente para raptar a sua Jane...

Nisto ouviu a barulheira dos gongos. "Já deram o alarma", pensou. "O combate já está travado — eu, o comandante daqueles homens, aqui..."

Louco de fúria, atirou-se de ombro contra a porta. Inútil. Correu os olhos em redor. Ergueu-os para o teto. Viu lá algo que lhe causou estranheza. Da abertura já notada no teto pendia uma corda. Era estranho! Aquela corda não existia momentos antes. Quem a colocara? Alguém amigo para que por ela se arrancasse dali? Algum inimigo? Aproximou-se. Tomou-a pela ponta cautelosamente, na desconfiança de que, ao puxá-la, algum alçapão se abrisse. Nada aconteceu. Insistiu. Puxou-a com mais força. Nada ainda. Animado, e vendo nela a salvação, dependurou-se na corda por um instante. Verificou que estava bem segura em cima. Encheu-se então de coragem e marinhou por ela, rumo à abertura suficientemente ampla para lhe dar passagem ao corpo. Ao alcançá-la, porém, duas laçadas desceram, que o prenderam pelo pulso. Era um truque dos seus inimigos, e novamente o grande Tarzan se deixava embair...

De fato, fora um truque dos sacerdotes para arrancá-lo da cela de jeito que ele não pudesse defender-se. Suspenso como estava, o imprevisto das laçadas no pulso o punha completamente à mercê dos cruéis perseguidores. Foi guindado e amarrado de mãos e pés, como se amarrassem um grifo.

A batalha seguia seu curso, mas já enfraquecida do lado dos assaltantes. Ta-den não aparecia e Ja-don espumejava de cólera. Súbito, uma grita irrompeu entre as hostes defensoras, e a voz odiada de Lu-don se fez ouvir.

— Aqui vem o falso Dor-ul-Otho! — dizia ele, e a seguir Tarzan enleado em cordas foi apresentado à gente de Ja-don.

Obergatz, que, na semidemência em que vivia, andava sempre fora das realidades, lançou um olhar mortiço ao prisioneiro. Piscou três vezes. Encarou-o com os olhos cheios de assombro. Já havia encontrado Tarzan uma vez, e era Tarzan um elemento constante nos seus pesadelos, tais as façanhas que dele ouvira contar. A atuação daquele gigante contra os oficiais germânicos fora terrível. Schneider pagara caríssimo as inúteis crueldades cometidas. O subtenente von Goss, a mesma coisa. Daquela oficialidade só restava Obergatz — e via-se ele agora frente a frente com o terrível vingador! Apesar de Tarzan encordoado e na mão de inimigos, o terror de Obergatz não foi menor. Pôs-se a tremer de tal modo que Lu-don receou o fracasso de todos os seus planos. Os guerreiros mais próximos do alemão já começavam a entreolhar-se, desconfiados.

Lu-don, cuja decisão era sempre rápida, avançou.

— Sois Jad-ben-Otho! — disse com voz enérgica. — Sois o Grande Deus! Denunciai, pois, a esta gente a impostura deste falso deus.

Obergatz estremeceu e conseguiu ganhar de novo o domínio de si próprio. As palavras firmes do Sumo Sacerdote reafirmaram-no.

— Sou Jad-ben-Otho! — gritou então corajosamente. Tarzan encarou-o nos olhos e sorriu.

— Sois, sim, o tenente Obergatz do Exército alemão; sois o último dos três que condenei à destruição — e estais certo, no fundo da alma, de que este nosso encontro será decisivo.

O cérebro do falso deus estava de novo funcionando regularmente. Compreendeu tudo. Percebeu o começo da dúvida nos olhos dos que o rodeavam. Alcançou muito bem que a sua indecisão naquele momento podia ser fatal ao partido de Lu-don e arrastá-lo, a ele, à morte. Encheu-se de coragem e berrou:

— Sou Jad-ben-Otho, e esta criatura amarrada não é meu filho. Como castigo e lição aos blasfemadores, eu o condeno a morrer sacrificado na ara do templo, e pelas mãos do próprio deus de quem se diz filho. Levem-no das minhas vistas! Ao pôr do sol será sacrificado — e ergueu bem alta a mão num gesto condenatório.

Os sacerdotes que haviam trazido o Dor-ul-Otho levaram-no de novo à cela, enquanto Obergatz dirigia a palavra aos guerreiros de Ja-don:

— Depende as armas antes que vos fulmine com os meus raios celestes! Perdoarei aos que o fizerem. Vamos! Armas em terra!

Os homens de Ja-don, indecisos, entreolharam-se. Depois voltaram-se para o chefe, interrogativamente, e Ja-don falou:

— Que os fracos e covardes deponham as armas. Ja--don só quer o apoio dos fortes, dos que só largarão as armas depois de destruído o poder de Lu-don e do seu falso deus.

Houve várias deserções, mas a maioria permaneceu firme ao lado do chefe de Ja-lur. Ja-don, então, incitou-os com voz potente a prosseguir no ataque.

Mas Ta-den não aparecia, apesar do sol já a pino. Aquele desequilíbrio de forças permitiu que Pan-sat organizasse no templo um ataque a Ja-don pelas costas. O resultado foi decisivo. As hostes de Ja-lur sentiram-se metidas entre as aspas duma tenaz. Veio o pânico, a debandada; e o velho chefe foi aprisionado. Conduzido à presença de Lu-don, ouviu do Sumo Sacerdote a ordem terrível:

— Levem-no para o templo. Há de testemunhar a morte do blasfemo, seu cúmplice, e talvez tenha o mesmo fim — se Jad-ben-Otho houver por bem condená-lo.

O templo estava repleto de gente curiosa de ver com os próprios olhos o Dor-ul-Otho prisioneiro e sua companheira. Comprimiam-se em redor deles. Súbito, Tarzan viu entrar de mãos atadas o velho chefe de Ja-lur, seu amigo e aliado. Lançou então um olhar para Jane:

— Isto deve ser o fim, disse. — Ja-don era minha última esperança.

— Não importa, meu caro, respondeu a corajosa

americana. — Reunimo-nos depois de tanta luta e fomos felizes uns dias. Só quero agora morrer contigo.

Tarzan nada disse. Em seu coração queimava a mesma dor que lia nos olhos da companheira. Medo que eles a não matassem. Instintivamente deu um arranco às cordas a ver se as quebrava. Um sacerdote riu-se da tentativa e esbofeteou-o na face.

— Bruto! — gritou Jane Clayton.

Tarzan sorriu.

— Já fui esbofeteado assim outras vezes, Jane, e em todas elas o esbofeteador pagou caro.

— Tens ainda esperança, Tarzan?

— Vivo estou, e quem vive espera, foi a sua resposta. Nesse momento apareceu Lu-don, seguido do deus alemão. Cochicharam qualquer coisa. Em seguida, Obergatz falou:

— Condenei ao sacrifício o falso deus e agora também condeno o falso profeta, disse apontando para Ja-don.

— E a mulher? — inquiriu o Sumo Sacerdote.

— O caso da mulher fica para ser resolvido mais tarde. Tenho que conferenciar com ela esta noite.

Depois, erguendo os olhos para o sol:

— A hora do sacrifício se aproxima. Preparemo-nos.

Lu-don fez um sinal aos sacerdotes em redor de

Tarzan, os quais o agarraram e o arrastaram para o altar. Antes que o levassem de si, porém, Jane arrancou-se de onde estava e beijou-o vivamente.

— Adeus, Tarzan!

— Adeus, Jane, respondeu o Tarmangani sorrindo.

Os sacerdotes colocaram-no na ara e Lu-don entregou a faca do sacrifício ao deus terrível. Obergatz tomou-a, dizendo:

— Eu sou o Jad-ben-Otho, o Grande Deus que pune! Atendei!

Ergueu a faca bem alto, na direção do sol, e já a ia descendo quando um estampido reboou longe. Jad-ben-Otho caiu de borco sobre o peito da vítima, outro estampido — e Lu-don caiu. Outro — e caiu Mo-sar.

Os guerreiros em pânico voltaram-se para o ponto de onde vinham aqueles misteriosos estampidos.

Sobre a muralha em redor do templo viram dois vultos — o de um guerreiro Ho-don e o de uma criatura branca da raça de Tarzan-jad-guru, armado duma arma desconhecida que rebrilhava aos últimos clarões do sol.

O Ho-don gritou com voz possante:

— Assim fala o verdadeiro Jad-ben-Otho por intermédio do Mensageiro da Morte! Cortai, guerreiros, as cordas que prendem Dor-ul-Otho. E as que prendem

Ja-don, rei do Pal-ul-don. E as que prendem a companheira do filho do deus.

Pan-sat viu tudo perdido e, no furor do seu fanatismo, correu para a faca ainda nas mãos do cadáver de Obergatz. Ia assassinar o Dor-ul-Otho antes que o desamarrassem. Mas novo estampido reboou e Pan-sat também caiu.

— Agarrem todos os sacerdotes! — gritou o Ho-don para os guerreiros acumulados no templo — e quem hesitar cairá fulminado pelos raios do Mensageiro da Morte!

Diante daquela tremenda e iniludível demonstração do poder divino, os supersticiosos guerreiros não mais vacilaram. Lançaram-se contra os sacerdotes e os encarceraram nas masmorras do templo.

O Mensageiro da Morte, então, correu ao encontro dos prisioneiros já libertos.

— Jack! — exclamou Jane Clayton abrindo-lhe os braços. — Jack, meu filho!

Abraçaram-se, e Tarzan abraçou aos dois, enquanto Ja-don, o rei de Pal-ul-don, se ajoelhava diante da cena, acompanhado de todos os presentes.

MAP of PAL-UL-DON

WHERE TARZAN ENTERED PAL-UL-DON

W

VALLEY OF JAD BEN OTHO

JA-LUR
KOR-UL-JA
PASTAR-UL-VED
KOR-UL-LUL
KOR-UL-GRYF
A-LUR
JAD-BEN-LUL
JAD-BAL-LUL
JAD-IN-LUL
WHERE JANE LANDED
TU-LUR
BU-LUR

CAPÍTULO XXV

Epílogo

Uma hora após a destruição de Lu-don e Mo-sar, todos os chefes guerreiros do Pal-ul-don se reuniram na sala do trono para a elevação do novo rei ao topo da pirâmide. Com ele subiram Tarzan de um lado e de outro, Korak, o matador, digno rebento do prodigioso homem da jângal.

Concluída a cerimônia, Ja-don mandou mensageiros rápidos à sua cidade para que trouxessem O-lo-a e Pan-at-lee. Enquanto isso, os chefes puseram-se a discutir sobre o destino a dar aos infames sacerdotes. Ja-don pôs termo ao debate dizendo:

— Deixai que Dor-ul-Otho transmita ao povo a vontade do Grande Deus, seu pai!

Tarzan ergueu-se.

— Vosso problema é simples, guerreiros do Pal-ul-don. Estes miseráveis sacerdotes, a fim de reforçar-se no poderio, implantaram no povo a crença de que Jad-ben-Otho é um deus cruel, amigo da dor e dos sofrimentos alheios. A falsidade dessas ideias acaba de ser demonstrada com o castigo tremendo que lhes caiu em cima. Tirai o templo das mãos de tais monstros e entregai-o a mulheres de coração piedoso, amigas da caridade e do amor. E destruam para sempre a asquerosa ara dos sacrifícios humanos. Dei a Lu-don o ensejo de realizar esta reforma, mas a sua cegueira o fez também surdo. Acabai para sempre com sacrifícios sangrentos. As oferendas, que sejam depositadas sobre os altares para distribuição entre os necessitados.

Um murmúrio de aprovação acolheu suas palavras. Por séculos vinha o povo suportando a avareza e a crueldade dos infames sacerdotes, mas agora tudo ia mudar sob o influxo da bondade humana.

— E os sacerdotes aprisionados? — indagou uma voz. — O justo seria sacrificá-los na mesma ara em que sacrificaram tantos inocentes.

— Não! — disse Tarzan. — Libertai-os, e que escolham novas profissões. O castigo será viverem à custa própria e não mais à custa do trabalho alheio.

À noite, houve grande festa na cidade, e pela primeira vez os guerreiros brancos confraternizaram com os seus irmãos pretos, visto haver cessado a diferença social entre Waz e Ho-dons. Um pacto sagrado ligou de amizade eterna o rei Ja-don, chefe dos brancos, e Om-at, chefe dos negros.

Só então Tarzan soube da causa da demora de Ta-den no ataque combinado com Ja-don. Havia recebido um mensageiro deste chefe pedindo-lhe que adiasse o assalto para a noite. Era um emissário de Lu-don, o tal mensageiro, e foi essa a última perfídia que o infame Sumo Sacerdote perpetrou.

No dia seguinte chegaram O-lo-a e Pan-at-lee com a família do antigo chefe de Ja-lur, e nesse mesmo dia realizaram-se os dois casamentos.

Tarzan, Jane e Jack permaneceram por uma semana no palácio de Ja-don, bem como Ta-den e Om-at. Ao cabo, o Dor-ul-Otho anunciou a sua partida do Pal-ul-don — e foi com grande tristeza de todos que se realizaram os adeuses.

A descida para o Kor-ul-ja fez-se com acompanhamento dos guerreiros de Ta-den, e também de quase toda a população de A-lur, que os seguiram a murmurar bênçãos até as fronteiras da cidade.

Chegados a Kor-ul-ja, houve descanso de um dia; depois seguiram viagem sob a guarda duma escolta de Ho-dons e Waz-dons misturados.

Havia dúvida sobre a passagem do palude; mas Tarzan, afeito a vencer todas as dificuldades, não pensava nisso. Passara uma vez e havia de passar quantas quisesse. Dois dias depois, pela manhã, o urro apavorante do grifo se fez ouvir. Os guerreiros da escolta, apavorados, correram às árvores mais altas, único refúgio possível contra um ataque do monstro. Mas Tarzan, sorrindo, tomou a preciosa lança de sílex fabricada por sua companheira (que carinhosamente ele levava como um troféu) e avançou para o *triceratops* com os gritos de domesticação dos Tor-o-dons na boca: "Whee-oo! Whee-oo!". O efeito foi o mesmo das outras vezes. A horrível fera devoradora de homens fez-se dócil montaria.

Treparam os três sobre aquele gigantesco toutiço e lá de cima disseram aos acompanhantes o último adeus.

E foi assim, às costas do formidoloso tanque pré-histórico, que Tarzan, Jack e Jane Clayton se puseram de rumo à civilização!

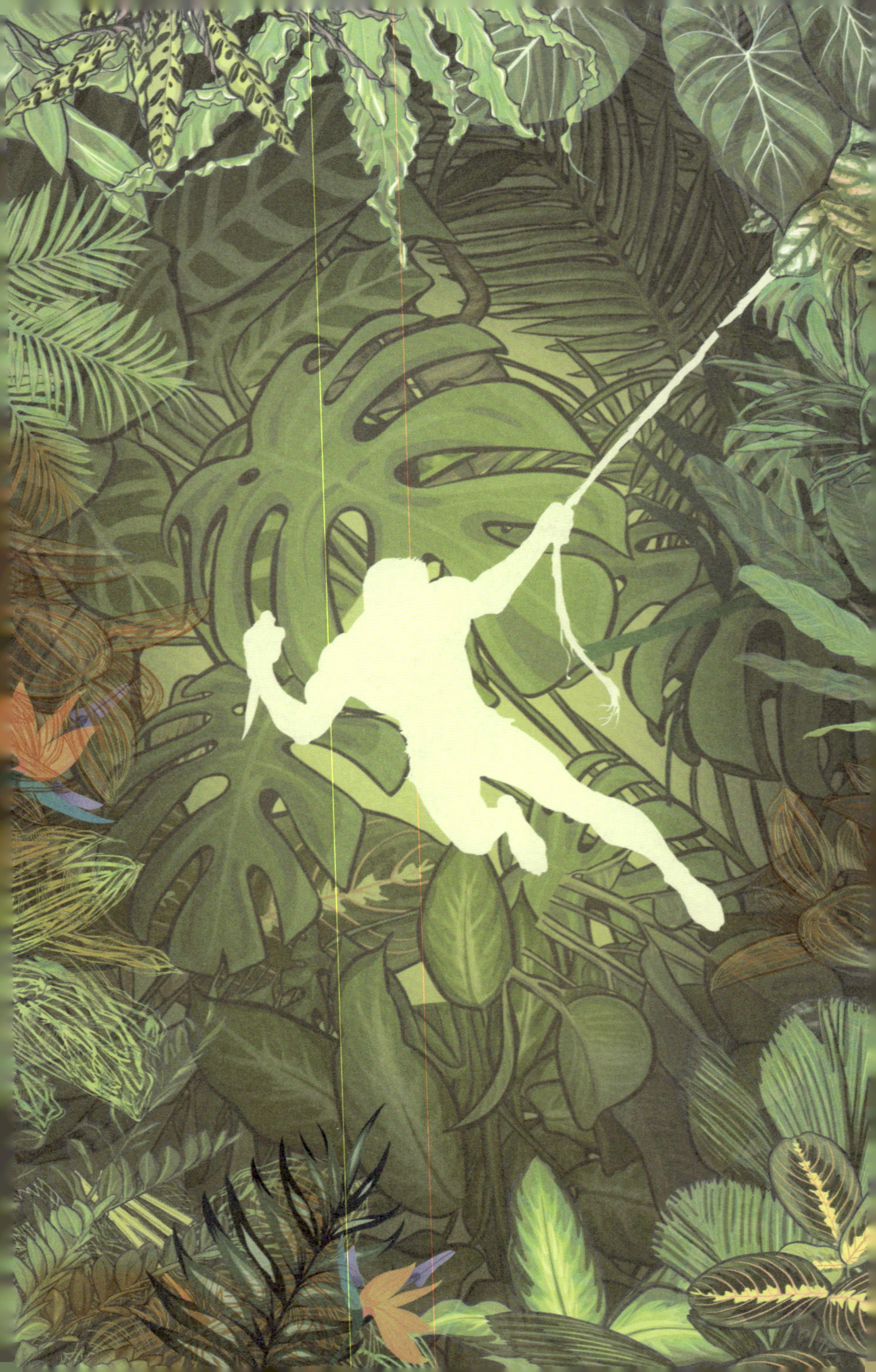

GLOSSÁRIO

Das conversações com lorde Greystoke, e das suas notas e mapas, foi extraído um numeroso e interessante apanhado sobre a língua e costumes dos habitantes de Pal-ul-don, que não aparece no desenrolar das cenas desta narração.

Como auxílio àqueles que desejam enfronhar-se na formação e derivação dos nomes próprios usados no texto e obter uma noção exata da linguagem dos habitantes de Pal-ul-don, existe um rascunho em apêndice às notas de lorde Greystoke com um incompleto glossário.

O ponto de maior interesse reside no fato de os nomes dos indivíduos do sexo masculino, dos Ho-dons – homens brancos sem pelo, pitecantropos – começarem com uma consoante e terem número uniforme de sílabas, enquanto que os do sexo feminino dos indivíduos da mesma espécie começam e terminam com uma vogal e têm um número irregular de síladas. Ao contrário, os nomes dos indivíduos Waz-dons – pitecantropos, pretos e peludos – do sexo masculino têm número de sílabas também uniforme; começam com uma vogal e terminam com consoante; e os dos indivíduos do sexo feminino desta espécie têm um número irregular de sílabas, sempre principiando com uma consoante e finalizando com uma vogal.

A

A. Luz
AB. Menino
AB-ON. O substituto do gund de Kor-ul-ja.
AD. Três.
ADAD. Seis.
ADADAD. Nove.
ADADEN. Sete.
ADEN. Quatro.
ADENADEN. Oito.
ADENEN. Cinco.
A-LUR. Cidade da Luz.
AN. Lança.
AN-UN. Pai de Pan-at-lee.
AS. O sol.
AT. Rabo.

B

BAL. Ouro ou dourado.
BAR. Batalha.
BEN. Grande.
BU. A lua.
BU-LOT. (Face da lua). Filho do chefe Mo-sar.
BU-LUR. (Cidade da lua). A Cidade de Waz-ho-don.

D

DAK. Grosso.
DAK-AT. (Rabo grosso). Chefe duma aldeia de Ho-dons.
DAK-LOT. Um dos guerreiros do palácio de Ko-tan.
DAN. Pedra.
DEN. Árvore.
DON. Homem.
DOR. Filho.
DOR-UL-OTHO. (Filho do Deus). Tarzan.

E

E. Onde.
ED. Setenta.
EL. Gentil ou gracioso.
EN. Um.
ENEN. Dois.
ES. Coisa bruta.
ES-SAT. *(Pele-bruta).* Chefe da tribo de pelos pretos de Om-at.
ET. Oitenta.

F

FUR. Trinta.

G

GED. Quarenta.
GO. Claro.
GRIFO. Triceratops. Enorme espécie de dinossauro herbívoro do Grupo Ceratopsia. O crânio tem dois grandes chifres acima dos olhos, outro menor sobre o nariz, um bico curvado e um grande capelo ósseo ou crista. Os dedos dos pés são cinco na frente e três atrás, providos de cascos grandes e fortes. (Do Dicionário Webster). O grifo de Pal-ul-don é semelhante ao triceratops, embora onívoro. Mede vinte pés de comprimento e tem a cor de ardósia, exceto na face, que é de tom amarelo, com círculos azuis ao redor dos olhos e no capelo, que tem a cor vermelha. Ao longo do dorso, tem três fileiras de protuberâncias ósseas, uma vermelha e as outras duas amarelas. Os cascos dos antigos dinossauros, nesse, aparecem em forma de garras; quanto aos três cornos de marfim da testa, persistem imutáveis também nesse.
GUND. Chefe.
GURU. Terrível.

H

HET. Cinquenta.
HO. Branco.
HO-DON. Homem branco sem pelo de Pal-ul-don.

I

ID. Prata.
ID-AN. Um dos irmãos de Pan-at-lee.
IN. Escuro.
IN-SAD. Guerreiro Kor-ul-ja que acompanha Tarzan, Om-at e Ta-den em busca de Pan-at-lee.
IN-TAN. Kor-ul-lul deixado para guardar Tarzan.

J

JA. Leão.
JAD. O (Artigo).
JAD-BAL-LUL. O lago dourado.
JAD-BEN-LUL. O grande lago.
JAD-BEN-OTHO. O Grande Deus.
JAD-GURU-DON. O homem terrível.
JAD-IN-LUL. O lago escuro.
JA-DUN. (O homem-leão). Chefe duma aldeia Ho-don e pai de Ta-den.
JAD PELE UL JAD-BEN-OTHÔ. O vale do Grande Deus.
JA-LUR. (Cidade-leão). A Capital de Ja-don.
JAR. Estranho.
JAR-DON. Nome dado a Korak por Om-at.
JATO. Dente híbrido.

K

KO. Poderoso.
KOR. Desfiladeiro.
KOR-UL-GRIF. Desfiladeiro do grifo.
KOR-UL-JA. Nome do desfiladeiro e tribo de Om-at.
KOR-UL-LUL. Nome de uma tribo de Waz-dons.
KO-TAN. Rei dos Ho-dons.

LAV. *Corrida ou correndo.*
LEE. *Corça.*
LO. *Estrela.*
LOT. *Cara.*
LU. *Feroz.*
LU-DON. *Homem feroz (furioso). Supremo sacerdote de A-lur.*
LUL. *Água.*
LUR. *Cidade.*

MO. *Curto.*
MO-SAR. *(Nariz curto). Chefe e pretendente a rei.*
MU. *Forte.*

NO. *Regato, ribeira.*

OD. *Noventa.*
O-DAN. *Guerreiro de Kor-ulja que acompanha Tarzan, Om-at e Ta-den em busca de Pan-at-lee.*
OG. *Sessenta.*
O-LO-A. *(Como a luz das estrelas). A filha do Ko-tan.*
OM. *Comprido.*
OM-AT. *(Rabo comprido). Um preto, chefe dos Waz-dons depois da derrota de Es-sat e companheiro de Tarzan.*
ON. *Dez.*
OTHO. *Deus.*

P

PAL. *Lugar, terra, país.*
PAL-E-DON-SO. *(Lugar onde o homem come).*
Sala de banquete.
PAL-UL-DON. *(Terra do homem). Nome do país.*
P AL-UL-JA. *Lugar dos leões.*
PAN. *Macio.*
PAN-AT-LEE. *Namorada de Om-at.*
PAN-SAT. *(Pele macia). O fac-totum do Supremo Sacerdote.*
PASTAR. *Pai.*
PASTAR-UL-VED. *Pai das montanhas.*
PELE. *Vale.*

R

RO. *Flor.*

S

SAD. *Floresta.*
SAN. *Um cento.*
SAR. *Nariz.*
SAT. *Pele.*
SO. *Comer.*
SOD. *Comendo.*
SON. *Comido.*

T

TA. *Alto.*
TA-DEN. *(Árvore alta). Um branco, noivo de O-lo-a.*
TAN. *Guerreiro.*
TARZAN-JAD-GURU. *Tarzan, o Terrível.*
TO. *Roxo.*
TON. *Vinte.*
TOR. *Fera.*

TOR-O-DON. *Homem-fera.*
TU. *Brilhante (claro).*
TU-LUR. *(Cidade brilhante). Cidade de Mo-sar.*
UL. *De.*
UN. *Olho.*
UT. *Milho.*

VED. *Montanha.*

WAZ. *Preto.*
WAZ-DON. *Homens de pelos pretos de Pal-ul-don.*
WAZ-HO-DON. *(homens preto- branco). Mestiço.*

XOT. *Um milhar.*

YO. *Amigo.*

ZA. *Menina.*

Impressão e Acabamento
Gráfica Oceano